駆ける

少年騎馬遊撃隊

稲田幸久
Yukihisa Inada

角川春樹事務所

駆ける

少年騎馬遊撃隊

装画　もの久保
装丁　bookwall

目次

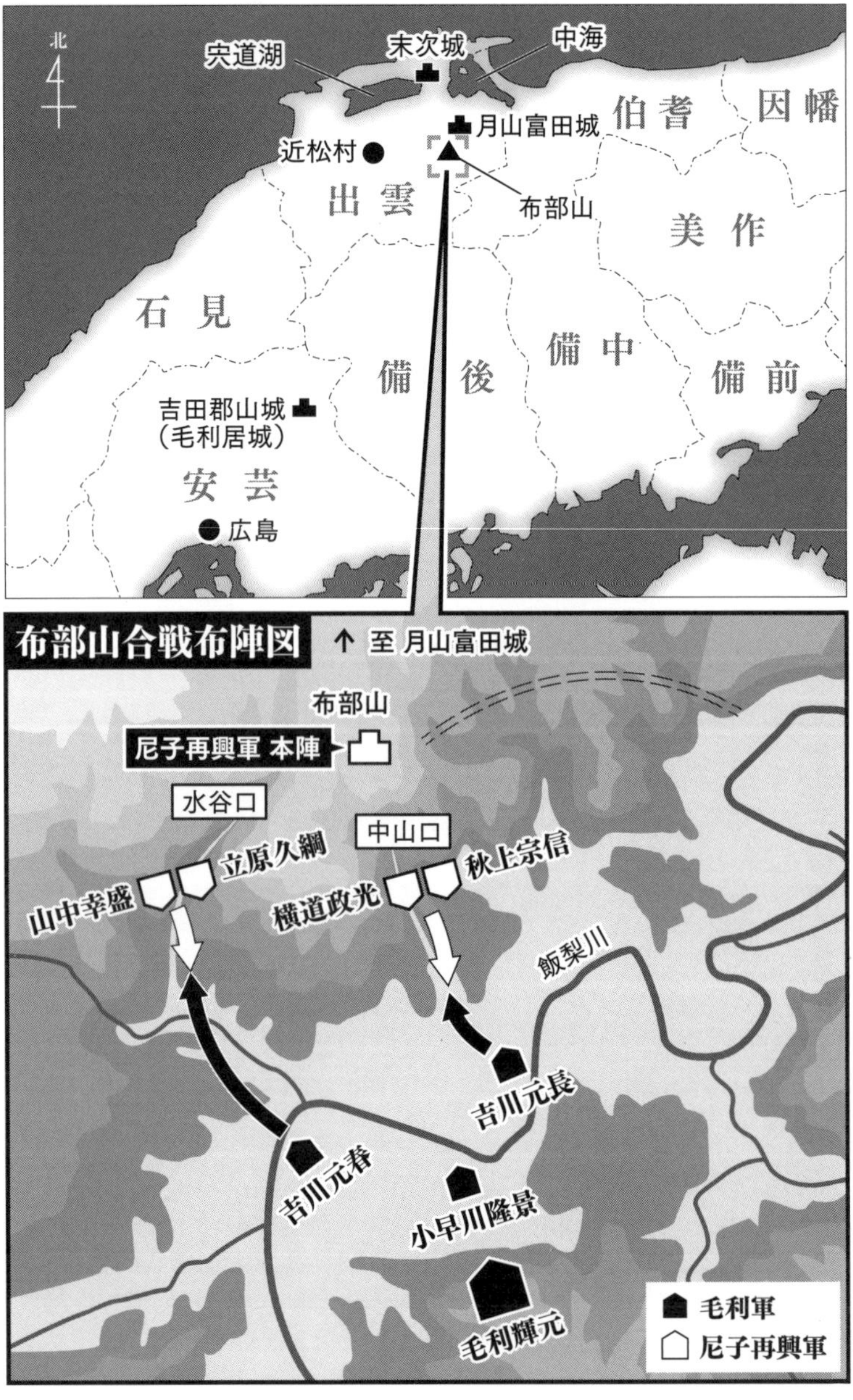

北
宍道湖
末次城
中海
月山富田城
伯耆
因幡
近松村
布部山
出雲
美作
石見
備中
備後
備前
吉田郡山城
（毛利居城）
安芸
広島
布部山合戦布陣図
↑ 至 月山富田城
布部山
尼子再興軍 本陣
水谷口
中山口
立原久綱
山中幸盛
秋上宗信
横道政光
飯梨川
吉川元長
吉川元春
小早川隆景
毛利輝元
毛利軍
尼子再興軍

風と駆ける少年

一

風が汚れていた。

吹き抜けるたび顔をそむけたくなる嫌な風だ。

臭《にお》いがひどい。燻《くすぶ》った臭気が全身を穢《けが》していく。

（人を焼く臭いだ）

城での戦では、敗《ま》けを覚悟した敵が火を放つことがある。その時、同じ臭いが辺りを満たす。

だが戦で嗅《か》いだ時は、そこまで不快だとは思わなかった。むしろ、これで終わったのだ、という安堵《あんど》感《かん》に包まれた。今、この臭いに嫌悪《けんお》を感じるのは、想定していなかった場所でいきなり嗅がされたからだ。

眼下に広がる景色は、四年前と一変している。

風と暮らす村だった。

空に抱かれ、風のしらべを聞きながら暮らす村。

草原が広がり、馬があちこちを駆け、人が畑を耕《たがや》している。手を伸ばせば届きそうなほど近い空を、形を変えながら雲が流れていく。どこにいても、風を感じることができる、そんな村だった。月山富田城《がっさんとだじょう》攻略後に立ち寄った永禄《えいろく》九年（一五六六年）には不穏《ふおん》な気配など微塵《みじん》もなかったのだ。

再び風が吹く。凍《い》てついた風だ。汚れたうえに尖《とが》っている。

思わず眉《まゆ》をひそめる。射竦《いすく》めるように吊《つ》り上がった目も、髭《ひげ》に覆《おお》われた唇《くちびる》も、今は歪《ゆが》んでいることだろう。戦場では絶対に見せない顔だ。騎乗している愛馬黒風《くろかぜ》もいななきながら後退《あとじさ》りする。気の荒い黒風にしては珍《めずら》しいことだ。

手綱《たづな》を絞って牡馬《ぼば》をなだめた吉川元春《きっかわもとはる》は、黒風の首筋を撫《な》でると、たてがみに顔を近づけた。

「怯《おび》えているのか、それとも怒っているのか。故郷が破壊されたのだ。心を乱して当然か」

呼吸に合わせながら首を叩《たた》いてやると、黒風は少しだけ落ち着いた。前脚で地面を掻《か》かなくなった。

元春も普段の元春に戻った。息を吸い込み、眼下の村を睨《にら》み付ける。

材木が横たわっている。元は家屋があった場所なのだろう。至る所から黒煙が立ち昇り、空に吸い込まれる直前でサッと消えていく。

風は今も吹いている。

異臭を纏《まと》った煙を運んでくる。

「ここは確か」

隣に並んだ香川春継《かがわはるつぐ》が抑揚《よくよう》のない声で言った。

「三刀屋《みとや》の近松村《ちかまつ》だな」

元春が応じると、春継は整った目鼻立ちを微動だにさせず、

「間違いありません」

と答えた。元春は春継をチラと見ると、黒風の歩を進めた。

「異変が起こった」

元春の向かう先には平原が広がっている。数日前に降った雪のせいで地面は荒れていた。地肌がむき出しになり、草地は剝《は》がれ、何騎もの馬が駆けた跡で黒々としている。

戦場のようだ。

だが戦ではない。

焼け落ちた家屋の様子から、なにが起こったのかおおよその見当はついた。

「賊か」

元春のつぶやきに、春継が頷《うなず》いた。

「山の向こうから来たようです。出雲《いずも》の方角です。見たところ、安芸《あき》側に足跡はありません」

「もっと早く来ていれば防げたかもしれぬ。火がまだ消えておらぬな」

「雪で行軍が遅くなったとはいえ、無念です」

「無念、か」

春継が無念など感じていないことは分かっていた。近松村が襲われようと襲われまいとどうで

もよいのだ。

今、春継の頭は戦のことでいっぱいのはずだ。それ以外のことに時を使わされるなど、煩《わずら》わしいだけだろう。それでいて、無念です、と口走ったりする。主君元春の気持ちを推し量《はか》《お》って発した言葉だろうが、そうした配慮ができるところも春継らしかった。

「賊は去っておるだろうな」

「おそらくは。ただ、斥候《せっこう》は出させていただきます。何者かが潜《ひそ》んでいないとも限りませぬ。それに……」

「なんだ?」

「尼子《あまご》の者かも知れませぬ」

「尼子?」

「可能性の話です。あらゆることを想定させていただければ、私としては気が楽です」

「尼子か」

唸《うな》ったが、可能性は低いだろう、と元春は思っている。今の尼子が出雲で略奪《りゃくだつ》をはかるとは思えない。

尼子は出雲国中を味方につけようと躍起《やっき》になっている。手荒なことをして民の反感を買うようなことは避けたいはずだ。もし毛利《もうり》から出雲を奪い返したら、今度は差配《さはい》しなければならない。民の心が離れていては支障が出る。

しかし元春は、春継の言う可能性も頭に入れておかねばならぬな、と思い直した。春継はあらゆることにまで考えを巡らせる。気になったことはたとえどんな細事であっても調べ上げ、その上で為《な》すべきことを為す。その神経質な性格は、豪胆な元春とは正反対のものだった。

「尼子が襲ったとなると、どういうことになる？」

「分かりませぬ」

春継が親指の爪《つめ》を噛《か》み始めた。物を考えている時の癖《くせ》が出始めている。

「此度《こたび》の戦をどのように考えているのか。出雲を奪い返すための戦なのか、ただ一矢報《むく》いようとしているだけなのか。もし後者なら略奪もあり得ます。戦は楽になりますが」

「山中幸盛《やまなかゆきもり》とはどういう男だ？」

「随分《ずいぶん》、家臣から慕《した》われていると聞いています。月山富田城攻めの際、塩谷口《しおたにぐち》の守将を務《つと》めていたのがこの男です」

「覚えている。手こずったな。あの逆落《さかお》としには肝《きも》を冷やされた」

「左様でございます」

「お前が伏兵を提案していなければ、今、俺《おれ》は、ここに立っておらぬかもしれぬ」

「ありがたきお言葉、感謝いたします」

「手ごわいだろうな、山中幸盛は」

「だからこそ、村の様子が不可解なのです」

賊の仕業《しわざ》だろう、と切り捨てることもできたが、元春は口にしなかった。軍略は春継に任せている。家臣の務めを認めることこそ大将の務めだ。

「殿」

前方から騎馬が駆けて来る。白髪を靡《なび》かせる黒い甲冑《かっちゅう》の男は、一目で浅川勝義《あさかわかつよし》だと分かった。騎乗技術に関しては吉川軍においても随一と言われる浅川は、厳島《いつくしま》合戦や月山富田城攻略戦で武功を上げた猛者《もさ》である。現在は、先発の吉川元長《もとなが》軍の侍大将を務めている。

「勝義か。どうした」

「申し上げます」

「堅苦《かたくる》しい」

下馬した浅川を、元春は一喝《いっかつ》した。浅川は一度頭を下げた後、乗馬に戻った。

「近松村がおかしいようです」

浅川が、嗄《しゃが》れ声で告《つ》げる。

「遠目からでも分かる。臭うのは人が焼かれているからか?」

元春の隣には春継がいる。丘の上で馬首を並べた三人は、近松村の入り口で立ち往生《おうじょう》する先発隊をじっと見守る。

「村の入り口はもっと臭うとります」

「気分を悪くした者もおろう?」

「若い連中の中には、やられた者もおります。山県《やまがた》の小僧なんか、青くなって、げぇげぇやっとりますわ。まだまだ青二才ですな」

「いたわってやれ。この臭いは俺でも耐《た》えがたい」

「そこまで気を使わずともよい、と思いますがの。殿らしい」

「元長はどうだ？」

「殿と同じことをおっしゃいました。さすがですな。顔色一つ変えず、吐いた者を責めてはならぬ、と。無事な者だけで入り口を閉じよ、と次の指示も出されとります。二宮《にのみや》殿も今田《いまだ》殿も感心しとりました」

「そうか」

嫡男《ちゃくなん》の元長は齢《よわい》二十三になる。明るい性格は兵から慕われていたが、逆にいくらか軽く見られてもいた。そんな元長の養育を申し出たのが、二宮俊実《としざね》、今田経高《つねたか》、浅川勝義の三人である。陶《すえ》晴賢《はるかた》との厳島合戦で勝利したのも、山陰の支配者尼子を月山富田城に攻め、義久《よしひさ》、倫久《ともひさ》、秀久《ひでひさ》の三兄弟を降伏させたのも、三人の奮戦があったからこそだ。二宮、今田、浅川は吉川軍の中枢《ちゅうすう》だった。

その中枢が元長の麾下《きか》に入ると言い出したのは、元春の思いを察したからだろう。老将の彼らが元長の側《そば》にいることで、元長は一軍の将としての格を備えるようになっている。元長軍には山県政虎《まさとら》を筆頭に若い兵が多く、彼らもまた、二宮、今田、浅川に厳しく育てられていると聞く。このままいけば、元長軍が毛利を代表する軍になる日も遠くないはずだ。

「浅川殿。元長様に、三名一組で、近松村を探るよう伝えていただけませぬか」

春継が涼《すず》しい目を向ける。

「組数はいかほどにする？」

「元長様にお任せします。異常がなければ、村を通り抜け、街道で待機していただきたい」

「賊だと思うがの」

「念のためです」

「分かった。お主の、念のために救われたことが幾度もある。それに、元長様はお主の言うことなら、なんでも聞くけぇの。我々は指示に従うまでじゃ」

浅川は元春に礼をすると、馬を駆って戻っていった。

元長が春継の言うことをなんでも聞くというのは、元長と春継の関係を指す。

春継は元長の遊び相手として元春の居城、日野山《ひのやま》城で育ったのだ。幼少時から弓馬を共に学んだ春継と元長は兄弟のような間柄《あいだがら》である。

（たくましく育ったな）

香川春継は齢二十六。前方に視線を注ぐ横顔は、はっとするほど凛々《りり》しく見えた。

しばらくすると、元長軍が近松村を通り抜けて山裾《やますそ》一帯に兵を展開するのが見えた。

元春は黒風の腹を蹴《け》り近松村に駆けた。

風がますます汚れていくのを感じた。

二

金属のぶつかる音で目が覚《さ》めた。

（生きている？）

思った途端《とたん》、寒くなった。藁束《わらたば》から起き上がって肩を抱いたが、震えは大きくなるばかりだ。一声も漏《も》らすまいと口を塞《ふさ》いだら、指の隙間《すきま》からダラダラとよだれが零《こぼ》れた。

（殺される）

わななく足を突っ張って後退《あとじさ》った。すぐに板壁にぶつかる。部屋は馬一頭がようやく入れるほどの広さしかない。

再び藁の下に隠れようとしたが、手が別の生き物のように震えていて、うまく集められない。あまりの恐怖に叫びそうになるが、なんとか堪《こら》えて、ただただ身を小さくする。

「ひどいのぉ。ほとんど燃えとる」

板壁の向こうから声がした。一人じゃない。複数だ。

「死体の数も夥《おびただ》しいですな」

「むごいことを」

男達の足音がうるさい。金属音をガチャガチャ鳴らしている。具足で歩くと、こんな音が出る。先程の奴《やつ》らも具足をつけていた。

（先程？）

村に戻ってからの記憶がない。あちこち駆け回っていたような気もするし、ずっとこの厩《うまや》で寝ていただけのような気もする。

そもそも、実際に起こったことなのか。

夢を見ていただけではないのか。

うっかり厩で寝てしまって、今、ようやく目を覚ました。それもまた、考えられることではないか。

（夢か）

夢だったらどんなによいだろう。

どうか夢であってくれますように。

「誰《だれ》もおらぬわ」

入り口に手が伸びてきた。柱を摑《つか》み、続いて顔がスッと現れる。

目が合った。白髪の武士だ。

「わぁぁぁ！」

喉《のど》が張り裂けそうだ。自分の声を聞いて、さらに恐怖が膨《ふく》れ上がる。

「待て、村の者じゃな」

手をかかげている。金属音が迫って来る。

「来るな、来るな」

足を蹴上げた。一刻も早く逃げたいのに、尻《しり》が地面についたまま離れない。

「来るな、来るな！」

首を振りながら後退る。手を突っ張るが藁で滑《すべ》る。背中が板壁にぶつかり、頭が真っ白になる。

もう逃げ場はない。

「落ち着け。なにもせぬ。なにもせぬぞ、な」

老《お》いた武士だ。近づいてくる。手を広げて、一歩。また一歩。

一気に大きくなった気がした。見上げるような大男が覆いかぶさってくる。

「うわぁぁ！」

目の前が暗くなった。


背中を押されて目を開けた。飛び込んできたのは眩《まぶ》しすぎる光。思わず顔をしかめたくなる強烈な光だ。

「気付いたか」

半分閉じた瞼《まぶた》の向こうに、男の顔が映る。

（男前だ）

なぜか最初に考えたのは、そんなことだった。

切れ長の目と筋の通った鼻。男にしては赤すぎる唇は小さな蕾《つぼみ》のようだ。青い具足をつけているためか、色白の顔が際立《きわだ》って見える。目の前の男は、どこからどう見ても男前だった。

「うあぁぁ！」

叫んでいた。

「殺さないで。殺さないでください」

ジタバタと手足を振り回す。

「大丈夫だ」

肩を摑まれる。男前のくせに力が強い。躰《からだ》が微動もできなくなると、恐怖が破裂した。

「お願いします。殺さないでください。殺さないで」

舌がもつれて噛んでしまいそうだ。それでも、必死に拝《おが》み続ける。

「殺さぬ」

顔を近づけられる。でも、耳に届かないのだ。首を振りながら、わななく以外に何もできない。

「名は?」

別の声がした。男のさらに後ろだ。

「え?」

声は、確かに聞こえた。

低く重たい声だ。

「名はなんと申す?」

後ろから進み出てくる。いかにも屈強そうな男だ。濃い眉に鋭い目。小さい鼻に薄い唇。口髭と顎鬚《あごひげ》に覆われた、いかにも無骨者といった風貌《ふうぼう》をしている。そのくせ優しい人だと思ってしまったのは、なぜだろう。

瞳《ひとみ》のせいかもしれなかった。男の瞳は馬のそれのようにどこまでも澄《す》み切っている。

「名を聞いている。答えろ」

身を屈《かが》めてきた。真《ま》っ直《す》ぐ見つめられただけなのに、なぜか恐れが霧散していくのが分かる。

「ころく」

目尻からなにかが零れた。涙だと気付くまでに時はかからなかった。

「小六《ころく》です。俺の名は、小六」

涙は次から次へと零れ出た。

「小六。よく無事でいてくれた」

男が頷き、肩を抱いてくる。あまりの力強さに、なぜかもう大丈夫だと安心することができた。

小六は声をあげて泣いた。空に抜けていきそうなほど大きな声だ。快晴の空がすぐ近くにあった。


状況を理解できるようになったのは、あの金属音のおかげだ。具足の鳴る音が夏の蟬《せみ》のように折り重なって聞こえてくる。それが冷静さを取り戻させてくれた。小六は軍にいることを悟《さと》った。

小六に最初に話しかけてきた男前は、香川春継というそうだ。

「名乗ってもらったのだから、こちらも名乗らねばならぬな」

笑顔を向けてきた髭の男に促《うなが》されて、春継は姓名を名乗った。端整《たんせい》な顔立ちによく似合う冷ややかな声だった。

春継の後を継いだのが髭の男で、毛利元就《もとなり》の次男、吉川元春と告げた。

小六は平伏した。

吉川元春といえば、鬼吉川と恐れられる吉川軍の頭領だ。小六などが言葉を交《か》わしていい相手ではない。

「顔を上げろ」

それなのに、この親しみやすさはなんだろう。おそるおそる目を上げた小六の腕を摑《つか》むと、元春は強引に立ち上がらせた。

「小六、語ってくれ。近松村でなにがあった？」

見つめられると、再び涙が溢《あふ》れそうになる。元春の目には人を惹《ひ》きつける不思議な魅力が潜んでいた。

小六はどもりながら語った。思い出したくなかったけど、元春になら打ち明けられる気がした。

三

視界が変わった。赤く染まる大地を遠くまで見渡すことができる。馬に乗るというのは特別なことなのだ、と小六は実感する。いつもより高い位置で空に溶け込むことができる。その開放感がたまらない。

「行こうか」

風花《かざはな》に囁《ささや》いた。葦毛《あしげ》の牝馬《ひんば》が気持ちよさそうに鼻を鳴らす。風花は走りたくてうずうずしているのだ。

（普段はおとなしすぎるくらいなのに、走る時は気持ちを前面に出す）

面白い奴だな、と小六は微笑《ほほえ》む。三年前に生まれた風花は、近松村のどの馬よりも速く走ることができた。

颯花は小六が取り上げた馬だ。小六の腕の中で命を脈動させた。以来、小六が彼女の育成を担《にな》っている。

（降り積もった雪が風に飛ばされてちらつくように、風に乗ってどこまでも駆けてほしい）

そう願って名付けられた葦毛の牝馬は、小六にとって特別な存在だ。

「兄様、待って」

背中からの声に舌打ちした。手綱を緩めて振り返ると、案の定、妹の初《はつ》が立っていた。走りたくて前脚を掻く颯花をなだめると、小六は馬首を巡らせて妹に向き直った。

「私も行く」

息を切らす初に小六は首を振った。

「駄目だ」

「どうして？　宴《うたげ》の間は兄様といなさい、と母様から言われております」

「颯花に乗っていく。お前は、まだ、遠乗りはできないだろ？」

「兄様の前に乗せてください」

「無理だ」

「この前は走ってくれました。風の中を飛んでいるみたいで気持ちよかったです」

小六は額を押さえた。六つ離れた妹の初は、最近、しきりと兄と一緒にいたがる。両親が馬の世話にかかりっきりなことも影響しているのだろうが、小六は初に別の狙《ねら》いがあることを知っていた。

(馬に乗りたいのだ)

一月《ひとつき》ほど前に父の耕三《こうぞう》がぼそりとつぶやいたことがある。

「そろそろ初も、馬に乗らないとな」

聞いた初の喜びようはすごかった。家中を跳ね回って、誰彼かまわず抱きついたのだ。

「まだ早くありませぬか?」

心配する母の香《こう》に向かって、初は、

「あら、母様」

と反論した。

「兄様だって、八つの時に乗り始めたと聞いてますわ。実は私、年が明けたら八つになります。馬に乗るにはちょうど良い時期だと思いません?」

「お前は女子《おなご》だろう?」

初の言い方がおもしろかったのか、母の声には笑いが含まれていた。初も笑ったままだ。

「初は八つになるか。ということは小六は十四だな。馬の世話だけではなく、そろそろ別の務めもしなければならぬ」

父に言われて、小六は眉を寄せた。なにを押し付けられるか、だいたいの想像がつく。

「小六。明日から初に乗馬を教えてやれ」

案の定だ。馬にかかりっきりの父母に稽古《けいこ》をつける暇などない。となると、初に教えることができるのは小六だけということになる。

小六が不満顔をしていると、父の耕三が頭に手を置いてきた。大きくて力強い手に、心がふっと緩む。

「小六、よいな？」

真っ黒に日焼けした父を見て、小六はつい頷いてしまった。

「よかったな初。小六が教えてくれるそうだ」

「兄様が？」

初の顔に喜色が浮かぶ。

「村一番の乗り手が教えてくれるのだ。初もすぐにうまくなる」

おだてられて、悪い気はしなかった。実際、小六は村の誰よりも馬を走らせることができた。天賦《てんぷ》の才、と皆が感心する腕前だ。

「うまく乗れないからといって泣いたりするなよ」

兄の戒《いまし》めも、初の耳には届いていない。

「わぁい。兄様が教えてくれる」

手を挙げて、家中を駆け回る。

「やれやれ」

小六は溜《た》め息を漏らした。父と母が笑っている。小六が初に乗馬を教えることは、こうして決まったのだ。

教え始めてすぐに気づいたことだったが、初は、馬の扱いに長《た》けていた。身につけたというわけではなく、感覚的に分かるらしい。

馬とすぐに打ちとけることができた。気難しい馬も大人しい馬も、初に鼻を撫でられると、トロンと瞼を下ろす。あの風花でさえ、すぐに懐《なつ》いた。気位の高い風花は、小六以外の者に身の回りをうろうろされることを嫌う。耕三と香でさえ、世話する時には神経を使っていた。

だが初は違った。風花は最初から初に気を許していた。まるで共に育った姉妹《しまい》のように当たり前に受け入れている。

（へぇ）

小六は感心した。小六自身、馬と親しくなることは得意だったが、初は敗けず劣《おと》らずといった具合である。兄妹《きょうだい》として同じ資質を持って生まれたのかもしれない。馬を扱う術《すべ》は、小六同様、初にも天賦の才があるらしかった。

初は乗馬も上手だった。練習して一人で乗れるようになると、馬を駆けさせる訓練に入った。躰が小さいため、駆足に関しては少々手こずったようだが、何回か落とされながらも続けているうち、鞍《くら》なしで乗れるまでになった。馬の性格によって乗り方を変える術も心得ているようで、どの馬も初の騎乗を嫌がらなかった。

日に日に上達することが嬉《うれ》しかったのだろう。初は、兄を見つけては、

「馬に乗りたい」

とせがむようになる。それが小六を困らせた。

初を教える間は他のことができない。ちょうど、自分で行動する楽しさが分かってきた頃《ころ》だ。

なにをするわけでもないのに、友達といるだけで満たされた気持ちになることもできた。初が上達するにつれ、それだけ指導の内容も多岐《たき》にわたり、時もかけなければならなくなる。そのことが嫌だった。自分だけの時がもっと欲しかった。

「今日は駄目だ。宗吉郎《そうきちろう》達と夜駆けする」

約束していたのだ。大人達が宴で盛り上がっている間に、禁じられている夜駆けをしようと。夜駆けは危険だと小さい頃から教えられてきた。月明かりしか頼りがないし、猪《いのしし》や山犬がいつ襲って来るか分からない。だが、そうした危うさこそ若い小六達には魅力的に映った。夜駆けはずいぶん前から計画されていた。

小六が目を怒らせると、初は頰《ほお》を膨《ふく》らませた。

「兄様ばかりずるいわ。私だって遠乗りしたい」

「お前にはまだ早い。村の外はなにがあるか分からぬ」

「兄様が助けてくれます」

「俺だって自分のことで手一杯だ。言っておくがな、初。俺が初めて遠乗りに出たのは十の頃だ。その時、狸《たぬき》が目の前を横切って馬から落ちた。頭をぶつけそうになったぞ。怪我《けが》がなかったのは、運よく茂みに落ちたからで、普通の道では危なかった。ましてや、今日は夜駆けだ」

「兄様の側を離れませせぬ。兄様と一緒なら大丈夫でしょう?」

「それは……」

返答に窮《きゅう》した。なにを言っても言い返してくる妹が小憎《こにく》らしい。だが、その一方で、かわいいと思ってしまう自分もいるのだ。

いっそのこと宗吉郎達に話して連れて行ってやろうか、そんなことを考えた矢先だ。丘を駆け上がって来る蹄《ひづめ》の音が耳に届いた。

「なにしてる。置いて行くぞ！」

宗吉郎だ。大きな鹿毛《かげ》を駆って、横を通り過ぎていく。初には目もくれなかった。

「待ってくれ！」

決まった。初を連れて行きたいなどと言ったら、呆《あき》れられるに決まっている。いつか侍になりたい、と豪語する宗吉郎は、男の中の男を気取っていて、集まりに女がいることを嫌う。

「とにかく駄目だ」

風花の頭を反対側に向けた。

「そんな」

泣き声の初に、小六は背中越しに言い捨てた。

「家に帰って大人しく待て！」

鐙《あぶみ》で腹を蹴り、風花を駆けさせる。

たちまち風に包まれる。

「兄様、兄様！」

呼びかける妹の声が、闇《やみ》に飲まれつつある草原の彼方《かなた》へ消えていった。

「尼子が出雲を奪い返す勢いだ」

口に咥《くわ》えた藁を吐き出して、宗吉郎が起き上がった。

風が板壁の隙間から吹き込んでくる。冷たく重い冬の風だ。煽《あお》られた松明《たいまつ》が舞っていた蛾《が》を焼く。ジュッと音がし、辺りは静まり返った。

「馬鹿なことを申すな。また、あの頃に戻るというのか」

藤助《とうすけ》が床を叩いて静寂《せいじゃく》が破られる。

「出雲中の兵が続々と集まっている」

宗吉郎が答える。

「まさか宗吉郎の家も尼子につくんじゃなかろうな？」

「それはない。叔父上《おじうえ》は毛利側だ。三刀屋様が毛利につくと決めている以上、間違いない」

「尼子はせこいからな」

「尼子がせこいというわけではなかろう。ただ、新介《しんすけ》がせこかったというだけだ。そうだろ、小六？」

「うん。新介伯父《おじ》は確かにせこい」

全員から注がれる視線を小六は受け止めた。身内に新介などというずる賢い男がいることは恥だったが、四年前から言われ続けているので、もう慣れている。一時期、新介の親類というだけで冷たく遇せられたが、それと比べれば今の扱いはどういうこともない。

「少しは小六の気持ちも考えてやれよ」

人の気持ちを考えることが一番苦手な甚太《じんた》が言う。小六は額を押さえて、溜め息をついた。気持ちを考えてやれと言われることがなにより嫌なことを、どうしてこいつは分からないのだろう。

「お前こそ考えてやれよ」

藤助が甚太の頭を叩き、宗吉郎が腹を抱えて笑った。緊迫した雰囲気が一瞬で緩む。小六もつい苦笑いを浮かべた。

年長で力持ちの宗吉郎。宗吉郎と同い年で頭の切れる藤助。馬の扱いが巧《たく》みな小六。それに少し抜けたところがあるために皆にからかわれる甚太の四人は、暇さえあればいつも集まっている。歳《とし》の近い者が一緒にいるというだけで、なにもしなくても充《み》たされていると感じることができた。

「尼子が勝てば、新介がまたでかい顔をするな」

宗吉郎が頭の後ろで手を組んで壁に背を預けた。

「新介伯父はちゃんと俺達が見張っている。尼子が勝てば勝ったで、ちゃんと取引してくれる相手を探せばいい。村のみんなも、分かってるはずだ」

三人が頷いた。新介が威張り散らしていた頃の近松村に戻るわけにはいかない。誰もが思っていることだ。

新介は小六の父の兄で、本家筋にあたる。元々、馬の育成は小六の家が巧みだと評判だったが、口のうまい新介は、さらに馬の売買にも才を発揮した。尼子の一武将と繋《つな》がりを持った新介は、村の馬をまとめて売りさばく販路を確立する。生活の糧《かて》である馬を定期的に買ってくれる先があることは、村人にとって安心を生んだ。暮らしは良くならなかったが、悪くなることもない。それでよかった。

一方で、売買を任された新介の羽振りはどんどん良くなった。

村人にあれこれ命令し、娘を差し出させたりもする。それでも村の者は「尼子と縁が切れるくらいなら」と飲み込んでいた。近在の領主、三刀屋久扶《ひさすけ》が毛利側についても尼子との関係を切らなかったのは、新介が「尼子に見放されたら、たちまち困窮《こんきゅう》するぞ」と脅《おど》して回っていたからである。

月山富田城の戦いで尼子が敗れたのは永禄九年のことだ。戦で勝利した毛利の軍勢のうち、吉川元春率いる吉川軍が凱旋《がいせん》の途上で近松村に寄った。結果的に見れば、この来訪こそ、村人の目を開かせることになった。

吉川軍の大将は、怯える村人達に「馬を見せてくれ」と頼んだ。ひとしきり見て回った元春は、「いい馬だ」と褒《ほ》め、さらに「毛利に入れてくれぬか」と丁寧《ていねい》な態度で要請してきた。

「毛利が馬を買ってくれる?」

元春の申し出に村人達は色めきたった。今までの暮らしを維持できるのであれば、相手は尼子でなくてもよいのだ。

しかも毛利は、今までよりずっと高い値を出すという。

村人はなにが起こっているのか分からず、目を白黒させるばかりだった。

呆気《あっけ》に取られている村人に向かって、吉川元春は髭を撫で、

「さすがに安すぎたか」

と苦笑を浮かべた。馬の値はさらに上がった。

元春がつけた値と村人が考えていた値に開きがあったことには、からくりがある。新介が買値の多くを懐《ふところ》に入れていたのだ。尼子との取引額のうちかなりの額を新介と尼子の仕入れ担当とがせしめる仕組みができていた。新介の豊かな暮らしも頷ける話である。

村人は毛利と取引することを決めた。飛びつかない理由はどこにもなかった。

毛利と取引を開始したことで近松村の暮らしは向上する。代金の交渉は小六の父、耕三を筆頭に六名の代表者が担《にな》うことになり、取引額は村人に公表された。

耕三が代表者の一人に選ばれたのは、元春からの強い要望があったためだ。黒風という黒鹿毛の牡馬に目を留めた元春は、育てた耕三に一目置いた。そのため、村の代表に入れるよう直々に計らったのだ。

元春からの強い推《お》しもあり代表に選ばれた耕三だったが、それからずっと村に尽《つ》くす日々を送っている。馬の世話をいつもより丹念《たんねん》に行い、値段の交渉も村人達の望みを聞いてから実施《じっし》した。

そんな、自らの暮らしよりも村のためを思う耕三の姿に村人達はかたくなな心を溶かしていった。新介の弟ということで白い目を向けられていた耕三一家は、しだいに村に受け入れられるようになる。

その一方で新介はというと、当然のことながら凋落《ちょうらく》した。村人からの暴行は耕三の必死の頼みで軽微《けいび》なもので済んだが、村に居ながら誰からも相手にされない日々を過ごすようになる。畑を耕したことがない新介は食べ物を得る術を持っておらず、弟の耕三に最低限の食べ物を恵んでもらってなんとか生き長らえている。


「戦は毛利が勝つだろう。いや、勝ってもらわねば困る」

宗吉郎が拳《こぶし》を握りしめた。

「先程は尼子の勢いがすごいとか言ってたじゃないか」

藤助が反論する。

「尼子に勝ってもらいたいとは一言も言ってない。俺は、断然毛利派だ。吉川元春様は素晴らしいお方だ」

「直《じか》に話したことあるのか？」

藤助の問いに、宗吉郎は目を丸くした後、

「ま、それはないんだがな……」

と口ごもった。全員が笑った。

「でも」

宗吉郎は立ち上がった。

「俺は毛利の侍になる男だ。そうなれば吉川様と直に話す日も来るだろう。決めた。俺は毛利に仕《つか》えるぞ」

「早すぎるよ」

困惑する甚太を宗吉郎が叩いた。

「十六といえば立派な大人だ」

「歳じゃなくて、考えが飛びすぎだってこと」

「別に飛んでなどいない。前々から考えていた。すると機会が訪れた。絶好の機会がな」

「どういうこと？」

「尼子との戦、俺も行く。叔父上に頼んで連れて行ってもらう。毛利の侍になるんだ、俺は」

「俺も行くぞ」

口を挟んだのは藤助だ。全員の視線がサッと向かう。

「俺も行く。宗吉郎一人じゃ、心もとないからな。仕方がないから、ついて行ってやる」

「なに言ってんだ？」

宗吉郎が瞬《まばた》きを繰り返す。

「俺も侍になりたかった。馬作りも畑仕事も性に合わんのでな」

「だからってお前。決めるのが早すぎないか？」

「前から考えていた。すると機会が訪れた。絶好の機会がな。俺は毛利の侍になる」

「お前ってやつは」

宗吉郎が藤助を小突いた。二人が声を上げて笑う。

小六は二人をぼんやり見つめた。

侍になりたいと宣言してきた宗吉郎とは違って、冷静な藤助も侍になりたいと思っていたなんて驚きだ。

近松村でも戦に出かけていく者はいる。普段は田畑を耕して暮らしているが、戦が始まると甲《かっ》冑《ちゅう》やら刀やらを持ち出して出かけていく。ある者は戦が終わると帰って来、ある者は、そのまま帰って来なかった。

だが、宗吉郎や藤助が目指しているのは、そうした男達ではないのだろう。宗吉郎は近隣の村々でも一番の怪力の持ち主だ。藤助も誰より賢い頭を持っている。二人なら侍として活躍し、出世していくことも夢物語ではないだろう。宗吉郎も藤助も、侍としての栄達を望んでいるのだ。

（俺には無理だな）

小六は侍になりたいと考えたことがない。馬を育てることがなにより楽しいのだ。

よい馬を育て、買ってもらう。

育てた馬が戦場を駆けるのであれば、それは自分が駆けているのと同じではなかろうか。そんな風に思う。

だが――。

二人がやはり眩《まぶ》しく見える。どうしようもないことだった。

「小六はどうする？」

宗吉郎に問われ、小六は首を振った。

「俺は馬と一緒にいる」

宗吉郎と藤助が視線を交わす。

「お前が育てる馬は特別だ。侍になるより、得意なことをして生きた方がいい」

「出雲で一番速い馬を作るよ。宗吉郎と藤助に乗ってもらう。戦場を駆け回ってくれ」

「まかせとけ。すぐに騎馬武者になってみせる！」

宗吉郎が肩に腕を廻《まわ》してきた。太い腕の奥から酸っぱい臭いが漂ってくる。頼りがいがあると思った。宗吉郎なら本当に戦で功名を上げられるだろう、そんな気がした。

宗吉郎につられて藤助も肩を組んできた。真中の小六は、年長の二人に持ち上げられながら、

（お別れか）

と感傷に浸《ひた》った。もうすぐ毛利が来る。宗吉郎達はそこに合流するつもりだ。

「でもさ」

甚太が一人首を傾《かし》げている。

「出雲で一番速い馬は一頭だろ？　宗吉郎と藤助の二人がどうやって乗るんだよ？　まさか一緒に乗るってわけにもいかないし」

甚太は自らの言葉がよほど面白かったのか、急に腹を抱えて笑い出した。

呆《ほう》けた三人は、しばらくして同時に溜め息をついた。まず宗吉郎が甚太の尻を蹴り、続いて藤助が腕を取って羽交《はが》い絞《じ》めにし、最後に小六が甚太の頭を叩いた。

「いってぇ！」

大げさに騒ぐ甚太を放すと、三人は何食わぬ顔してあばら家を出た。

「ちょっと待ってよ」

呼びかけてくる声に、三人は吹き出した。甚太が転びそうになりながら追いかけてくる。四人は笑いながら馬の元へ走った。


異変にいち早く気づいたのは颪花だった。

駆けている最中、耳を動かし始めたかと思うと、急に頭をもたげて走るのを嫌がり始めた。

「どうした、颪花」

手綱を引いて体勢を立て直したが、嫌がるそぶりをやめようとしない。口を割って駆けている。颪花が気難しさを表に出すのは珍しかった。少なくとも小六が乗っている間は従順だった。心を通わせた仲なのである。

「大丈夫か？」

声をかけた途端、今度は前のめりになって駆け始めた。

全力だ。

こうなると颪花についてこられる馬はいない。落とされないように颪花にしがみつくことだけを考え、小六は一人、村を見渡す丘を上った。

「どうした？」

ようやく颪花が止まった。丘の頂上だ。荒い鼻息を繰り返しながら、前脚で地面をしきりに掻いている。

颪花をなだめようと首に手を伸ばした小六は、目の端にあり得ないものを捉えて固まってしまった。

「え？」

恐る恐る視線を向ける。

途端に寒くなった。冬の夜風のせいではない。躰の奥が一瞬のうちに凍ってしまった。

口を開けたままなにもできなくなる。ありえない光景に呆然《ぼうぜん》と佇《たたず》む。

「急に駆けやがって。追いかける身にもなってくれ」

遅れて上ってきた宗吉郎が馬首を並べる。続いて藤助と甚太。

「な……」

宗吉郎が声を飲む。

「嘘《うそ》だろ？」

藤助が目を丸くする。

「なんで？」

甚太が声を震わせる。

風が吹き上げてくる。

村の音を運びながら、麓《ふもと》から吹き上げてくる。

叫び声。馬のいななき。暗闇にはぜる炎。

臭いも一緒だ。むせ返るような煙の臭いと吐き気を催《もよお》す強烈な異臭。

「どうなってんだ、これは……？」

宗吉郎がつぶやいた。

「どうなってんだよ!」

続いて叫んだ。

四人は確かに見たのだ。

村を駆け回る具足の男。

野良着の女に振り下ろされる刀。

夜空を焦がす紅蓮《ぐれん》の炎の下、地獄絵図のような光景が広がっている。

「燃えてる! 村が燃えてるよ!」

甚太が喚《わめ》く。頭を抱えて繰り返す。

「なにが起こったんだ!」

藤助がこめかみを掻き毟《むし》る。歯を食いしばりながら、苛立《いらだ》たしげに。

そんな中、小六はただただ村を眺《なが》めていた。なにもすることができないのだ。本当になにもすることができない。

村の外に馬が集められている。その馬達が、一斉に喉を鳴らした。

助けを呼んでいる。

必死に、助けを呼んでいる。

反応したのは宗吉郎だ。

躰をビクンと跳ねさせたかと思うと、

「か、母様！」

馬の腹を蹴った。

「母様、母様！」

みるみる背中が小さくなっていく。

「宗吉郎！」

続いたのは藤助だ。藤助は小六と甚太を振り返ると、

「お前達は隣村へ行け。誰か連れて来るんだ。助けてもらうんだ」

宗吉郎の後を追って丘を駆けた。

宗吉郎が草原を突っ切っていく。馬の尻を叩き、一直線に荒れ狂う焔《ほのお》に飛び込んでいく。

宗吉郎に騎馬が迫った。

並んだ男は具足をつけている。

宗吉郎は、手を伸ばされたが振りほどき、なおも前へ進もうとする。

馬上でもみ合いが始まった。男が捕らえようとし、宗吉郎が手で払う。

宗吉郎の隣にもう一騎並んだ。

同じく具足をつけた男だ。鈍色《にびいろ》にきらめくものをかざしている。

刀が振り下ろされると同時に、宗吉郎が馬から落ちた。

「あ」

息を飲む間もなく、徒歩《かち》の男達が宗吉郎を取り囲む。男達は手に棒を携《たずさ》えている。先端が光っ

ているのは、槍《やり》だからだ。

すぐに立ち上がった宗吉郎は、男達に飛びかかった。

突き出された槍を躱《かわ》し、柄《え》を摑んだかと思うと、空中へ投げ飛ばした。地面に落ちた男がぐしゃりと潰れる。宗吉郎の怪力は男達と比べても敗けていないのだ。

槍を奪った宗吉郎は、もう一人の男に躍《おど》りかかった。瞬《また》く間にやっつけてしまいそうだ。宗吉郎の跳躍は飛鳥のようである。

割って入ったのが騎馬の男だ。

徒歩の男に立ち向かう宗吉郎の背中に刀を振り下ろす。

宗吉郎の手から槍が落ち、動かなくなった。

時が止まったみたいに立ち尽くす。その宗吉郎の胸に、徒歩の男が突っ込んでいく。

「やめろぉ！」

小六は叫んだ。

宗吉郎の躰を槍が貫く。

空中に浮いた宗吉郎は、槍を抜かれるとそのまま地面に頽《くずお》れた。

「うそだろ……」

思わずつぶやいた小六の目に、黒い影が映る。

「藤助、だめだ！」

騎馬が駆けている。

藤助だ。

藤助は丘を降りた勢いのまま、男達に突き進む。

迎え撃った騎馬の男が、刀を上から振り下ろした。

藤助は避けたが、馬が怯《ひる》んだ。どこかに傷がついたのかもしれない。尻跳《しりつぱ》ねを始めると、藤助を地面に落とした。

すぐに徒歩の男が走り寄る。

男に腕を摑まれた藤助は足をジタバタさせたが、騎馬から降りた男に散々蹴られると静かになった。

刀が振り下ろされる。

「藤助ぇ！」

一瞬後に藤助の首が折れた。

藤助もまた、地面に倒れて動かなくなった。

「うっ……。うぅ……」

かすかな嗚咽《おえつ》を聞いて、小六は振り返った。甚太が手で顔を覆っている。

「殺された、殺された……」

そうつぶやいている。

「……甚太。宗吉郎と藤助は？」

途端に、なにが起こったのか分かった。

襲われたのだ。
近松村が襲われた。
「母様、父様、初！」
叫んだ。
（助けに行かなけりゃ）
そう思う。
（助けに行くんだ）
そのくせ躰は動いてくれない。宗吉郎や藤助みたいに馬を駆ることができない。
小六は足に力を入れた。
風花の腹を蹴るのだ。蹴って村まで駆けるのだ。
だが、いくら言い聞かせても駄目だ。どうしても足が動かない。
唇を噛みしめた。自分の意気地《いくじ》のなさに愕然《がくぜん》となる。
その時、急に視界が変わった。
目は村ではなく、連綿と連なる丘陵《きゅうりょう》をとらえている。
頬に風が当たった。星空がゆっくり流れていく。
「え？」
驚いて風花を見下ろした。風花は、さも当然といった様子で歩を進めている。
それは小六が目指している場所ではなかった。村とは反対側だ。

（逃がすつもりなのか？）
風花は駆足になった。
（いや、俺が指示したのだ）
村から遠ざかるよう指示した。風花はそれにただ従っただけだ。
（俺が……？）
小六の中でなにかが弾《はじ》けた。
手綱を短く持つと、風花の腹を思い切り蹴った。
風花が後ろ脚を蹴上げる。
たちまち風に飲み込まれる。
（逃げろ。逃げるんだ）
遠くへ。誰も来ない場所へ。
「どこ行くんだよ！」
甚太の声が背中に聞こえた。小六は顔だけ向けると、
「助けを！」
と叫んだ。
「助けを呼びに」
甚太に届いたかは分からない。すでに風花は甚太からだいぶ離れていた。
だが、小六には届いたのだ。確かに届いた。

（そうだ、助けを）

藤助も言っていたじゃないか。助けを呼びに行かなけりゃならないのだ。

小六は風花を駆けさせた。風を受ければ受けるほど頭の中が空っぽになっていく気がして、風花を叱咤《しった》し続ける以外なにもできなくなった。


翌早朝。朝靄《あさもや》の煙《けぶ》る近松村に小六は戻ってきた。

村は静まり返っている。賊はすでに去ったようだ。

人の気配が全くない。

崩れた家。燻《くすぶ》る火。立ち昇る白煙。

馬達も消えたようだ。

煮炊《にた》きの音も、子どもの遊ぶ声も、馬が藁床を掻く音も消えている。

当たり前にあった音が消えることが、これほどまでに恐ろしいことだとは知らなかった。

風花を牧草地に放した小六は、丘を下った。頼れる者は一人もいない。そのことを噛みしめながら足を進める。

昨夜、近隣の村を回って助けを求めたが、まったくの無駄足に終わった。

尼子再興軍が蜂起《ほうき》してからというもの、出雲は荒れている。戦に行く男が多数出たせいで村は弱体化し、そこに目を付けた賊徒達は動きを活発化させていた。百姓《ひゃくしょう》など弱い立場の者は、自らを守ることで精いっぱいだ。

小六には他の村の人々の気持ちが分かった。助けなんて初めから期待できなかったのだ。そのことを知っていながらも近隣を回らずにはいられなかったのは、なにかしていれば、その間だけは近松村が生き残っている、そんな気がしていたからだ。

街道沿いのお堂で一夜を過ごした小六は、一人きりで戻った。なにもできなかったという無力感を抱えながらの帰途は、明かりのない道を歩くようなものだった。

村が近づいてきた。同時に異様さが際立つようになる。酷《ひど》いのは臭いだ。臓腑《ぞうふ》をひっくり返されるような臭気が、絶望をより深くしていく。

村に入った小六は思わず立ち竦《すく》んだ。

「宗吉郎……」

友が倒れている。

宗吉郎はうつろな目で地面を睨《にら》み付けていた。

目が開いている以外、表情はむしろ安らかだ。その状態でピクリともしないところが、かえって恐ろしかった。

「なんで……」

胸の辺りがムカついた。口を塞いだが間に合わず、小六は激しく嘔吐《おうと》した。

吐瀉物《としゃぶつ》は地面で跳ね、宗吉郎の顔に散った。

「汚ねぇな。なにすんだ」

なじられたかった。迷惑そうに眉を寄せながら、そのくせ、心底心配してくれる、あの男らしい声で。

だが宗吉郎は黙したままだ。吐瀉物がかかっても眉一つ動かさずに地面の一点を見つめている。

死んでいるのだ。

あるのは宗吉郎として動いていた肉体の抜け殻《がら》だけ。

「宗吉郎」

嘔吐が止まらない。腹の中のものを全《すべ》て出しても、まだ出そうともがき続ける。

口を押さえながら宗吉郎の側へしゃがむ。

「すまぬ、宗吉郎。すまぬ」

零れ出たのは謝罪だった。小六は宗吉郎に手を合わせると、ひとしきり泣いた。そして、離れた。

井戸の前で会ったのは藤助だ。

藤助は宗吉郎とは違って、恐怖に強張《こわば》った表情をしていた。

「すまぬ、藤助」

またもや小六は謝罪した。なぜ謝るのか自分でも分からなかったが、思い浮かぶ言葉は「すまぬ」しかなかった。

藤助が怯えた表情を浮かべていることが、いたたまれなかった。いつも冷静な藤助は、最期に怯えたのだ。

「すまぬ」

小六は藤助の前でも吐いた。泣くよりも先に嘔吐してしまう。

せめて、らしくない表情を直してやろうと藤助の顔を撫でたが、硬直していて直してやることができなかった。

小六は頭を下げると、その場を離れた。

奥に進んだところで、小六は棒立ちになった。

小六の家だ。

決して立派ではない、土間と一間しかないみすぼらしい家。

辺りを見回した。次いで首を傾げる。

本当にここが自分の家だったかと考える。信じることができなかった。

燃やされ、炭になり、崩れている。

変わり果てた家を悄然《しょうぜん》と眺めた小六は、恐る恐るだが、敷居をまたいでみた。

「兄様。おかえりなさい」

初が腰に飛びついてきた。思わずよろめいた小六は、初の顔をうつろに見る。

「ひどいです。本当に置いて行くなんて」

初が口をすぼめる。

「え？」

小六は奥に目をやった。

「遅かったですね、小六」

母が囲炉裏端《いろりばた》から顔を向ける。部屋には朝餉《あさげ》が用意されていた。四つの茶碗《ちゃわん》から湯気が昇っている。

「夜駆けは禁止していたはずだぞ。どこまで行った、この腕白《わんぱく》小僧め」

父が粥《かゆ》を掻きこみ茶碗を置く。声は厳しかったが息子のいたずらを楽しんでいるような、そんな軽い調子があった。

「す、すみませぬ」

頭を下げた小六は、突然、前後に揺すられた。視線を落とすと、初が衣を摑んで見ている。

「次は連れて行ってくださいよ。約束です」

「あ、あぁ」

返事をした。初が満面の笑みで応《こた》える。

小六は、なにかを確かめるみたいに、初の頭にそっと手を置いた。

たしかに感触があった。

初に触れた感触だ。

「分かった。分かったよ、初。次は一緒に行こうな。丘の向こうまで一緒に遠乗りしような」

頭を撫でた。髪を乱され、初は、やめて、と抵抗したが、それでも嬉しそうに笑っていた。小六も笑みをこぼした。泣きながら笑った。

風が吹いた。

肌に刺さるような冷たい風だ。

髪が靡《なび》く。突然の風に、小六は思わず目をつぶる。
「あれ？」
目を開けると景色が変わっていた。
一面、真っ黒。
土間も板敷も見分けがつかない燃やし尽くされた家……。
目の先に一本の棒のようなものが突き出ていた。
崩れ落ちた材木の隙間から天に向かって伸びている。
歩み寄った小六は躊躇《ちゆうちよ》した後、そっと掴んだ。
腕だった。
黒く焼け焦げた腕が瓦礫《がれき》から突き出している。
細く華奢《きやしや》な腕だ。
「初！」
胸に抱く。
腰にしがみついてきた初。
拗《す》ねた初。
手の中で笑った初。
「いやだ。いやだ……」
小六は辺りかまわずひっくり返した。

「母様！　父様！」

倒れた木にはまだ熱があり、触れるたび痛みが走った。だが、気にしてはいられない。家族が埋まっているのだ。

「母様！　父様！　初！」

無我夢中でひっくり返す。

「お願いです。お願いします！」

しばらく後、小六の前に三体の遺体が並んだ。焼けただれて顔の見分けがつかない、真っ黒な遺体だ。

でも、母様と父様と初だった。

家族だから。

分かる。

小六は天を仰《あお》いだ。三人の骸《むくろ》を引き寄せて力いっぱい抱きしめる。

「うわぁぁぁ！」

目の前が黒くなった。


ガチャガチャガチャ。

金属のぶつかる音で躰を起こした。

目に飛び込んできたのは瓦礫《がれき》の山。

三人の骸。

小六は鬢《びん》を掻いた。

(やっぱり夢じゃなかったんだ)

時を経《へ》たことで、いくらか落ち着きを取り戻している。自分がどこでなにをしているのか、おぼろげながら分かるようになった。だが、分かったところでなにをすることもできない。うつろな目を漂わせながら、膝《ひざ》を抱える。

「ここらから聞こえたな」

男の声が耳に届く。低い声だ。

「もう残っちゃいないと思いますがね」

もう一人いる。こちらは高い声。どこかで聞いたことのあるかすれた声だ。

二人は歩いている。ガチャガチャと金属音がするのは具足をつけているからだ。

(帰ってきたのだ)

小六は直感した。

村を襲った具足の男達が帰ってきた。

小六は身を低くした。耳を澄《す》ますと、男達のいる場所の見当がつく。

隣家の方角だ。

隠れる場所を探した。ここにいては丸見えである。見つかったら殺される。

燃やし尽くされていると思っていたが、よく見ると、いくらか残っている建物があった。家の裏にある厩もその一つである。母屋から離れていたことで燃え残ったのかもしれない。厩は隠れるには絶好の場所に思えた。

「見つけたら生かしちゃおかねぇ。尼子軍に合流するまでは、下手《へた》に騒がれると面倒だ」

声が大きくなる。近づいているのだ。

小六は板切れを拾うと、厩目指して走った。

板切れで顔を隠しながら駆けたが、途中で邪魔になって捨てた。

ただひたすらに走る。

厩に滑り込んだ。

激しく胸が打つ。

(見つかってませんように)

祈った。

(見つかってませんように。見つかってませんように)

「こっちにはいねぇな」

具足の音が小さくなっていく。

ホッと息をついた小六は、厩の一室に入った。壁に身を預けて、胸の動悸《どうき》を鎮める。

高いかすれ声が聞こえてくる。

「もういませんよ。全部焼いてしまったじゃないですか」

「全員が死んだわけじゃなかろう。村を出ていた者が帰ってきたとも考えられる」

「あの刻限はみんな村にいました。毛利が来る前の宴だったのです。宴を欠席した者がいるとは思えませぬ」

「お前が毛利の軍が通ると触れまわった。村人達に軍馬の用意をさせ、疲れているところで宴を張った。男達は気が緩んでいて、すぐに酔っぱらう。襲い掛かればたやすく倒すことができた。周到だな」

「ありがとうございます」

「俺達は毛利に渡るはずだった馬を奪った。山中様へ差し出せば、さぞ喜んでくれるであろうな」

「馬はいくらあっても、無駄にはなりません」

「手下が十名。馬が五十頭。引きつれて合流すれば、それなりの地位をもらえるはずだ」

「一軍の将ですか？」

「言い過ぎだ。だが、任されるようになるのも遠くはない。とりあえず今度の戦は組頭ぐらいは任されるだろう。武功をあげて、足掛かりとする。成り上がってやるぞ、俺は」

男が笑った。低い嗄れ声が響く。男の笑いに合わせて、具足の音がまた鳴りだした。再び近づいてくる。

隠れる場所を探していると、目の端を光の筋がよぎった。視線を向けた小六は、壁に穴が開いているのを見つけた。

唾《つば》を呑《の》み込み、這《は》い寄る。予想したとおり、穴から外を窺《うかが》うことができた。

男達が目の前にいた。

小六はたじろいで尻もちをつきそうになった。

なんとか堪えて、もう一度目を当てる。

「お前の企《くわだ》てがうまくいったな」

低い声の主は大男だ。色黒の顔と濃い眉。ぎょろっとした目が獅子《しし》を思わせる、いかにも凶暴そうな男である。

「そうですね」

「浮かぬ顔をしているな。褒めているのだ、もっと喜べ」

「喜んでおります」

「お前、あいつらの武器を一か所に集めておいたな。よく考えた。襲われても武器がなければ戦えぬ」

「森満《もりみつ》様が強かったからです。おいらは別になにをしたということでもありません。ただ、森満様の武勇によって近松村は……」

「喰《く》えぬな。故郷が焼かれて心苦しいか。お前が持ちかけた話だぞ」

「しかし……」

「なんだ?」

「いえ。ただ、おいらはさすが森満様と感心しているだけです。此度《こたび》の戦も、目を瞠《みは》るような活躍をされること間違いなしでしょう」

「尼子は出雲を取り戻す。いや、山陰全てを支配下に置くだろう。なんといっても勢いが違う。連戦連勝だ。今、尼子軍で確たる地位を築いておけば、ゆくゆくは城の一つぐらいもらえるまでになるだろう。城持ちになるのだぞ、俺が」

「森満様なら、きっと叶《かな》えられます」

森満と呼ばれる男はまんざらでもなさそうに笑みを浮かべた。目に凶悪な光を宿して、唇を舐《な》める。

もう一人の男は背中を向けていた。スラリとした肢体《したい》はどこかで見たことがある気がしたが、思い出すことができなかった。声もそうだが、もう少しで分かりそうなのに、靄《もや》がかかっていて思い出せない。家族の死を目の当たりにしたせいで、記憶とうつつが結びつかなくなっているのかもしれない。

「先程の声の主はどこにおる。金目のものも見つからぬし。帰ってきたのは無駄足だったか?」

「銭はあらかた奪ったでしょう」

「それはあいつらに分け与える銭だ。銭を与えてやらないとすぐに文句を言う。あとは女だ。ま、それさえ与えておけば命令通り動くのだから、扱いやすくはあるがな」

「それもそうですが……」

「俺は、自らの取り分をもらいにきたのだ。百姓というのは、銭を後生大事に隠していることが多い」

「この村は違うでしょう。銭をため込むほど稼《かせ》いでいる者はいなかったはずです」

「そういうものか？　しかし、声は確かに聞いたぞ。甲高《かんだか》い叫び声だった」

「獣《けもの》かなにかでしょう。先程も申しました通り、外に出ていた者がいるとは思えません」

「俺の聞き間違えだというのか？」

森満が目を剝《む》いた。大きな目には、独特の威圧感がある。男が手を振りながら後退った。

「いいえ、そんなわけでは」

「とにかく探せ。せっかく戻ってきたのに、なにも収穫《しゅうかく》がなかったのでは面白くない。せめて、あと一人くらい殺しておきたい。それで納得してやる」

「分かりました」

男達が乱暴に材木をひっくり返し始める。

「あ」

思わず小六は声を漏らした。痩《や》せた男の顔が見えたのだ。

男は狐《きつね》のような細い目をしていた。色白で卑《いや》しい顔。小六の知っている顔だ。

（新介！）

伯父の新介だった。似合わない具足姿でうろついている。おどおどと動かす目は、村で除《の》け者にされてきた卑屈者《ひくつもの》のそれに間違いなかった。

（新介が手引きしたのか？）

まさか、親類から村を焼く者が出るなんて。露《つゆ》ほども考えていなかった。

小六の中でなにかが崩れた。たった一本残っていた支柱が取り外された感じだ。

父母が死に、親類で生き残っている者が一人だけという状況になった今、責任は全て自分に降りかかってくるような気がした。

(よりにもよって新介だなんて)

小六は頭を抱えた。

バァン――。

凄《すさ》まじい音が鳴り響いた。飛びあがった小六は、慌てて壁から離れる。

バァン――。

再び衝撃音。すぐ近くだ。

「どこに隠れやがった」

森満は小六が隠れている厩に目を付けたらしい。壁を叩きながら探している。相当苛立っているようで、部屋を覗《のぞ》き込んでは誰も見つけられず、腹立ち紛れに壁を叩いているようだ。

恐怖が蘇《よみがえ》ってきた。少しの間、遠ざかっていた恐怖は、戻ってきた時には今までにないほど巨大になっていた。

(殺される。殺される)

殺されたくない。

生きていたい。

「いいかげん出て来い!」

近づいてくる。三つ向こうだ。

バァン――。
小六は後退った。
壁に背中がぶつかり、悲鳴を上げそうになる。
股《また》の間が温かくなる。小便を漏らしてしまった。
「どこだ。どこにいる」
二つ隣の部屋だ。
「チクショウ」
バァン――。
両手で口を塞ぐ。目を見開き、ひたすら首を振る。それでも震えは止まらない。
(助けて。助けて)
殺される。
(殺さないで)
その時――。
「見つけたぞ!」
小六は固く目を閉じた。
悲鳴が辺りを満たす。凶悪な笑いも。
目を開ける。
自分ではない。

まだ厩にいる。
では、誰が？
森満が脇に子どもを抱えて、隣の部屋から姿を現した。
（あれは……）
甚太だ。
どうして甚太が？
いや、生きていたのか？
いや、そもそも、どうしてここへ？
小六はなにがなにやら分からなくなった。
その時――。
目が合った。
甚太はあっと口を開きかけたあと、すぐに口を結び、激しく首を振った。
（甚太？）
漏らすまいとしている？
あの気の弱い甚太が必死に口を噤《つぐ》もうとしている？
（どうして？）
俺を救うため？
「死ね！」

森満が刀を抜いた。

赤い血潮《ちしお》が小六の顔に飛び散った。

白目を剝いた小六は、藁束の中に卒倒した。意識を失う前に目にしたのは、父と母と初の顔だった。

四

話を聞いた元春は口を噤んだ。気づかぬうちに拳が握られている。拳を握りしめたまま、村に視線を向けた。

蹂躙《じゅうりん》された村。

村人達の悲鳴が聞こえてきそうだ。

元春は唾を呑むと、

「春継」

と呼んだ。

「は」

「弔《とむら》わせてもらえ」

「畏《かしこ》まりました」

数名を連れて春継が駆けていく。見送った元春は、改めて小六に向き直った。

「丁重《ていちょう》に弔わせていただく」

「あっ……あっ……」

小六が喉を押さえた。

「あっ……」

もう一度喉を鳴らそうと試みたようだが、声は零れてこなかった。小六は慌てて頭を下げた。

「礼などいらぬ」

元春は咄嗟《とつさ》に理解した。ため込んだ思いを出し切ってしまったために、語るべき言葉を失ってしまったのだ。

戦場でも同じようなことがある。重要な報《しら》せを摑んできた兵士が、息せき切って語り終えた後、急に喋《しゃべ》れなくなる。緊張と興奮で頭の中がまともに働かなくなってしまうのだ。声が出なくなって困惑する兵士はまだいいほうで、気を失ってしまう者もいる。だが、しばらく休ませておけば治るのだ。小六もその類《たぐい》のものだろう。

元春は小六の声には触れずに語りかけた。

「ここの馬のおかげで、どれほどの戦を切り抜けることができたか分からぬ。毛利に馬を入れてきた近松村の者達は、いわば同胞。死を悔やまぬわけにはいかぬ。できることはさせてもらう」

小六が顔を俯《うつむ》けた。全身が震えている。

元春は、小六の肩に手を置いた。

家族と友人、それに故郷を一度に失ったのだ。この華奢《きゃしゃ》な躰に背負《せお》うには重すぎる。一生消えない傷となって、小六を苦しめ続けるだろう。

（だが、生き残ってしまったのだ）

生き残った者には生き残った者の務めがある。どんなに辛《つら》くても、たとえ己が生きていることを恨む毎日しかなかったとしても、立ち向かい続けなければならない。それが生き残った者の務めだ。

「お主、行く当てはあるのか？」

はじめ小六は、なにを聞かれているのか分からないといった様子で瞬きを繰り返した。だが、元春を見上げると、すぐに首を振った。

「近くに親類はおらぬか？」

また首を振る。

元春は頷いた。

「馬の世話はできるな？」

沈黙の後、首が縦に動く。

「俺達と一緒に来い」

周りの兵がざわめいた。元春はそちらに目をやると、強い口調でもう一度告げた。

「俺達と来るんだ！」

ハッと顔を上げた小六は、慌てて地面に額をつけた。元春は小六の腕を取って、強引に起き上がらせた。

「泣け。だが今日で最後だ。武士は人前で涙を見せぬものだ」

小六は泣いていた。次から次へと涙を溢れさせていた。

元春は小六を胸に抱いた。兵達の中にも洟《はな》を啜《すす》ったり、涙を零すまいと顔を上げたりしている者がいる。元春は彼らを見回すと、

(家族だ)

と思った。小六は今、家族に加わったのだ。

吉川軍の強さは、家族のような結びつきにある。家族としての絆《きずな》が、戦場でさらに一歩踏み出させる力に変わるのだ。

(よく生き残ってくれた)

元春が腕に力を込めると、小六は全身をわななかせながら泣き続けた。

しばらくして、小六が胸から離れた。元春は新参の兵を見つめたあと、ふと、視線を丘に移した。

「あれは、お前の馬か?」

顔を向けた小六が目を大きくする。

「ずっとこちらを見ている。お前に、なにかないか見張っているのだ。賢い馬だな」

葦毛馬が丘の上で屹立《きつりつ》し、こちらを窺っている。間合いを保《たも》ちながらも、元春が小六に近づくたび、躰を低くして威嚇《いかく》していた。この大軍を相手に、全く怯む素振りを見せない。一騎でも駆けつけ、軍を割り、小六を救い出そうと決めているのだ。

(見事だな)

元春は子どもを別の視点から眺めた。あの馬を手なずけるような男とはどのような男なのだろう。

（世話をさせれば、軍馬の質が上がるかもしれない）

その可能性は充分にあった。黒風を育てた耕三の息子だ。馬作りで有名な近松村唯一の生き残りが、この少年なのだ。

「あの馬を呼んでみろ」

小六が指笛を吹く。

首を起こした葦毛が、重心を低くして丘を駆けてきた。

見惚《みと》れるほどの走りっぷりだ。

葦毛は小六の下に近寄ると、ピタッと止まった。甘えたいのか、顔を少年に押し付ける。

その鼻面を小六が撫でる。少年の表情が少しだけ緩んだ。

「乗ってみせよ」

元春は命令した。

躊躇《ちゅうちょ》したが、もう一度促すと、小六は葦毛に跨《また》がった。たちまち軽やかに駆け出す。草原を渡る風のような軽快な疾駆《しっく》だ。

（間違いない）

吉川軍は変わる時を迎えたのだ、そう思う。

（この子一人入っただけで、騎馬隊は変わるだろう）

元春の目には小六が騎馬隊を引きつれて原野を駆け回る姿が映っている。

過酷《かこく》な運命に見舞われた子ども。軍に加わることで、どのような影響が出るのかは分からない。兵達の結びつきを強めるかもしれないし、逆に反目を生むかもしれない。

だが、今までとは違う軍になることは明らかだ。

戦場を転々とする毎日にあって、少年がどこかに居場所を見つけようとする姿は、兵の心に特別な感情を呼び起こすだろう。

(どのように変わるのか)

一人の男として、見てみたいと思った。それだけ一人一人の兵を信頼している。

(なによりあの馬だ)

あの葦毛が戦場を駆ける姿を想像すると胸が躍る。それは兵達も同じはずだ。稀《まれ》に見る名馬なのである。

己が乗っている黒風とあの葦毛。

二騎の存在が兵達の心の支えになる日が来るのではないか、そんな気がした。

元春は腕を組んだまま、砂塵《さじん》を上げて駆ける葦毛と少年を眺め続けた。

五

近松村の弔いは簡素にするつもりだった。近くの寺から住持を呼び、読経《どきょう》をあげさせてから、死体を荼毘《だび》に付す。春継はそう考えていたのだが、思いも寄らず元春と元長の麾下《きか》が参加することになって、盛大になった。

燃え盛る炎の前に、兵達が整列するさまは壮観だった。夕陽《ゆうひ》に照らされた兵は、一様に引き締まった表情をしていた。

春継は炎の前で兵達に刀を抜かせた。刀を天に三回突き上げ鞘《さや》に納める。吉川軍で古くから伝わってきた葬送の儀式である。死者が天上へ上るための道を切り開く。そういった想《おも》いが込められている。

兵達の先頭に元春と元長が進んだ。二人は手を合わせると、それぞれが炎に酒をかけた。これも儀式の一つだ。最後の一献《いっこん》を死者に捧《ささ》げる。二人は再び礼をし、元の位置に戻った。これで葬儀は終わりだ。兵達は解散し、北の野営地で一夜を明かすことになる。

兵が散る中、動かない者がいた。小六という子どもである。

夕陽を飲み込んで、一層赤く燃え上がる炎を、小六はひたすら見つめている。

近松村でただ一人生き残った少年だ。

彼がなにを考えているのか、春継には分かる気がした。だが、分かるからといって声をかけようとは思わなかった。情を寄せるつもりもなかった。ただ、気にしていればいいだけだ。

「吉川軍を変える男だ」

元春は小六のことを、そう評した。

「特別扱いはしなくていい。一兵士として扱えば、それでいいのだ。小六は己で居場所を見つけねばならぬからな」

元春独特の勘が働いたのかもしれない、と春継は思う。

（これを侮《あなど》ってはならぬな）

元春の勘は鋭いのだ。元春にしか分からない勘のおかげで勝ちを拾った戦が幾度もある。ひょっとすると己を軍師に据《す》えたのもその勘によるものだったのかもしれない。それを外させてしまったら――。

（いや、どちらでもいい）

春継は思い直す。元春の勘が優れていようと劣っていようと、どちらでもいいのだ。

（俺が元春様は正しいと示す）

それが務めだから。

春継にとって、元春こそ第一だった。鬼吉川と恐れられる元春率いる吉川軍は、真っ直ぐ駆けることができさえすれば、当たり前のように敵を蹴散らしていく。

（道は俺が開く）

元春様は駆けるだけでいい。それが軍師の務めだった。

陽が完全に沈み、辺りに宵《よい》の青さが漂い始めた。ようやく炎の前を離れた小六がトボトボと歩き始める。村を出た所で数人が待機していた。浅川の隊だ。小六を迎え入れ、北を目指して行軍を開始する。

丘の上まで進んだ時、立ち止まった小六が後ろを振り返った。近松村を見ている。春継も小六の視線を追った。近松村の灯は消えている。黒く焼けた村は、草原の闇と完全に同化した。

野営地に着いた。

宿所として割り振られた大百姓の館に入った春継は、村人からの饗応《きょうおう》を受けた後、部屋に下がった。

戦略をもう一度練《ね》り直しておく必要がある。

何度考えても無駄になることはなかった。あらゆる場面を想定することで、突発的な事態にも対応することができる。

春継は出雲の地図を広げた。行商人から買ったこの地図が、今のところ一番正確だ。春継はこの地図を何枚も書き写させている。今、見ている地図はちょうど十五枚目に当たる。その十五枚目も、すでにびっしりと書き込まれていて、元の地図とは比べ物にならないほどになっている。

「ふむ」

春継は筆の先を舐めた。土地の起伏や小川の形状を確認する。

各地に放った忍びから報せがもたらされている。その都度地図に書き加えている。なにより春継自身、出雲を見て回っている。地図はどこよりも正確なはずだ。

四年前の永禄九年の月山富田城攻めで、毛利は尼子を降伏させた。従軍した春継は、戦後も数名の配下と残って、一緒に出雲中を回っている。出雲の民が簡単に毛利に屈服するとは思えなかったのだ。

出雲は中国十一国を支配した名門尼子家の本拠である。尼子の民という意識が出雲の民には根強くあるはずだ。国人《こくじん》領主から成り上がった毛利を、下に見る者も少なくない。毛利への不満は出雲中でくすぶり続けていると考えるのが自然だった。

(安泰《あんたい》とは言えまい)

春継はそう考えていたし、そのために安芸吉田《あきよしだ》への凱旋《がいせん》に参加せず、出雲各地を見て回ったのだ。

「春継様」

襖《ふすま》の向こうだ。地図から目をあげた春継は、人差し指で床を三度叩いた。しばらくして二度床を叩き、少し間をあけて三度叩く音が返ってきた。肩の力を抜いた春継は、

「入れ」

と声をかけた。

「失礼します」

百姓風の男が入ってきた。特徴がないことだけが唯一の特徴のような、のっぺりとした顔をしている。男は春継の向かいに座ると、恭《うやうや》しく礼をした。部屋に入ってから、一度も音を立てていない。土の匂《にお》いを放ってはいるが、男はただの百姓ではなかった。

「権之助《ごんのすけ》か。久しぶりだな」

春継は再び地図に視線を落とした。相手が権之助であれば気兼《きが》ねはいらない。今は、少しでも長く戦のことを考えていたい。

「月山富田城の包囲に変化が出ています」

春継はそのままの姿勢で聞いた。

「知っている。早馬が届いた」

「尼子の本拠である末次《すえつぐ》城に兵を集めています」

「陽動だろうな。末次に兵を集める理由がない」

「末次の将は、山中幸盛、横道政光《よこみちまさみつ》、牛尾久時《うしおひさとき》、森脇久仍《もりわきひさのり》、吉田久隆《よしだひさたか》、目賀田幸宣《めがたゆきのぶ》」

「もうよい。月山富田城の様子はどうだ？」

「十日ほど前、湧《わ》き水を見つけました」

「一月前は井戸から水が出た。食う物が無くて苦しいことに変わりはないだろうが、水があれば少しは飢《う》えをしのげる。天の恵みだな」

権之助は黙っている。沈黙が答えだ。

「いくらか味噌縄《みそなわ》を持って行け。大量の物資はまだ運べぬが、味噌縄でも少なからず慰《なぐさ》みにはなるだろう。毛利はまだ見捨ててはおらぬ、と伝えることもできる」

虫の音だけが響く。権之助は相変わらず口を結んでいる。必要以上のことは喋らないと決めているのだ。

権之助は吉川が古くから使っている忍び衆の頭《かしら》だ。最初は数名で諜報《ちようほう》活動をしていたが、毛利が勢力を伸ばすにつれ多くの配下を抱えるようになった。今では、春継でさえ何人の忍びが所属しているのか分からなくなっている。

（それでいいのだ）

と春継は思う。己は権之助に指示を出し、成果に対して報酬《ほうしゅう》を与える。それだけでいい。

尼子、大友《おおとも》、宇喜多《うきた》、三村《みむら》、浦上《うらがみ》と近隣の大名の下に忍びを放っている。近頃は畿内《きない》で勢力を拡大している織田信長《おだのぶなが》の下にも潜《もぐ》り込ませなければならなくなった。領地が大きくなればなるほど、戦う相手が増えるのは当然だ。各地の情勢をつぶさに観察し、頭に入れておく必要がある。情報を摑めないことは、すなわち死だ。

春継は、権之助を頭とする忍び衆を、吉川軍古参の一人、今田経高から託《たく》されていた。代々吉川に仕えてきた今田は、春継の前に軍師を務めていた男だ。その今田が計略に利用したのが権之助で、石見《いわみ》遠征、陶晴賢との厳島合戦、と数々の勝利を手にしてきたのは、権之助から得た情報を今田が毛利元就に伝えていたことが大きい。

(今田様からよいものをいただいた)

権之助は優秀だった。諜報活動だけではなく、百姓に扮《ふん》して流言を流したり、敵軍に入って暗殺をしたりと命じた任務を確実にこなす。権之助に命令すれば、失敗を考えなくて済んだ。

「天野《あまの》殿はよく耐えておられる」

春継は話を戻した。権之助はいつも通り、反応らしい反応を示さない。そっと板敷きに控《ひか》えている。

「なんとか物資を入れてやらねば干上《ひあ》がってしまうな。今、月山富田城を失うわけにはいかぬ。本拠を取り戻したとあれば、尼子は勢いづく。出雲どころか山陰すべてが尼子に味方するぞ」

独《ひと》り言《ごと》だ。

「どこだ？　尼子はどこに布陣する？　毛利が絶対に通らなければならない場所。富田城から、そう離れていない場所だ……」

春継は地図を引き寄せ、素早く目を走らせた。山を見、川を見、平地を見る。

やがて目が一点に吸い寄せられた。

月山富田城のすぐ近く。山上の要塞《ようさい》。

「布部《ふべ》、か」

周りを険しい山に囲まれている。難攻の地だ。月山富田城へ通じる道が布部山から尾根伝いに延びており、南側から城へ入る道はその一本しかない。山頂へと続く道は水谷《みずたに》口と中山《なかやま》口の二つしかなく、山路のため大軍を押し進めることは困難だ。布部山に陣を敷かれれば、攻略に手こずることは間違いなさそうである。

「布部だ。尼子は布部に陣を置く」

布部以外は考えられなかった。己が敵将なら絶対に布部に決める。

「相手に悟《さと》られていても構わぬだろう。むしろ悟られた方がよい。すべての兵力を回すことができるからな」

尼子再興軍の本拠は、宍道湖《しんじこ》の北岸、末次城である。大将の尼子勝久《かつひさ》が籠《こも》っているが、そこは大将がいるというだけの城で、実態はない。

尼子軍の指揮は山中幸盛が握っており、幸盛は諸所を転戦する日々を送っている。山中幸盛こそ、尼子の本陣であった。

だからといって大将の勝久が籠る城を落とされるわけにはいかない。故に兵を移したのだ。尼子の血を引く勝久を欠《か》けば、戦の意義が失われる。戦う意義を持たない軍は、簡単に崩れるのだ。勝久をしっかりと守っていると、内外に見せつけるためにも一度兵を集まらせることは重要だった。

「だが、布部を決戦の地だと思いこませることができれば」

毛利は兵を布部に集中せざるを得なくなるだろう。応じて尼子は布部に全兵力を向かわせることができる。

「山中幸盛か。どんな男だ？」

春継は幸盛を認めていた。尼子勝久を伴って出雲に上陸したのが去年の六月。それからわずか一月の間に、出雲一円を支配下に置いた。その本領を、今、まざまざと見せつけられている。

先日、春継は三刀屋の多久和《たくわ》城攻略を行った。城は一日で落ちたが、城兵の士気はすこぶる高く、吉川軍は攻城に手こずった。敗色濃厚だと気付くと、討って出て来た。てっきり降伏するものと思っていた春継は、肝を冷やされるとともに、尼子兵の忠義心の強さに警戒を強めたのである。

「今は、月山富田城をあえて落とさない戦略を取っているのだろう。最初の攻撃で落とせなかった以上、無理に押すと兵の士気が下がる。幸盛は、一回目の戦が終わった時点で、布部を決戦の地と決めたのだ」

尼子は一度月山富田城を攻めている。春継が授《さず》けた策を天野隆重《たかしげ》が採用したことで、なんとか寄せ手を撃退することができたが、その後すぐに兵糧《ひょうろう》攻めに入られた。糧道を断たれた城には、米一粒も残っていないと聞く。天野達は木の根や皮を食べて飢えをしのいでいるそうだ。毛利本隊が助けに来てくれるというわずかな望みだけを糧《かて》に生きながらえている。

そこが幸盛の狙いだ。

味方を見殺しにしたとあれば、毛利に綻《ほころ》びが生じる。毛利は月山富田城を救援せずにはいられない立場にいるのだ。毛利を叩きのめすのは、天野隆重を助けようと前のめりに進んでくる道中をおいて他にない。

「兵力を摑まねばならぬな。どれくらい押せば、相手が底を見せるか知っておきたい」

春継は地図の布部山を丸で囲んだ。すでに頭の中で戦は始まっている。

槍と槍が合わさる音。兵達の叫び声。

外の梟《ふくろう》の鳴き声はかすれ、戦場の騒乱で耳の奥が満たされる。

地図を眺めていた春継は、ふと眉を寄せ目を近づけた。穴の開くほど凝視《ぎょうし》し、勢いよく顔を上げる。

「権之助」

「は」

返事をした権之助に地図の一点を示す。

「ここだ、権之助」

指された箇所《かしょ》に権之助が目を向ける。

「近隣の者に銭を撒《ま》け。知っておる者が必ずおる」

「畏まりました」

「ここから布部まではどれくらいだ？」

　自問だ。答えはない。

「二十日ぐらいか？　途中、抵抗があったとしても、それ以上はかからぬな。いや、天野殿にはぎりぎりまで待ってもらうより仕方がない。少々時がかかってもよい。絶対に摑むのだ」

　春継は権之助に目を向けると、

「頼むぞ」

と言った。権之助が頭を下げ、部屋から出ていく。

　春継は一人きりになった部屋で再び地図に目を落とした。親指の爪を嚙み始める。爪はほとんどはがれていたが、気にしてはいられなかった。

「一戦だ。最初の一戦ですべてが決まる」

　口に含んだ爪をペッと吐き出した。

六

　藁で躰を拭《ぬぐ》ってやると、颪花は気持ちよさそうに耳を伏せた。冬の冷気の中、全身から湯気を立ち昇らせている。躰が火照《ほて》っているのは健康な証《あか》しだ。

（終わりだ）

小六は風花の躰を二度叩くと、背中を向けて去ろうとした。

襟《えり》を引っ張られ、思わず後退る。目を向けた小六は、風花が自分の衣を咥《くわ》えていることに気づいた。

怖い顔をしても、風花は襟を放さない。透《す》き通った瞳で小六を見つめている。

溜め息をついた。が、すぐに頬を緩めると、風花はようやく襟を放して躰を寄せてきた。

風花の顔に額を押しつける。

(もう少し我慢《がまん》してくれ)

昔みたいにずっと一緒にはいられないんだ。

そう語りかけたところで思わず涙ぐんだ。グッとこらえると、鼻の奥が痛くなる。

(軍馬の世話をすること。それが俺の務めだ。お前が一番だけど、務めだからしようがない。分かってくれ)

風花が顔を押してきた。自ら押してきたということは、だいぶ満足したということだ。風花は甘えたかっただけだ。三歳の牝馬が一頭だけで軍に入れられたのだ。寂《さび》しくなって当然だ。

(風花はさすがだな)

それでも小六は思う。甘えられるようになったということは、軍の暮らしに慣れ始めたということ。甘えることさえできなかった先日までとは比べ物にならない。風花は少しずつ順応してきているのだ。

風花と比べて自分はまだまだだな、と小六は考える。割り当てられたのは吉川元長軍の馬廻《うままわり》で、軍馬の世話をするのが務めだった。膨大な数の馬に餌《えさ》を与え、糞《ふん》を掃除し、躰を洗ってやる。簡単に済ませることもできたが、馬の気持ちを考えると、丁寧に世話をしてやりたかった。小六はいつも忙しかった。

（今日もありがとうな。お詫《わ》びに、目いっぱい綺麗《きれい》にさせてもらったぞ）

一頭一頭そう語りかけるようにしていたが、実は言い訳だった。馬の側にいる間は安らかな気持ちでいられる。一時ではあったが、あの襲撃を忘れることができた。

だが、人に囲まれていると違う。気が張ってしまう。いつ襲い掛かられるかとビクビクする。小六は人を恐れるようになっていた。

（お前が一番だからな。他の馬も見ているけど、お前が一番だ）

風花は首を振って、小六の顔をしわくちゃにした。小六の匂いを少しでもなすり付けようとしているらしい。二人はしばらく抱き合った。

やがて風花が、鼻を鳴らしながら一歩下がった。納得したのである。小六は爪で頬を掻いてやると、最後にもう一度額を押しつけた。

（行くよ）

風花は一瞬名残《なごり》惜しそうにいないないたが、すぐに耳を立てて足元の草を食《は》み始めた。実際に食べるわけではなかろうが、彼女なりの別れの挨拶《あいさつ》のつもりらしい。小六は洟をすすると、風花の元をそっと離れた。

兵舎に戻る途中で、男に呼ばれた。

「おい、小六」

躰が硬直する。話しかけられることには慣れていない。見つかっていなければどこかに潜んでやり過ごすところだったが、声をかけられた以上隠れるわけにはいかなかった。小六は棒のように立ち竦《すく》んだまま男を待った。

「どこに行ってた。浅川様が探しておられたぞ」

目の前に迫ったのは若い男だ。ごつごつした岩のような顔の男は、たしか齢十六と言っていた。

(宗吉郎や藤助と同じか)

二人を思い出した小六は目を下に転じた。宗吉郎とも藤助とも似ても似つかない。いかにも武士といった感じの男だ。

男の名は、山県政虎という。山県といえば安芸では名家であるらしく、石見銀山を巡る戦いで死んだ兄の政芳《まさよし》は、近隣の国にまで轟《とどろ》くほどの武将だったそうだ。

政虎は軍では最年少だった。

そのため居心地が悪かったらしい。年少の小六が入ってくれてうれしい、と屈託《くったく》なく笑ったところをみると、悪い人間ではなさそうだ。

小六が俯いていると、政虎が頬をつねってきた。

「すまぬ、嘘《うそ》だ。少し驚かせてやろうと思ってな」

口を開けて笑う。小六はぼんやりと政虎を見上げた。政虎はひとしきり笑うと、隣に並んで肩を組んできた。

「お前が動揺するところを見たかった。さすがに、少しは慌てたみたいだな」

満足気に鼻をこする。小六は胸が激しく打つのを感じ、足早に歩き始めた。

「確かに急いだ方がよさそうだ」

政虎が隣に並ぶ。

「ぼつぼつ広場に集まりつつある。いくらなんでも、最後というわけにはいかぬぞ」

政虎が言っているのは浅川勝義の調練のことだ。元長麾下《きか》の老武士は、若い兵達の鍛錬《たんれん》を受け持っている。小六も軍に入ってから五日間、毎日、浅川の調練を受けていた。

白髪を振り乱しながら、嗄《しゃが》れ声で怒鳴《どな》る浅川の調練は厳しかった。

武器を持ったことがない小六は、他の者にまったくついて行けず、重い槍をようやく振り回せるようになったところだ。そのくせほかの兵同様立ち合いまでさせられ、すぐに打ち倒されてしまう。小六の躰は五日間で痣《あざ》だらけになった。それでも浅川に容赦《ようしゃ》はない。調練を終えた後も、小六を一人残して槍を振らせる。

「浅川様は厳しい。今日も、しごかれるぞ。覚悟しておけ」

政虎が背中を叩いた。力の強い政虎の励《はげ》ましはかなり痛かったが、それを口に出すことはできない。

（何事も堪えなければならないのだ）

ここを追い出されたら、行く場所がなくなる。何としてもここに居続けなければならない。

小六は政虎の後に続きながら広場まで歩いた。

広場は若い兵で溢れていた。

元長軍は比較的若い者が多かったが、その中でもここに集まっている兵は若い。皆、十代だろう。兵士達は思い思いに槍を振って、鍛錬を始めていた。

「よっしゃ、集まれ」

浅川が号令をかける。たちまち浅川の前に列ができ、兵士達が直立の姿勢を取った。さすがは吉川軍だ。統制のとれた動きは無駄がない。

「まずは型をする。上から下ろして、突く。横に薙《な》ぎながら反転し、もう一度突く。とりあえず百回じゃ」

兵達が間隔《かんかく》をあけて、声を上げる。

「えい、おう！　えい、おう！」

槍を振る。上から下。真っ直ぐ突き、反転。

小六も倣《なら》って槍を振った。初日は上段から振り下ろしただけで前のめりに倒れたが、最近では他の者と同じように振ることができている。ただし、力は弱いままだ。二十回を超えると躰の節々が悲鳴を上げる。腕がパンパンになり、足は震え、立っているのがやっとになる。それでも浅川は休ませてくれない。倒れれば、拳骨《げんこつ》で殴《なぐ》ってでも起き上がらせて、最後までやり通させる。

いくら吉川兵とはいえ、五十回を超えたあたりからかけ声が小さくなる。槍を落とす者も現れた。浅川は駆け寄って叱咤し、槍を振るわせた。この日、小六は三度槍を落とした。その都度、浅川に罵《ののし》られたが、気力を絞ってなんとか百回、振り抜くことができた。

「よし、立ち合いじゃ」

浅川は小六が百回目を終えると、すかさず呼びかけた。

「並べ。わしが相手じゃ」

兵達が一列に並ぶ。順番に浅川と槍を合わせるのだ。

先頭の兵が浅川目掛けて駆けた。広場に集まっている者の中でもひときわ大きな体軀《たいく》の男だ。

「やあ!」

男が突いた槍を、浅川は簡単に下から弾《はじ》く。たたらを踏んだ男の背中に、一回転させた槍の柄が落ちた。

男が頭から倒れて、動かなくなる。

その背に手のひらを当てた浅川は、男に意識を取り戻させると、

「次!」

と言った。顔は涼しげである。若い兵士など、全く相手にならないようだ。

浅川は次から次へと倒していった。さすがは吉川軍の伝説だ。浅川が飄々《ひょうひょう》として見えるのは、振るう槍に無駄がないからだ。

政虎の番になった。

「お願いします」

広場の中央で浅川と対峙《たいじ》した政虎は、顔をあげると同時に槍を構えた。いかにも気合十分とい

った構えである。

「よし、来い」

浅川が応じると、政虎の足が地面を蹴った。一気に間合いを詰め、豪快に振り下ろす。

浅川が受ける。

弾かれた政虎は反転しながら柄で突きを繰り出した。

浅川も浅川で槍を半回転させて下から撥《は》ね上げる。

槍を宙に飛ばされかけた政虎が必死の形相《ぎょうそう》で踏ん張った。

「うおぉお！」

どっしりと地面を踏みしめた状態から、横に薙ぐ。風を切り裂くような壮烈な槍だ。穂先が浅川の顔めがけて一直線に走る。

地に伏す音が轟《とどろ》いた。

倒れたのは政虎の方だ。後ろ向きに倒れた政虎は上半身を起こすと、どうして自分が倒れたのか分からないといった様子で目をしばたたいた。周りの兵士達もなにが起こったのか分からないらしい。不思議そうに目を見交わしている。

そんな中、小六だけは唾を呑み込んでいた。

見たのである。

浅川は政虎の渾身《こんしん》の一撃を見て、咄嗟《とっさ》に懐《ふところ》に飛び込み、肩を柄で突いた。軽く突いたように見えたが、政虎は吹っ飛び、背中から落ちた。馬に乗って育った小六は、動くものを見る目が他の者より優れている。

「さすがは、山県の倅《せがれ》じゃ。なかなかよい槍を振るう」

浅川が政虎に手を出した。手を取った政虎は、弾かれたように礼をして、小六の元に戻った。興奮している。

浅川に褒められて嬉しかったのかもしれない。政虎は純粋な男のようだ。

「次！」

浅川の声が響いた。小六は慌てて進み出ると、向かい合って礼をした。周りから失笑が漏れる。槍を習い始めたばかりの小六は浅川の前では蛇《へび》に睨まれた蛙《かえる》だ。

案の定、小六は一瞬にして倒された。

振り下ろした槍が地面を打って思わず落としそうになっていると、いつの間にか迫ってきた浅川に、なぜか投げ飛ばされてしまった。小六程度に槍を使うまでもないと考えたのかもしれない。

しばらくして起き上がった小六は、浅川に頭を下げて列に戻った。

もう一度浅川と一人ずつ対峙《たいじ》した若武者達は、今度は二人一組で槍の打ち合いを始めた。小六は政虎と組んだが、政虎の槍は豪快で、槍が合わさる度あっちによろよろこっちによろよろといった具合で、なにもできぬまま終わってしまった。

「小六は残れ。他は帰ってええ」

浅川が告げた。兵達が重い足取りで去っていく。小六は黙って見送った。

「先に戻る。励んでくれ」

政虎だけは一向に疲れていない。立ち合いの相手が小六だったためか、単に政虎の躰が剛健にできているためかは判断がつかなかった。ただ、今までの調練で政虎が疲弊《ひへい》しているところを見たことは一度もなかった。

「さて、やるかの」

政虎の背中が見えなくなると、浅川は小六に向き直った。腰に手を当て、片目を閉じる。小六は浅川の前で槍を構えた。

「格好はようなってきた。あとは力をつけることじゃが、これぱっかりはすぐというわけにはいかん。繰り返し槍を振るうことが、遠回りのように見えて一番の近道じゃ。ちゅうことで型を二百回じゃ」

浅川も槍を構えた。浅川が小六に教えているのは、調練の時に教える型ではなく、もっと単純な基本の型だ。基本を身につけることが何より大事と、浅川は事あるごとに伝えてくる。

「えい」

浅川と一緒に槍を出す。

「おう」

下からすくい上げる。

「えい」

上から叩き落とす。

こうして浅川と一緒に槍の型を延々と続ける。二十回目を過ぎたあたりで手足がしびれてきた。

五十回目を超えると力が入らなくなり、百回目で意識が朦朧《もうろう》とし始める。いつの間にか小六は地面に倒れていた。

「起きろ」

水をかけられて目を覚ます。いつものように気を失っていただけだ。

（意識を失《な》くしてばかりだな）

小六は思う。村を襲撃されて以来、度々気を失っている。心が弱くなっているのかもしれない。

「百二十六回じゃ。だいぶ、耐えられるようになってきた」

浅川は小六の顔を覗き込むと、なぜか満足そうに頷いた。

「もう少しで二百回じゃ。二百振れるようになりゃ、別のものが見えてくる。それまでは歯を食いしばってでも、振り続けるのじゃ」

小六が上半身を起こすと、浅川は少しだけ笑った。黄色い歯が剥《む》き出しになる。浅川は小六が座り直すのを待ってから、椀《わん》に注《つ》いだ水を差し出してきた。

「飲め」

受けて口に含んだ。カラカラに渇いた喉に、水の冷たさが心地よい。

浅川は自らも桶《おけ》からすくって水を飲んだ。

「うまい！」

豪快に口をぬぐう。子どものような表情だ。

浅川は小六を見て笑みを浮かべると、向かい合って座り、

「ええか」

と小六の前に人差し指を立てた。

「わしが軍に入ったのは、十七の頃じゃ。わしも百姓の出でな。兄者が戦に参加しとったが死んでしもうて、代わりに出にゃならんようになった。気づいた時には甲冑をつけて、戦場に立っとったわ」

小六は何度も瞬きをした。調練以外のことで浅川が話をするなんて初めてのことだ。

小六は姿勢を正した。浅川の話を一語でも聞き逃してはならない、そんな気がした。

「最初はなんもできんかった。走れと言われれば走り、槍を出せと言われれば槍を出した。いつ死んでもおかしゅうなかったが、運よく生き残ることができた。そんな毎日が続いた。軍の生活に慣れんかったし、いつも逃げ出したいと思っとった。それでも気づいたら戦場に立っとって、声をあげて駆け、なぜか生き残っとった。己が生きとることが、不思議でならんかったよ。軍で一番弱いはずの己が生き、強いはずの者が死んだ。生死の境というのは案外、気まぐれのようなものかもしれぬと考えたな」

浅川は言葉を切った。口をモゴモゴと動かし、次になにを話すか探している。浅川は、ふと、畏まっている小六に気づくと、小さく息を吐いて続けた。

「最初のうちは、それでよかったんじゃ。運よく生きのびられたということでな。じゃが、そのうち怖くなってきた。いつかは己も死ぬんじゃということが怖くてたまらんようになった。それからじゃな、鍛《きた》えるようになったんは。弱いままじゃやけぇ恐れるんじゃないか。強うなれば死に方を選ぶことができるんじゃないんか、そう思うようになった。己の身を守ることができりゃあ、怯えながら暮らさんでもよいじゃろ？　そんな風に思った。毎日、励んだよ。とにかく強うなりたかった。訳も分からず戦場を駆け回るのはごめんじゃと思った。そうして鍛えているうち、たまたま戦で名をあげることができた。続けて鍛えておると、屋敷と土地を与えられるようになった。軍で一番弱かった百姓出のわしがじゃ」

浅川は自分を指さすと、眉を上げておどけた表情を作った。

「小六、お前も百姓の出じゃ。軍での生活に戸惑《とまど》っておるかもしれん。じゃけど、変えることはできる。変えようと思えば、いくらでも変えることはできるんじゃ。わしが自らを鍛えて恐れを克服《こくふく》したように、今、お前が悩んどることはお前が立ち向かえば変えることができる。受け身でいてはならん。立ち向かうんじゃ」

浅川は小六から目を外すと、

「手助けをしたい」

と、朱《あか》い空を見上げた。

「若い者を導くのは、年寄りの務めじゃ。戦場でなにも分からぬまま死ぬことだけは避けさせてやりたい、そう思っとる。小六、お前はまだ若い。わしが軍に入った頃より、ずっと若い。伸びしろがある。励めば強うなるぞ。今は信じられぬかもしれぬが、励み続ければ絶対に強うなる。同じ百姓出ということで、わしはお前に肩入れしすぎておるのかもしれん。じゃが、まぁ、老いぼれの道楽じゃと思って付き合《お》うてほしいのぅ」

浅川は言った後、

「いや、違うの」

と首を振った。

「老いぼれの道楽かもしれんが、歯を食いしばってでもついて来い。途中で逃げ出すことは認めぬ」

カラカラと笑うと、槍を取り、立ち上がった。

「今日はここまでじゃ。明日は二百を超えるのだぞ」

夕陽が老武士の白髪を赤く染めている。陽を浴びて屹立する浅川は、まるで壮年の兵士のように若やいで見えた。

(浅川様)

小六は感謝を述べなければと口を開いたが、言葉は出てこなかった。なんとか絞り出そうと試みたが、喉奥に引っかかったまま出てこない。

(気にかけてくれていることに気づいていました)

厳しい手ほどきがうれしかった。

軍にいていいと言ってくれているようでうれしかった。

言いたいことはたくさんあった。だが、どれも言葉にならないのだ。

小六は唇を噛みしめて俯いた。

馬蹄《ばてい》の音が聞こえた。駆けてきた騎馬が小六達の前で、荒々しく止まる。

「やぁ、やってる」

快活な声が響く。顔を上げると、馬上から見おろしている武士と目が合った。相手を射すくめるような、鋭い目だ。

だが、嫌な感じはしない。

心の奥まで見通すくせに、それをそっくりそのまま受け入れてしまおうというような大きさが感じられる。

「元長様。どうされました？」

吉川元春の嫡男元長だ。浅川に声をかけられた元長は顎を撫でながらニヤリと笑った。

「通りかかっただけだ。懐かしいことをしておると思ってな」

「元長様も久しぶりにどうです？」

「遠慮しておく。勝義の調練は厳しいからな。戦の前に躰を壊しては大変だ」

「いやに謙遜《けんそん》を言われます。この勝義めより、はるかに強うなっとられますのに」

「子どもの頃からしごかれてきた。勝義と対峙すると、血が怯えてしまうのだ。まだまだ勝義には敵《かな》わぬよ」

「元長様と春継が並んで槍を振るっていた時期が懐かしゅうございます。元長様は立派になられました」

「春継の方がすごい。俺はあいつには敵わぬと思っている。何手先まで読んでいるのかと驚かされるぞ」

元長は口を開けて歯を見せた。春継に敵わぬと言っておきながら、そのことを誇ってでもいるようだ。

「お前、名はなんと申す?」

突然声をかけられ、小六は身を固くした。吉川家の跡取りに名を聞かれている。すぐに返事をしなければならなかった。

小六は喉を上下させた。目は元長に注がれたままだ。

「どうした。普通に話してくれてよいのだぞ。そうだな、俺から名乗ろうか?」

沈黙が訪れる。兵舎の方から、兵士達の騒ぐ声が聞こえてくる。

「近松村の小六です」

浅川が助け舟を出した。そんな浅川に元長は笑みを向けた。

「知っておった。これほど年少の者はおらぬ。知っておきながら聞いたのだが、勝義のおかげで、だいたいのところは察することができた。すまなかったな、小六。いらぬ負担を強《し》いた」

さすがは吉川元春の嫡男だ。人間の大きさは生まれ持ってのもののようである。

小六は慌てて膝をついた。無礼を詫《わ》びるつもりで、額を地面にぶつける。

「たわけ!」

元長が大喝《だいかつ》した。

「お前は悪くない。悪いのは俺だ。お前が頭を下げると、俺が無理強いしているみたいに見える。

悪いことをしてもおらぬのに、むやみに頭を下げるな。以後、厳しく禁ずる。分かったな」

小六は何度も頷いた。これが大将になる人の器だ。とてつもない大きさだ。

小六が口を開けたまま眺めていると、元長は突然表情を崩した。

「ところで、小六。お前の葦毛に乗りたいのだが、乗せてはくれぬか」

小六は元長を見つめ返し、やがて頷いた。小六と初以外乗せたことがない風花だったが、さすがに分かってくれるだろう。小六は元長と浅川を連れて放牧地に向かった。

草原に出ると、風花が駆けてきた。小六に顔を付けてグイグイと押す。喉元を撫でてやるとさらに力は強まった。

「まるで兄妹みたいじゃ」

浅川が漏らし、元長が、

「それにしても立派だ」

と零す。

小六は風花の首に顔を埋《うず》めたまま語りかけた。

(風花、元長様だ。この軍の大将だ。お前に乗りたいんだそうだ。頼むぞ風花。お前ならできるぞ。お前ならできるからな)

声は出ない。それでも風花はスッと顔をあげると、元長を正面から見据えた。しばらく無言で大将と牝馬が見つめ合う。

不意に元長が手をあげた。風花は身をビクンと震わせた後、そっと顔を差し出した。元長が

「いい子だ」

鼻筋を撫でる。風花は目を閉じずに、ずっと元長を見つめている。

元長と風花のやり取りに胸を撫で下ろした小六は、馬具を風花につけた。

「大丈夫か？」

浅川が囁《ささや》いてくる。小六はこくりと頷いた。風花は受け入れている。もう心配しなくていい。

元長が跨《また》がった。万が一暴れるようなことがあれば押さえ込もうと構えていたが、風花は微動もしなかった。やはり風花は分かっているのだ。

「乗り心地は、やはりいいな。どれ、少し駆けてみるか」

元長が風花の腹を蹴る。風花は一瞬なにかを考えるように小六を見たが、小六の真剣な眼差《まなざ》しにぶつかると、すぐに駆け始めた。

「これはいい。すごいぞ」

元長が喜色をあらわにしている。風花の背中は柔らかく、乗っていると弾んでいるような感覚になるのだ。

「それ、やぁ」

元長が風花を励ます。馬腹を蹴り、しきりに手綱をしごく。風花は草原の中を気持ちよさそうに駆け抜ける。

「おかしいのう」

しばらくして、浅川がつぶやいた。小六はドキリとした。額に汗が浮かぶのを感じながら、風花をじっと見つめる。

風花はいくら元長が押しても走力を上げなかった。最初と変わらぬ速さで草原を駆けている。

馬上の元長も気づいたようだ。威勢のいい掛け声を散々あげていたのに、今はもう出さなくなった。

二周ほど草原を回った後、元長は戻ってきた。浅川と小六の前で風花から降りると、

「うむ」

と首を捻《ひね》って、しばし考え込む。当の風花はというと、息ひとつ乱さずケロリとしたままだ。

「全く進まぬ」

風花の躰を叩きながら元長が零した。小六は息がつまる思いで、顔を俯けた。賢い風花だからこそ、あり得る話なのだ。

手を抜いて走る。

一緒に育ってきた小六にだけ風花は心を許していた。それ以外の者は受け入れたことがない。表面上は受け入れておきながらも、心の奥では受け入れずに適当にあしらっておく。そういう芸当ができるのが風花だ。

「小六。お前、乗ってみろ」

元長に言われた。小六は目を丸くし、慌てて手を振った。

「遠慮することはない。この葦毛の本当の走りを見てみたい」

なおも小六は躊躇したが、浅川に、

「行け」

と背中を押されて、渋々従うことにした。

風花に近づき、首を叩く。慣れた動作で背中に跨る。

耳を立てた風花が、振り返って小六を見た。もう一度首を叩いてやると、風花は視線を前に向け、大きく鼻を鳴らした。

腹を蹴る。

たちまち全速力で駆けた。

ものすごい速さだ。

風が左右に割れるのが見える。風と一体になったみたいだ。

遠慮はすぐに消えた。風花に乗って駆けるのは久しぶりだ。

小六は風花に乗れることが嬉しくて、それだけに意識を集中させた。

小六は草原を走った後、一際高い丘に上り、一気に駆けた。風花は怯《ひる》むことなく、むしろ勢いを得て、滑《すべ》るように下っていく。

ひとしきり草原を回った後、初めの位置に戻った。元長が苦笑を浮かべながら出迎えてくれる。

「どうだ、これは。素晴らしい馬ではないか。な、春継」

いつの間にか現れていたもう一人に言う。近松村で小六に話しかけてきた男前だ。軍師の香川春継だ。

「は」

春継は畏まった。頭を下げたが、すぐに元長が制した。

「堅苦しいな。お前はいつもそうだ。一緒に育った仲ではないか。もっとくだけてくれた方が気が休まるのだ。最近、俺はお前が離れて行ってしまったようで、寂しいぞ」

だが春継は目を伏せたままだ。あくまで臣下としての節度を崩さないつもりだ。

元長はさらに眉を寄せた。鬢を掻くと、

「ところで、小六」

と話を向けてきた。小六は急いで風花から降りた。片膝をついて元長を見上げると、元長はうんざりしたといった具合に額を押さえていた。

「立て。答えろ。この葦毛はどうして俺が乗った時は本気で駆けなかった」

答えられるはずがなかった。じっと俯く。

「不愉快であるぞ」

小六が黙っていると、

「というのは冗談《じょうだん》だ」

元長は笑った。

「不愉快ではあるが、あの走りを見せられると、むしろ清々《すがすが》しくもある。お前が乗らなければ走らぬのだな？」

小六は面《おもて》を上げた。

「であれば、お前の馬だ。俺が取り上げて、あの馬の力を殺したら、誰に対しても失礼だ。なにより、俺が一番傷つく。そうだろう?」

小六は浅川を見た。浅川が微笑しながら頷いてくれる。

「あの馬に乗って、思う存分駆けてみよ。春継とも話をしていたところだ」

「小六とやら、あの馬は丘を下る時も恐れぬのか?」

元長の後ろから、春継が語りかけてきた。親指の爪をしきりに噛んでおり、近寄り難《がた》さを際立たせている。

小六は一歩足を引いた。が、春継は無遠慮に距離を詰めてくる。

「どうなのだ?」

「見ての通りじゃ。あの馬は下ることを恐れぬ。上る時も跳ねているようじゃった。凄まじい馬じゃ」

小六の代わりに浅川が答えた。

「他の馬を連れていたらどうなるだろう?　あの馬だけが駆け下りるのだろうか?」

春継がつぶやくと、

「試してみたらええじゃろ」

浅川が小六の肩を叩いた。小六は頷くと、適当な馬を三頭選んで連れてきた。小六が世話をしている軍馬達だ。

小六はもう一度颪花に跨った。合図を出すと、まず颪花が駆け、その後を三頭が追った。颪花に本気を出させると他の馬がついてこられなくなるので、手綱を絞って颪花をなだめながら走らせた。風花も小六の考えを理解したのだろう。三頭の足並みに合わせるように小気味よく駆ける。

丘を一気に駆け上がった。三頭ともついてきている。小六は後ろを振り返り三頭が風花を大将と認めたことを確かめると、丘の上で馬を止めた。

見下ろしてみると、結構な坂である。

普通、馬は下りを得意としない。鹿《しか》や猪《いのしし》と違って蹄が割れていないため、地面をしっかり掴むことができないのだ。だが、恐れるというだけで下ることができないわけではない。ある程度の坂であれば、鹿や猪よりも速く駆けることができる。小六はどの程度の坂であれば馬が駆けられるかを知っている。幼い頃から馬と一緒に育ったのだ。そのぐらいのことは、感覚で分かる。

(この坂は大丈夫だ)

あとは駆けるための一歩を踏み出せるかどうかだ。一歩を踏み出すことさえできれば、自然と駆けることができる。

風花に合図を出した。一頭が下れば、他の馬達もついてくる。賢く物怖《ものお》じしない風花は他の馬を導くには最適だ。

案の定、他の三頭も追ってきた。四頭がほとんど一団の塊《かたまり》になりながら坂を下る。

平地に出ても勢いを殺さずに走り、草原を一周した後、元長達のもとへ帰った。

「これは驚きじゃ」

浅川が声を上げる。

「あの三頭が、こんなに速う駆けとるのを見たことがない」

「見事だ」

元長が両手を広げて、颪花から降りた小六を迎えた。

ただ一人、考え込んでいる男がいる。

春継だ。

顎に指を添えて、一人でぶつぶつつぶやきながら、なにやら思案している。

「そうか！」

不意に春継が顔を上げた。

「元春様の勘とはこのことだったか！」

言うと、今度は急に笑い始めた。なにかに憑《つ》かれたような高笑いだ。

（どうしたのだろう？）

小六は考えたが、自分には関係ないことだと思い直した。

それより、今は颪花に乗れた感動を噛みしめていたい。

柔らかい背中。

風を突き抜ける感覚。

やはり颪花はいい。

颪花は最高だ。

肌の火照りを感じながら、小六は微《かす》かに口元を緩めた。春継の哄笑《こうしょう》に気を取られて誰も気づかなかっただろうが、小六はこの時、確かに微笑《ほほえ》んだのである。

あくる日から小六に新たな調練が課されることになった。
騎馬を引きつれ、風花と草原を駆け回る。
丘を駆け上っては下り、馬を全力で駆けさせる調練だ。
小六は風花に乗れることが嬉しくて、嬉々《きき》として励んだ。

月の光

一

月が出ていた。

三日月だ。

蒼天《そうてん》に浮かぶ月は薄白く、目を凝《こ》らしていないと消えてしまいそうなほど、儚《はかな》い。だが、実際にはあの月が消えることはないのだ。三日月はずっと空にあり、ひそかに夜を待っている。昼間、空を支配していた陽《ひ》が沈み、辺りに暗さが染み始める頃《ころ》になって、月は煌々《こうこう》と輝き始める。空の支配者になった月は夜の国で最も明るい。

山中幸盛《やまなかゆきもり》は額に掲《かか》げた手を下ろすと、平地に集結した軍勢に目を向けた。

兵は七千を超えた。日に日に増している。

(出雲《いずも》はやはり尼子《あまご》の地だ)

毛利《もうり》の支配に不満を覚える者が、こんなにもいる。

幸盛が尼子勝久《かつひさ》と共に出雲に戻ってからおよそ八月《やつき》。たった八月で、これほどまでに膨《ふく》れ上がった。三代前の経久《つねひさ》公の時代から、民と共に出雲を作り上げてきたおかげである。田畑を起こし、街を整備し、港を開いてきた。尼子が繁栄すれば、出雲の民も豊かになった。その時の恩を今も忘れていないのだ。毛利に支配されていた頃の民の目には生気がなかったと聞く。出雲は毛利にとって支配地の一つで、安芸《あき》のやり方を押し付けられた民は不満を抱えていたのだ。そこへ、尼子が帰ってきた。出雲中が沸《わ》いたのは当然だ。尼子は出雲の民にとって特別で、ずっと心の奥で尼子の復活を待ち望んでいたのだ。

（勝てる）

再び出雲を支配下に収めることができる、そう確信する。

幸盛は末次《すえつぐ》城のある亀田《かめだ》山から騎馬で下りた。単騎だ。宍道湖《しんじこ》沿岸特有の、湿り気を帯《お》びた風が頰《ほお》に当たる。それが心地よい。

鳶《とび》のような目が吊《つ》り上がる。筋の通った鼻と形の良い口のせいで涼しげに見られるが、近ごろの幸盛は気持ちを昂《たか》ぶらせてばかりいる。

陣について、馬を留めた。

「鹿《しか》」

と声をかけられる。振り返らなかった。わざわざ面を合わせるまでもない。

幸盛は鹿之助《しかのすけ》という通称を持っている。

山中鹿之助幸盛。

気心知れた者は、「鹿」と呼ぶ。

「毛利が三刀屋《みとや》を発《た》ったそうだ」

横に並んだ小柄《こがら》で四角い顔をした男は、立原久綱《たちはらひさつな》だ。幸盛の母の弟で、幸盛にとっては叔父《おじ》にあたる。叔父ではあったが、二人の間に遠慮《えんりょ》はなく、むしろ兄弟のような親しさがあった。

「久綱、俺《おれ》達も兵を移動させる」

「どこだ？」

幸盛は答えなかった。聞かれるたび答えていてはキリがない。

久綱は幸盛の性格を理解しているようだ。特に不満めいた表情を浮かべず、後に従った。床几《しょうぎ》に腰を下ろした幸盛の斜《なな》め向かいに座り生真面目《きまじめ》そうな顔を下に向ける。

彼方《かなた》から歓声が上がる。時々交じる火薬の爆《は》ぜる音は、鉄砲だ。海路で仕入れた鉄砲二百挺《ちょう》は次の戦できっと活躍するはずだ。

幸盛は瞑目《めいもく》した。頭の中で軍を動かしている。巨大な毛利と対決するには些細《ささい》な失敗も許されない。軍の構成を緻密《ちみつ》にし、情報の伝達を的確にし、兵の機動力を活《い》かす戦をしなければならない。

だが、細部にこだわりすぎるのもよくなかった。

勝負を決するのは思いだ。

打たれても、なお、前に進む。

いや、進みたいと思う。

そうした思いを兵の一人一人が持てるかどうかで勝敗が決まる。

（前に進む力は尼子の方が強い）

兵達は毛利を倒す絶好の機会に猛《たけ》っている。

出雲を尼子の手に――。

その思いに燃えている。

陣には幸盛と久綱、それと見張りの兵だけがいる。幸盛と久綱が目を閉じたまま口を噤《つぐ》んでいるので、陣内は池の底のように静かだ。兵達の調練が、何枚も壁を隔《へだ》てた遠くの声のように聞こえている。

幸盛は軍の中の静けさが好きだった。

雑多な音に紛《まぎ》れているくせに静謐《せいひつ》の中に身を置くことができる。人の気配が多ければ多いほど、己は限りなく一人に近い存在だと感じることができた。

「お、鹿。ここにいたか？」

うつつに戻された。幕をかがんで入ってきた、整った顔と視線がぶつかる。

「宗信《むねのぶ》、兵の動きはどうだ？」

「さぁな」

肩を持ち上げたのは秋上《あきあげ》宗信だ。出雲神魂《かもす》神社の神官秋上家の頭領宗信は、神祇《じんぎ》に関《かか》わる者には似つかわしくない崩れた雰囲気を纏《まと》っている。その堕落《だらく》した雰囲気と端整《たんせい》な容姿のせいで、宗信は女子《おなご》から好かれていた。好かれる上に、宗信自身女子好きだ。調練の最中でも、「女子の元に出かけてくる」と姿を消すことがある。軍でのそうした動きは慎《つつし》むべきだったが、幸盛は宗信の気ままさを野放しにしていた。宗信は兵達から信望があったし、なにより秋上党の実力は尼子内で認められているのだ。戦場では神が乗り移ったような働きを見せる。大将の性格もあって、猪突猛進《ちょとつもうしん》すぎるきらいはあったが、秋上党が尼子再興軍の精鋭であることに疑いはなかった。

「さぁな、じゃ分からぬ」

「悪くはないんじゃないか？」

兵から水を受け取り一気に飲み干した宗信は固く目を閉じた。

「沁《し》みるねぇ！」

椀《わん》を返しながら、さりげなく礼を言う。いちいち格好が様になる男だ。

「お前が悪くないということは、かなりいいということだな」

久綱が割って入る。

「立原殿。己の目で見てきたらどうだ？　人の言うことはあまり信用できぬぞ」

「人の言うことは信用ならぬが、お前の言うことなら信用できる」

「かなりいいなんて一言も言ってないぞ、俺は」

「お前との付き合いは長い。言葉や仕草で、なにを思っているかはだいたい分かる」

宗信が口笛を吹いた。

「ありがたいな。これが女子なら、もっとありがたいのだが」

チラチラと舌を出す宗信に、久綱は表情を崩した。幸盛、久綱、宗信は同じ近習組《きんじゅ》の出身だ。四年前の月山富田城《がっさんとだ》の戦いでは生死の境を共にし、幸か不幸かこうして生き残った。三人にしか分かり合えない関係ができている。

「そういえばな、鹿」

宗信が思い出したというように、手を叩《たた》いた。

「新しく軍に入りたいと言ってきている者がいるぞ。十人の家臣と一緒だ」

「受け入れて適当な組に入れてやれ」

どうせ賊か無法者のどちらかだ。

この時期に申し出てくる時点で、素性《すじょう》は知れている。そうした者達は、軍の規律を乱す。本来であればきちんと訓練し、尼子兵に仕立ててから軍に入れるのだったが、今は時がなかった。毛利は出雲内を進軍している。たとえ足手まといになったとしても、味方は多いに越したことはない。数で相手に与える脅威《きょうい》が変わるのだ。

(適当なところで働いてもらって……)

運よく生きのびることができたら、正式に軍に入れてやろう。

幸盛はここ一月《ひとつき》の間に軍に入ってきた者達を、数として把握《はあく》しているだけで、戦力としては考えていなかった。

「それが、なかなか強情な奴《やつ》でな。いくら言っても、山中殿にお目通り願いたいの一点張りだ。諦《あきら》めてくれぬ」

宗信が面白そうに目を細める。

「宗信なら説得できるだろう?」

「俺はむさくるしい男は嫌いなのだ。かのご仁《じん》は山中幸盛殿をご指名だ。横取りするのはよくない」

「賊だな？」

「近松《ちかまつ》村の馬を五十頭連れてきたと言っておる。チラと見たが、どれも名馬だったぞ」

「近松村？」

反応したのは久綱だ。幸盛に視線を向けると、

「毛利に入れている馬だ」

と囁《ささや》く。幸盛も頷《うなず》き返した。

三刀屋にある近松村は名馬を産出することで有名だった。かつては尼子に馬を入れていたが、月山富田城陥落《かんらく》後、毛利と取引を始めたと聞いている。毛利の両川《りょうせん》の一人、吉川元春《きっかわもとはる》の黒鹿毛《くろかげ》も近松村の産だ。目にしたことはないが、多久和《たくわ》城から帰ってきた兵が「あんな立派な馬は見たことがない」と慄《おのの》いていたことから、相当な馬なのだろう。

「見てみたいな、近松村の馬というやつ」

幸盛は顎《あご》をつまんだ。噂《うわさ》通りの馬なら、軍の編成を変えてもよい。騎馬隊は機動力という点で、歩兵の数段上を行くのだ。騎馬が増えることで失うものはない。

「じゃ、鹿が相手をすることで決まりだな」

宗信が膝《ひざ》を叩いた。

「馬だけだ」

止めようとしたが、宗信はすでに手をヒラヒラさせながら出て行こうとしている。

「諦めるしかないな」

久綱がこぼす。

「宗信に合わせるのも大将の務《つと》めだ。割り切ったらよかろう」

「分かっている」

幸盛は宗信を恨《うら》んでいなかった。宗信の性格は知り尽《つ》くしている。調子を合わせることにも慣れた。相反する二人だが、それはそれでうまくやっているのだ。

「わしも立ち会ってやる」

久綱の申し出を、幸盛は上の空で聞いた。十人を引き連れて尼子軍に入りたいと申し出てきた男など頭から離れている。

騎馬隊の編成を変えるとどうなるだろう？　布部《ふべ》の地で毛利とどのように戦わせればよい？

幸盛の思考は次の戦へと飛んでいた。

二

ただひたすらに見惚《みと》れていた。

想像を超えた美しさに出会うと、時の経過を忘れてしまうものだ。

目の前で草を食《は》み、戯《たわむ》れる馬達は、幸盛が考えていた以上に立派だった。

「いかがでしょう。お気に召されましたか？」

腰を低くして尋《たず》ねてくる髭面《ひげづら》の男に、幸盛は目をやった。確か、森満猪助《もりみついのすけ》などと名乗っていたが、どこからどう見ても賊だと分かる粗暴な男だ。これで組を一つ任せてもらいたい、などと頼んでくるのだから思い上がりも甚《はなは》だしい。

「いい馬だ」

幸盛はぶっきらぼうに答えた。

「こいつらは、そこら辺の馬とは違いますんで。わしらもそれなりに苦労して手に入れた次第《しだい》でして。尼子軍に差し上げる分には差し上げてもよろしいのですが、それ相応の対価をお願いしたいと思います」

「久綱」

幸盛は森満の話を聞いていない。馬を見ることに意識を集中させている。しなやかな線を描く体軀《たいく》は、普通の馬より大きく見えた。大きいが、駆けると川魚のように速い。噂通りの名馬だ。

呼ばれて出てきた久綱が、森満に向き直った。

「その方、望みはなんだ」

「最初から、あっしは申し上げているんで。尼子軍に入れてもらい、組頭にしてもらいたいんで。十人の家臣もおるし、あっしらは馬の扱いが得意です。五十頭の対価であれば、きっと叶《かな》えてくださると思われます」

「どうだ、幸盛？」

久綱に聞かれ、幸盛は邪険に手を振った。

「好きにしろ」

森満が勢いよく頭を下げる。

「ありがとうごぜぇます。必ずや大将首を取らせていただきます」

上げた顔は、唾《つば》を吐きかけてやりたいほど醜悪《しゅうあく》なものだ。幸盛は眉《まゆ》をしかめると、ところで、と聞いた。

「吉川元春の馬も近松村の産と聞いたが？」

「さぁ、ええと」

首を傾《かし》げた森満は、「おい」と後ろを振り返った。森満に付き従っているうちの一人、痩《や》せた狐《きつね》顔の男が進み出てくる。

「吉川の馬は？」

森満に聞かれた色白の男は、一瞬だけ怯《おび》えたような目を幸盛に向け、

「黒風《くろかぜ》です」

と消え入りそうな声で答えた。

聞いた森満が、幸盛に向き直り、

「黒風です」

と愛想笑いを浮かべながら、繰り返す。

「お前、名は？」

幸盛は男に聞いた。森満にいちいち間に入られることが面倒臭い。

森満は幸盛と狐顔の男を見比べ、仰々《ぎょうぎょう》しく溜《た》め息をついた。

「おい、名を申せ」

森満が男を小突く。

「新介《しんすけ》と申します」

狐顔が答える。

「新介。お前は近松村の出か?」

「そうでございます」

「吉川元春の馬は、ここにいる馬達より速いのか?」

「そんなことはごぜぇませぬ。吉川の馬など、相手にもなりませぬ」

答えた森満を幸盛はギロリと睨《にら》んだ。

「新介、答えろ」

「黒風は特別でございます」

絞り出すような声だった。

「ただ、黒風が買われたのは四年前のこと。今、ここにいる馬達の中には一緒に駆けたことがないのもいますから、黒風のほうが速いとは断言できませぬ」

顔を上げた新介を幸盛は見据《みす》えた。新介は早くこの場から立ち去りたいといったように目を泳がせている。

（嘘《うそ》ではないな）

幸盛は判断した。嘘であれば、悟《さと》られまいと力むはずだ。新介の目は自信のない者の目だった。黒風と目の前の馬達、どちらが速いか実際に判断できないのだ。

（それでも、黒風は特別なのだ）

幸盛は新介の言葉を噛《か》みしめた。この言葉だけで吉川軍の強さが分かる気がする。

（次の戦は難しいものになるな）

本来であれば気落ちしていいところだが、内側から満ちてくるのは高揚感だった。好敵手に再会できる高鳴りもある。男として元春と槍《やり》を交えたい、素直にそう思った。

昂《たか》ぶる気持ちを抑えようと口を閉ざしていると、なにを勘違いしたのか、慌てた様子で森満が喋《しゃべ》り始めた。

「吉川の馬は一頭だけで買われたんで。こいつらはその後も速いもの同士で掛け合わせて子を産んでいるんで。どんどん速い馬が出てきてるんで。これからも吉川の馬なんかに敗《ま》けない馬がどんどん出てくるはずでごぜぇます。近松村も焼いてきましたんで、もう、こいつらより速い馬が産まれる心配などないんです。そこだけは安心してもらいたいでごぜぇます」

幸盛は動きを止めた。

「今、なんと言った？」

「ですから、こいつらより速い馬は、もう産まれませぬのです」

「その前だ」

「は？　近松村を焼いたということでしょうか？」

「焼いたのか？」

「ええ。尼子軍以外に速い馬がいてはなりませんから。しっかりと焼かせていただきました。村全体が灰になりました。これで安心でごぜぇます」

「たわけ！」

怒鳴《どな》った。

途端《とたん》に、あの日が蘇《よみがえ》ってくる。

一面の灰。焦げた建材。真《ま》っ直《す》ぐ昇っていく煙。鼻を覆《おお》いたくなるような異臭。

「貴様！」

気付いた時には森満を打擲《ちょうちゃく》していた。巨体を組み伏せ、顔に何度も拳《こぶし》をめり込ませる。森満の口が血で溢《あふ》れ、殴《なぐ》るたび飛沫《しぶき》となって飛び散る。それでも幸盛は殴ることをやめなかった。

「このたわけ！　たわけめ！」

何度も殴った。喚《わめ》きながら殴り続けた。森満はだらりとのびたまま動かなくなった。

「もうよせ」

肩を押さえられた。一度は振り払ったが、もう一度押さえられて拳を止めた。

「軍に入りたいと申し出てきた者を殺すのはまずい。尼子軍はそういう扱いをすると出雲の民に思われる」

落ち着いた久綱の声だ。

力が抜けた。立ち上がって、乱れた衣を直すと踵《きびす》を返す。

「屋敷に戻る。新介、一頭選び、俺の屋敷に連れて来い。その賊の始末は久綱に任せる」

大股《おおまた》で立ち去った。歩を進める幸盛の目には、青空に浮かぶ三日月が映っている。

三

居並ぶ将達は、一様に顔をこわばらせていた。

いよいよ舞台に上がるのだ。

幸盛が定めた決戦の地、布部。

そこが舞台になる。

周囲を険峻《けんしゅん》な山に囲まれた要衝《ようしょう》の地だ。月山富田城に行くには布部山を頂上まで登り、尾根伝いに行かなければならない。毛利はなによりも富田城の救援を優先するはずだ。天野《あまの》からの窮《きゅう》状《じょう》を訴える報《しら》せは届いているはずだし、そのために毛利の忍びをある程度自由に泳がせてもいる。中国に覇を唱《とな》える毛利が、月山富田城を見殺しにするわけにはいかないはずだ。

幸盛は満座を見渡した。

上座に大将の尼子勝久がいる。まだ若い。十八だ。

勝久は大将としての風格を備えていた。目には燃えるような熱意を宿し、全身から血気を迸《ほとばし》らせている。梟雄《きょうゆう》と謳《うた》われた尼子経久公の血が流れているというだけでもあがめられるのに、勝久には血を超えた迫力があった。人を惹《ひ》きつける魅力もだ。

勝久は腕を組んだまま家臣達を見つめ、身じろぎ一つしない。じっと端座する姿は、紛れもなく大将のそれだった。

幸盛の隣には立原久綱が座っている。その先には秋上宗信が控え、以下、吉田《よしだ》久隆《ひさたか》、松田《まつだ》誠保《まさやす》、多賀《たが》高信《たかのぶ》、熊野《くまの》久忠《ひさただ》と続く。向かいは末席から、津守《つもり》幸俊《ゆきとし》、古志《こし》重信《しげのぶ》、熊谷《くまがや》新右衛門《しんえもん》、森脇《もりわき》久仍《ひさのり》、目賀田《めがた》幸宣《ゆきのぶ》、牛尾《うしお》久時《ひさとき》と連なり、幸盛の正面に座っているのは横道政光《よこみちまさみつ》だ。

幸盛は正面の男に目を向けた。視線に気づいたのか、政光が顔を上げる。しばらく無言で睨《にら》み合った。

「それでは二百を末次に残し、他は明朝から順次布部に向かうこととする。よいな」

久綱の説明に一同が緊張の面持ちで頷く。次の戦がどれほど重要なものか分かっているのだ。尼子が出雲を奪還できるかどうかを決する戦。

運命の一戦だ。

「毛利の軍はおそらく一万五千から二万」

幸盛は政光からゆっくり視線を外すと、居並ぶ諸将に呼びかけた。

「対する我が軍は七千。数の上では圧倒的に不利だ。だからこそ、地の利を得る。布部山の頂上に本陣、水谷口《みずたにぐち》と中山口《なかやまぐち》にそれぞれ一軍を置き、毛利を迎え撃つ。道は広いが左右は切り立っている。一度に三千程度しか上ってこられぬはずだ。そこを撃破する。上ってくる敵を討つことは容易《ようい》だ」

幸盛は一度言葉を止めた。それぞれをもう一度見つめ、一層声に力を込める。

「水谷口と中山口の敵を破ったら、一気に山を下り、麓《ふもと》で合流する。この時までに毛利軍を半分まで削っておきたい。麓で合流してからは本陣へ突撃だ。毛利は逃げてきた兵を収容することで手一杯のはずだ。一丸となって本陣を襲い、大将輝元《てるもと》の首に迫る」

幸盛が拳を握っても、言葉を発する者はいない。皆、黙り込んでいる。戦の難しさを察しているのだ。

「これはなかなかだな」

声がした。場にそぐわない明るい声だ。

「厳しいと思うぞ、これは。相手は毛利だ。いや、あの吉川元春が出てくるのだ。地の利があるとはいえ、一筋縄ではいかぬぞ」

秋上宗信だ。宗信は頭の後ろで手を組むと、何事か考え込むように天井を見上げた。

座に沈黙が降りた。眉間《みけん》に皺《しわ》を寄せ、腕を組んだり、床を睨んだりして、各々口を噤《つぐ》む。

「宗信の考えは分かる」

柔らかい声が沈黙を破った。皆が一斉に上座を仰ぐ。

「だが、此度《こたび》は千載一遇《せんざいいちぐう》の好機だ」

顔を紅潮《こうちょう》させているのは勝久だ。勝久は膝を叩いて立ち上がると、一座の真中へ進み出た。

「毛利を出雲から追い出すことができる好機だ。曾祖父《そうそふ》経久の以前から尼子は出雲で生きてきた。俺の祖先はこの地で生まれ、この地で育ち、この地の土となったのだ。お前達も同じだろう？お前達の祖先も、いや、出雲の民すべての祖先が、この地で暮らし、この地で死んでいる。今、毛利が突如《とつじょ》やって来て、我が物顔で占領している。よそ者に支配されているのだ。この現状を許すことができるか？」

勝久は一同を見渡した。皆、身動き一つせず、勝久の言葉を聞いている。

「俺は許せぬ。出雲は出雲の民のものだ。出雲の魂《たましい》を宿す者が支配すべきだ。毛利に支配された民を見よ。皆、忍従するかの如《ごと》く暮らしているではないか。……なにも尼子でなくてもいいのだ。山中でもよい。横道でもよい。秋上でも、立原でも、目賀田でも。本当に誰《だれ》でもよいのだ。出雲の産物を食べ、出雲の土を、祖先達の思いを、汗を、涙を、魂を、その身に宿している者であれば誰でもよいのだ。ただ、もし、たまたまこの地を支配してきた尼子に特別な思いがあるのであれば。力を貸してくれまいか」

末席まで歩いた勝久は振り返って、頭を下げた。

「出雲を俺達の手に取り戻すため、お前達の命を布部の戦に賭《か》けてくれ。苦しい戦になることは承知だ。だが、お前達が結集すれば、必ずや出雲を取り戻すことができるはずだ」

勝久が顔を上げ、拳を胸に当てた。

「打倒してみせようぞ、毛利を！　今こそ出雲武者の力を見せつける時だ！」

水を打ったような静けさが訪れた。

すぐに男達の雄叫《おたけ》びに変わる。

皆、立ち上がり、声を張り上げる。顔は血気に赤らみ、目は強い光を帯《お》びている。

そんな中、幸盛は腰を上げなかった。勝久の言葉を冷静に受け止めている。

（勝久様がこれだけのお方だったことは）

幸運だな、そう思う。

幸盛が勝久に再会したのは二年前。勝久は京の東福寺《とうふくじ》で僧籍にあった。久綱と二人、勝久を訪ねた幸盛は、弱冠《じやつかん》十六の青年に対して、そしてあの時の幼子孫四郎《まごしろう》に対して、たいした期待を抱いてはいなかった。

采配《さいはい》は俺がやる。勝久様はただの旗印であればよい。

だが、会って話をし、幸盛の考えは変わった。勝久は幸盛と久綱の計画を黙然と聞いた後、澄み切った目を幸盛に向けてきたのだ。

「尼子の再興が、あなたの本望ですか？」

幸盛は声を失った。黒く輝く瞳《ひとみ》が、己の内側まで見通しているような気がする。

「もう一度聞きます。尼子の再興こそ山中殿の望みですか？」

（嘘は……）

つけぬな、瞬時に思った。

唯一憧《あこが》れたあの方が、目の前にいるような感覚に襲われた。同時に、同じぐらいの年齢で亡くなった友が重なっても見える。

真っ直ぐ見つめてくる勝久だったが、それだけで幸盛は威圧されるような心持ちになった。

「それは……」

返答に窮する幸盛を見て、不意に勝久は笑みを漏らした。

「分かりました。大将になりましょう」

目が合った。すべてを悟った上で飲み込んだのだと分かった。瞳は子どものように一点の曇《くも》りもなかったが、同時に、親のような慈悲《じひ》に満ちてもいた。

（英邁《えいまい》な方だ）

この時から、幸盛は己の命を勝久に託《たく》すことを決めたのである。勝久と共に毛利を倒す兵を挙げる。まさに天命以外の何ものでもなかった。

勝久の大将としての資質は幸盛の想像を遥《はる》かに超えていた。

（なにより声がよい）

幸盛は思っている。勝久の声は真綿で包まれているような柔らかさがある。そのくせ芯《しん》はしっかりしていて、腹の底に響く重たさがあった。勝久が一声発するだけで、全身の血が震える。勝久のために働きたいと、心の底から望んでしまう。

（尼子の血だな）

尼子の血が確かに勝久の中に受け継がれている。そのことが、幸盛は嬉しかった。ただの尼子の血ではない。経久から国久《くにひさ》、誠久《さねひさ》へと受け継がれ、新宮党《しんぐうとう》という尼子最強の軍団と共に育《はぐく》まれた生粋《きっすい》の尼子武者の血だ。

「鹿。指示を頼む」

久綱に促されて、幸盛は立ち上がった。

居並ぶ武将達を見回す。皆、待っているのだ。勝つための指示を待っている。

「決戦は布部だ」

幸盛が発すると、「おう」と声が上がった。

「軍は二つに分ける。水谷口の大将は俺が務める。副将は立原だ」

隣の久綱が頷く。

「中山口の大将は」

幸盛は言葉を切って正面の男を見据えた。口の端を皮肉そうに持ち上げた男が、ぎらつく目で幸盛を見返している。

「横道政光」

政光が鼻で笑った。

「俺を大将に据えてもよいのか？」

「無論だ」

「お前に俺を信用できるだけの度量があるのかと、聞いてるんだ。お友達の秋上に任せた方がよいのではないか？」

「あ、俺はだめだ」

宗信が手を振った。宗信は勝久が演説をした後も、なにを考えているのか、座ったまま天井を見上げていた。

「俺は大将には向かぬ。自由に戦わせてくれ。大将が務まらぬことは月山富田城の失敗で、みんなも承知しているはずだ」

宗信の軽い調子に失笑が漏れた。宗信は半年前に天野隆重《たかしげ》が籠《こも》る月山富田城を攻めた際、大将を務めていた。

嫌がる宗信を説《と》き伏せて大将にしたのは幸盛だ。その攻城戦で、宗信は天野隆重の計略にはまって敗走している。

「中山口の大将は政光だ」

幸盛は政光を睨み付けた。悉《ことごと》く意見が合わない政光の、見下したような視線にぶつかる。

「お前に俺が信用できるのか、と問うている」

つくづく嫌味な男だ、と幸盛は思う。ここで張り合ったところでなにも得るものはない。ただ、幸盛を困らせることを楽しんでいるだけだ。

「信用しない」

幸盛ははっきりと答えた。

「ほう」

政光が眉を持ち上げる。

「信用しないからこそ、お前は中山口の大将を必死になって務めるはずだ」

「意味が分からぬな」

「それ以上言う必要はない」

「いや、聞かせろ。馬鹿にされているようで、気分が悪い」

「では、言おう」

幸盛が一歩詰め寄った時、

「大将は政光だ」

声が上がった。優しいが力強い声だ。

勝久である。

「俺は政光を信頼している。此度の戦は毛利を出雲から一掃《いっそう》するための戦だ。俺が信頼している男を大将に据えるのは当然だ」

政光がサッと顔を向ける。勝久は末席から上座まで歩くと、スッと腰を下ろした。

「政光、俺がお前を大将にするよう幸盛に命じたのだ。幸盛も、政光なら、と受け入れてくれた。俺はお前を信頼しているし、それは幸盛も同じだ」

政光は幸盛を見、続いて勝久に目を向けると、恭《うやうや》しく頭を下げた。

「大将の任を与えていただき感謝申し上げます。横道政光、勝久様のご期待に添えるよう、粉骨《ふんこつ》砕身《さいしん》の覚悟で臨《のぞ》みます」

「頼むぞ、政光」

勝久が頷いた。畏《かしこ》まった政光はもう一度頭《こうべ》を垂れた。

(さすがだな)

幸盛は勝久に目を向ける。勝久は視線に気づいたようだったが、見て見ぬふりして金扇《きんせん》を手に打ち付けた。

勝久が言ったことはまるっきり嘘だった。政光を大将に指名したのは幸盛だ。戦略上、政光以上の適任者はいなかった。

それでも勝久は、幸盛と政光の険悪な雰囲気を察して咄嗟《とっさ》に話を拵《こしら》えたのである。

(ひょっとすると政光も嘘だと気づいていたかもしれない)

だが、勝久に言われれば従わざるを得なくなる。

四年前の尼子崩壊後、山陰最強と恐れられた麾下《きか》五十名と流浪《るろう》した横道政光は、流浪の身でありながらも数々の戦で功名を立てた。中でも、一時期身を寄せた松永久秀《まつながひさひで》の下での活躍はすさまじいものがあった。松永が政光を家臣にするために、あの手この手を尽《つ》くしたことはよく知られている。それでも政光は尼子への忠義を貫いたのだ。政光が麾下五十名を連れて尼子再興軍に合流した時、兵の間から喝采《かっさい》が上がったのは当然のことである。

政光は家臣団の中で一目置かれている。

圧倒的な武力を誇る麾下五十名。

彼らとの主従を超えた結びつき。

尼子に対する巌《いわお》のような忠義心。

敵陣に真っ先に飛び込む度胸と、それを可能にする比類なき強さ。

中山口を任せられるのは政光しかいなかった。

勝久がうまく説得してくれたことで、此度の戦、ぐっと勝ちが近づいた。尼子のために戦った時の政光は、無類の力を発揮するのだ。

「中山口の副将は秋上宗信」

幸盛が目を向けると宗信は、

「あいよ」

と答えて政光を見た。

「よろしく頼むな」

政光は眉をしかめたが、特に文句を言うことはなかった。二人は近習組の頃からの仲だ。どういうわけか馬が合っていることを幸盛は知っている。二人を組ませておけば敗けの心配をしなくてもよい。

その後、各武将に所掌《しょしょう》する組と役割を告《つ》げて軍議は終わった。皆、瞳の奥に焔《ほむら》を宿すようになっている。

軍議が終わったのち、組頭以上の兵達を集め、勝久が戦意高揚の演説を振るった。勝久の声はやはりよく通る。同時に、胸の奥に染みた。勝久の言葉一つ一つが琴線に触れるのだ。

（勝てる）

居並んだ兵達を見て幸盛は確信した。

いや、勝たねばならぬのだ。

毛利を倒す絶好の機会だ。

勝久は兵達に酒を配った。大将自ら酒を振る舞うなど通常ではあり得ないことだ。兵達の中には涙を流す者もいた。

幸盛は勝久について歩きながら、勝久が勝久でいてくれてよかった、とつくづく思った。

四

川水が音を立てている。足の間を流れる水が全身に冷たさを伝えてくる。逸《はや》る気持ちをギリギリで抑えることができているのは、肌に触れる冷たさが冷静さを取り戻させてくれるからだ。

山中甚次郎《じんじろう》は、腰を落とすと全身から気を発した。

目の前の少年が一歩退《ひ》く。

気圧《けお》されているのだ。

甚次郎の気は、大人でもたじろぐほどだ。少年であればなおさらだ。

(一気に叩く)

一度、相手に飲まれてしまうと、剣は鈍《にぶ》くなる。

そのことを知っているからこそ、気を発して優位に立とうとしている。

「おぉおお!」

相手が吠《ほ》えた。

躰《からだ》の強張《こわば》りが解け、ピタッと据わった正眼《せいがん》に変わる。

(さすがだな)

相手の目を見据えながら、甚次郎は八双《はっそう》に構えた。

新宮党の血だ。

躰を縛っていた甚次郎の気を、新宮党の血が破ったのだ。

月山富田城の麓《ふもと》の飯梨川《いいなし》である。陽光を跳ね返す川の中で、二人は木刀を握ったまま対峙している。

「やぁ！」

相手が先に動いた。瞬時に間合いを詰めてくる。

速い。

（だが……）

甚次郎は振り下ろされた木刀を潜《くぐ》り抜けると、腹に剣を走らせた。

「う」

相手が膝を折る。顔を歪《ゆが》ませて、水に手をつく。

「すまぬ、助四郎《すけしろう》。痛かったか？」

甚次郎が駆け寄ると、助四郎は腹を押さえたまま、

「たいしたことない」

と立ち上がった。

「また甚次郎に敗けた」

痛みよりも悔しさのほうが勝《まさ》っているようだ。助四郎は甚次郎の首に腕を回すと頭を小突いてきた。

「やめろ、助四郎」

笑いながら抵抗する。取っ組み合いは体格の大きい助四郎に分がある。

「この野郎、この野郎」

「やめろってば」

甚次郎が頭を抱えていると、

「こら、助四郎。あまりふざけるな。敗けを認めぬのは見苦しいぞ」

河原から一人の男が声をかけた。背が高く、恰幅《かっぷく》もいい。口髭《くちひげ》をたくわえた細面《ほそおもて》の男だ。数多《あまた》の武功を上げてきた尼子一の猛将である。

尼子誠久だ。

「助四郎は気持ちが前に出すぎだ。相手を倒そうと気負《きお》いすぎている。それが焦《あせ》りとなり、雑な剣につながっているのだ。甚次郎のようにどっしり構えることを意識せよ」

誠久が腰に手を当てて助四郎を睨む。甚次郎を羽交《はが》い絞《じ》めにしていた助四郎はすぐに離れ、姿勢を正した。

「しかしですね、父上。甚次郎は強すぎです。助四郎も他の者には敗けませぬ」

「確かに甚次郎は強い。よく励《はげ》んでおる」

誠久に急に話を向けられ、甚次郎は慌てて頭を下げた。

「ありがとうございます」

憧れの人だ。

声をかけてもらっただけで、気持ちが舞い上がる。

「お前が強いのは甚次郎と稽古《けいこ》しているからだ。強い甚次郎と張り合えば自然と伸びる。二人ともよく成長しているな」

誠久は言葉を切ると、頬を掻《か》き、

「あとは指導者の腕もあるかな」

と振り返った。誠久の後ろの瘦《や》せた男が、目を伏せて応じる。

「剣では高橋惣兵衛《たかはしそうべえ》にかなう者はおらぬ。この新宮党二代目、尼子誠久でもな。戦場であれば敗けぬ自信はあるが、それは運がいいことに惣兵衛と敵同士になったことがないからだ。戦場で相まみえたことがないのなら、敗けぬと言っても差し支《つか》えないだろう？」

誠久が声高に笑い、惣兵衛が困ったように額を拭《ぬぐ》った。

「もう一つ」

誠久が付け加える。

「立ち合いに邪念を持ち込むと、身を亡《ほろ》ぼすぞ」

誠久は惣兵衛の隣の少女に笑みを向けた。

百合《ゆり》である。

百合は誠久にも気後《きおく》れすることなく、

「助四郎様、甚次郎様。稽古はもうおしまいですか？」

と進み出た。誠久がおかしそうに腹を押さえる。

「二人が強くなるわけだ。こんなに頼もしいお目付け役がいては、励まぬわけにはいかぬ」

全員が笑った。

笑いながら甚次郎は、横目で百合を見た。

笑っている百合もかわいかった。

甚次郎は高橋惣兵衛の一人娘、百合に特別な思いを抱いていた。


甚次郎達は、月山富田城の北に延びる新宮谷で暮らしている。尼子経久の次男国久配下の新宮党の面々で作られた集落だ。

新宮党は尼子の精鋭として有名だった。国久は出雲国内に自らの領地を有しており、当主尼子晴久《はるひさ》から、ある程度の独立権を認められていた。同時に晴久をよく補佐し、中国八カ国を治める尼子の治世を盤石《ばんじゃく》なものにしている。国久の晴久に対する厳しい物言いは確執が噂《うわさ》されるほどでもあったが、それも尼子が末永く繁栄していくためのことで、むしろ晴久を支えていこうとする気配が強かった。

誠久は国久の嫡男《ちゃくなん》だ。武勇に優れる誠久は、新宮党を率いて戦場を駆け回る日々を送っている。老いの見え始めた国久に代わって、実質的に新宮党を差配しているのが誠久である。

その誠久の息子が助四郎である。齢十四の助四郎は、同い年の甚次郎にとって無二の親友だ。主従の間柄ではあったが、誠久が上下関係を気にしないためか、また新宮谷に漂うおおらかな雰囲気がそうさせるのか、一緒に遊んでいて気兼ねすることはなかった。

甚次郎の父、山中満幸《みつゆき》は早くに死に、今は兄が家督《かとく》を継いでいた。次男の甚次郎はどこかに養子に出されるのを待つ身であったが、甚次郎は高橋家を継ぎたいと密《ひそ》かに考えていた。娘しかいない惣兵衛の家に婿《むこ》養子で入ることができたら、どんなに素晴らしいだろう。名家高橋の一員として戦場に立つことができるし、百合ともずっと一緒にいられる。願ったり叶ったりだ。

この日、甚次郎は助四郎と一緒に刀の稽古をした。

教えるのは高橋惣兵衛だ。

剣の達人である惣兵衛の教えを二人は毎日のように受けている。そして、これもいつものことだったが、惣兵衛は稽古場に百合を連れてきた。

稽古の最中、百合は惣兵衛の隣に陣取っては、「足が流れています」とか「剣先が乱れています」などと偉そうに指示してくる。女の百合に指摘されるとさすがにムッとするのだが、百合は父の惣兵衛から幼少時より手ほどきを受けており、剣に関してはそこらの男より遣《つか》えた。百合の指摘はいちいち当を得ていて、二人は文句を言えぬまま受け入れるのだった。

稽古は、誠久がふらりとやって来て見学することがあった。子ども好きな誠久は、甚次郎や百合にも優しく接してくれ、甚次郎はそんな誠久を空に浮かぶ月のように崇《あが》めていた。新宮党に入って、誠久の下で戦うことが、甚次郎のもっぱらの望みである。

「父上、甚次郎と百合を我が家に呼んでもよいですか?」

川から上がって助四郎が聞いた。

助四郎の家は新宮館と呼ばれ、広大で奉公人も多い。家の者達も助四郎の母も、それから三人の弟達も甚次郎を家族のように迎えてくれる。甚次郎は尼子の人達が好きだった。

なにより好きなのが、四男の孫四郎である。二歳の孫四郎は、ようやく歩けるようになったところで、全身で喜びを表しながら動き回る姿は、見ていて飽きなかった。

孫四郎は甚次郎に懐《なつ》いていた。抱き上げると満面の笑みを浮かべて、ぎゅっと抱きしめてくれる。その姿があまりにかわいくて、つい頬ずりせずにはいられなくなる。

(こんなに愛らしいものが世の中におるのか)

俄《にわ》かには信じられないほど、孫四郎は甚次郎の心を鷲摑《わしづか》みにしていた。一緒にいるだけで、平安な気持ちになれるなんてめったにないことだ。それは百合も同じだったらしい。孫四郎が現れると、甚次郎と百合は助四郎そっちのけで赤ん坊の世話をした。百合と孫四郎と一緒にいられることがあまりに嬉しくて、甚次郎は、この時こそなによりかけがえがない、と思ってしまうのだ。

「城でこれから執政の寄合がある。俺も父上も出なければならぬゆえ、家は騒々しくなるぞ」

誠久のたしなめに助四郎は口を尖《とが》らせた。

「またですか？　最近、多いように思いますが……」

「毛利が動きを活発にしておるからの。策を練らねばならぬ」

「毛利？」

すかさず助四郎が視線を向けてきた。毛利元就《もとなり》が勢力を伸ばしていることは聞いている。大内《おおうち》義隆《よしたか》が家臣の陶隆房《すえたかふさ》（のちの晴賢《はるかた》）に殺された機に乗じて、大内の支配地を次々と制圧していった。今、中国で最も勢いがある武将が毛利元就だ。

「なに、心配はいらぬ」

誠久は二人の肩に手を置いた。

「新宮党がいる限り、尼子はいかなる敵にも敗けぬ」

口元を緩める誠久が頼もしかった。己も、いつかこんな風に誰かを守れるようになりたい、そんなことを思いながら百合に目を向ける。

百合は、毛利を特に気にしていないようで、

「安芸の一国人《こくじん》になにができるというの。助四郎様と甚次郎様であれば、簡単に打ち負かすことができるでしょう?」

と過激な言葉を発する。

「百合、お前なぁ」

甚次郎は肩をすくめながら、少女と向き合った。

「戦は一人でするものではないのだぞ。俺と助四郎だけで、毛利に勝てるわけないだろう?」

「でも、二人は新宮党を背負って立つのでしょう? そのために稽古《けいこ》を積んでおられるのではないですか?」

「それは……」

甚次郎は口ごもった。

戦で名をあげ、助四郎と新宮党を率いる。その上で、尼子を中国の覇者にする。

それが甚次郎の野望だった。

「甚次郎様も、そろそろ初陣でしょう? 大将首をあげてやる、ぐらいの覚悟をお持ちくださ い」

甚次郎は助四郎を見た。助四郎は押され気味の甚次郎に腹を抱えている。

「戦場では百合が一番活躍しそうだな」

誠久は、肝《きも》が据わっておる、と付け加えてから、

「そろそろお前達の初陣も考えねばならぬ。今夜、寄合の後に父上に相談しておくゆえ、心しておくのだぞ」

急に真顔になった。二人は背筋を伸ばすと、

「はい」

と返事をした。


誠久と助四郎は新宮館に帰り、高橋惣兵衛も用があるとかで付いて行った。残された甚次郎と百合は刀の稽古をした後、新宮谷に向かった。

木立に挟まれた夕暮れの道を歩きながら、甚次郎は百合のことばかり考えた。助四郎と三人一緒の時や、孫四郎をあやしている時は自然と話ができるのに、二人きりになった途端、なにを話せばいいのか分からなくなる。

百合が喜ぶような話題がないかと探しながら、それでもなにも思いつくことができずに、甚次郎は空を見上げた。

暮れかける紫の空に、三日月が浮いていた。凜《りん》とした光を発する三日月は次第に深まりつつある夜に飲み込まれてしまいそうな脆《もろ》さがある。甚次郎は、なぜかあの三日月を見失ってはならな

いと思って、上を向きながら歩いた。

しばらく進むと、百合の方から話しかけてきた。

「甚次郎様は男ですから、色々な所に行けますね」

下を向いている。口調はさばさばしているが、どことなく寂《さび》しそうでもあった。

「どういうことだ？」

甚次郎が目を向けると、百合は大げさに息を漏らした。

「もうすぐ初陣ですね。誠久様も仰《おつしや》っておりました。甚次郎様が戦場に立つなんて想像できませんわ」

「誰もが通る道だ。大変かもしれぬが、今はむしろ気が昂《たか》ぶっている」

「大変です。命を賭《か》けて戦うのですから。大変ですが、羨《うらや》ましくもあります」

「なにを言っている？」

「私は戦場に立つことはできませぬ。女子は女子の役目を果たさねばなりませぬから」

「兵になりたいのか？」

「なりたいというわけではありませぬ。でも、助四郎様や甚次郎様が戦場に行くことを思うと……」

甚次郎は腕を組んだ。百合の言いたいことがなんとなく分かる気がした。いつも三人一緒に過ごしてきたのだ。自分だけ取り残されると思うと不安になるらしい。剣の腕に覚えがある百合だからこそ、そうした思いを抱くのは当然かもしれなかった。

「孫四郎のようなかわいい子を産むことも大切だと俺は思うぞ。立派な侍に育てることもな。男にはできぬことだ。俺は百合こそ羨ましいぞ」

「分かっております。ですが、自分でも自分の気持ちが分からなくなる時があります」

「なれないものに憧れるのは誰でも同じことだ」

「私は一生新宮谷で過ごします。甚次郎様は戦で色んな所に行きますのに」

「遊びに行くわけではないぞ」

「そんな風に考えることがあるというだけです」

「新宮谷に居続けるとも限らぬじゃないか」

「そんなことありませぬ。女子の私は新宮谷から離れられない身の上です」

「俺が城持ちになれば、百合も他所《よそ》へ行けるだろ?」

言った後、甚次郎は、はっと口を押さえた。どさくさに紛れて思いもよらぬことを口走ってしまった。

先々のことを話していると、自分達が夫婦《めおと》になっている場面を想像してしまう。それがつい口から出てしまったのだ。

百合が目を丸くする。よほど驚いているようで、頬に手を添えて考え込むと、甚次郎の言葉を確認するように地面に視線を移した。

「いや、それはだな……」

甚次郎は手をあたふたと振り回す。動悸《どうき》が激しすぎて、心の臓を吐き出してしまいそうだ。

百合は甚次郎をもう一度見、その視線を下に落とすと、今度は急に顔を赤らめた。頬を染める百合は、今までにないくらい可憐《かれん》だ。

それで、覚悟が決まった。

「俺が連れて行ってやる」

甚次郎は百合に向き直った。

「山口《やまぐち》か、九州か、京か。いずこかは分からぬ。それでも、百合を必ず連れて行ってやるぞ」

「……はい」

百合は返事すると、躊躇《ためら》いがちに近づいてきた。甚次郎はサッと手を伸ばすと、百合の肩を抱いた。

（成り上がってやる）

かつてないほど燃えていた。出世して、今まで見たことない景色を見せてやる。

「守るぞ」

守るべきものができたことを嬉しく思った。

初陣が怖いわけではなかったが、漠《ばく》とした不安はあった。だが、もう恐れなくてもよいのだ。百合のことを思いながら戦うことができる。

腕の中の百合が温かかった。甚次郎は百合を抱く腕に力を込めた。目の先には仄《ほの》かに輝く三日月がある。甚次郎は、この三日月を生涯《しょうがい》忘れることはないと思った。

その時だ。

木立の間を縫《ぬ》って、金属音が響いた。

咄嗟《とっさ》に甚次郎は百合を離した。

刀が触れ合う音だ。

「しっ」

なにかを喋《しゃべ》ろうとする百合を制した甚次郎は、息をひそめて辺りの気配を窺《うかが》った。だが、金属音はそれきり聞こえては来ない。山鳩《やまばと》の鳴き声と風が木々を揺らす音だけが響いている。

しばらく待った甚次郎は、音のした方へ駆けた。

「あ」

木立が竹藪《たけやぶ》に変わったところである。

「待て」

立ち竦《すく》む百合を置いて、甚次郎は竹藪に向かった。積もった笹《ささ》がカサカサと音を立てる。竹林の湿っぽい匂《にお》いが鼻に触れる。

それは笹の上に無造作に横たわっていた。

「死んでる」

山伏《やまぶし》だった。肩から腹にかけて、一刀で斬《き》られている。

「どうして?」

立ち止まった百合に、

「分からぬ」

と甚次郎は答えた。

息を止めて死体に近づく。男は目を剝《む》いていた。左手は喉に延び、右手は地面に放《ほう》り出されている。

その手に、紙片が握られていた。

恐る恐る手から抜き取った甚次郎は、

「国久様への書状だ」

とつぶやいた。表に「玉石殿《ぎょくせき》」としたためられている。国久という字から考え出されたもので、新宮党の中で使われる隠し名だ。

「届けなければ」

甚次郎は来た道を振り返った。

国久は寄合に出ている。新宮館に届けるよりも、城に届けた方が早いだろう。

なぜか甚次郎は、一刻も早く国久に届けなければならないという気がしていた。人が殺されたところを初めて見たからかもしれない。恐怖と興奮が、気持ちを急《せ》かしている。

「俺は城に行く。百合は谷へ帰れ」

「でも」

百合が衣の裾《すそ》を摑んできた。辺りに漂う不穏な空気に怯《おび》えている。

甚次郎も同じだ。

嫌な予感がする。嫌な予感がするからこそ、早く届けなければならない。

「なにも心配はいらぬ。国久様に任せれば全《すべ》てうまくいく。誠久様もおられるのだ」

百合が見上げてくる。

「なにかあれば、俺が駆けつけてやる。お前は俺が守るぞ」

「甚次郎様」

甚次郎は百合の手を取った。二人は見つめ合い、次いで唇を合わせた。三日月が冷たい光を放っている。


百合と谷の入り口で別れた甚次郎は、その足で城に向かった。菅谷《すがたに》口から上がり、本丸近くの門番に封書を見せる。

「尼子国久様へ、お届け願いたい」

門番に預ければ、国久に届くはずだった。寄合が終わってすぐか、うまくいけば途中で渡してもらえるかもしれない。

国久は尼子を支える新宮党の頭だ。尼子の中でも重きを置かれている。

封書を渡して安心した甚次郎は新宮谷に戻ることにした。城からの坂を下っていると、後ろから、

「おい」

と呼び止められた。先程の門番と、もう一人追いかけてくる者がいる。

駆けてきた男は、門番に甚次郎の顔を確かめさせると、

「先程の封書、どこで手に入れた？」

棘《とげ》のある声で聞いた。

「どこって……」

甚次郎がしどろもどろになると、

「来てもらおう」

腕を摑んでくる。咄嗟《とつさ》に甚次郎は振りほどこうとした。が、男の力は恐ろしく強く、いくら振っても動かない。

甚次郎は城までついて行くことにした。城までの道すがら、男は自らを本田《もとだ》家吉《いえよし》だと名乗った。

城の一室に通された甚次郎は、今度は別の男に同じことを質《ただ》された。

初老の男は筆頭家老の亀井《かめい》秀綱《ひでつな》だという。

名乗った亀井は、他にも、山伏をどこで見つけたかとか、それはいかなる状況だったか、山伏の素性を知っているかと、事細かく聞いてきた。甚次郎は素直に答えた。聞いた亀井はしばらく考えた後、やがて重々しい吐息を漏らした。

「これはなんともならぬ」

亀井は、今夜は城に泊まるように、と告げ、座を立った。甚次郎が、谷に帰りたい、と言うと、

「命令だ！」

その時だけ厳しい口調になって、部屋を出ていった。

その日、甚次郎は城の一室で夜を過ごした。厠《かわや》に行く他は部屋から出ることを許されず、その

物々しさが甚次郎に焦りをもたらした。

(なにか、よくないことが起こるのではないか……)

杞憂《きゆう》だ、と気を紛らせようとしたが、不安は募《つの》るばかりである。甚次郎はまんじりともできぬまま、次の朝を迎えた。

膝《ひざ》を抱えていると、亀井が入ってきた。亀井は甚次郎を見下ろすと、

「解放だ。谷まで送る」

と静かに告げた。疲れ切った表情だ。甚次郎は、なぜか奈落《ならく》に落とされたような気持ちになって、亀井をじっと見つめるよりほかどうすればいいか分からなくなった。

坂を下っている途中で異変に気づいた。

新宮谷の方角から煙が上がっている。

駆け出した甚次郎は、飯梨川のほとりで立ち止まった。

「え?」

目を丸くした甚次郎は、その場で立ち尽くす。

高台の上に首が置かれている。

よく知った顔だ。

昨日、この場所で、いつものように語らい、笑い合った顔だ。

「なんで?」

晒《さら》し首だった。

一番左が尼子国久。次が、誠久。その次が、

「助四郎……」

目を閉じた助四郎が台の上に乗っかっている。青白い顔はまだ生きているようにきれいで、今にも、

「甚次郎」

と呼びかけて来そうだった。

だが、いくら待っても助四郎が声を発することはない。

首だけになった助四郎は、昔からそこに居続けたのではないかと思えるほど静かに鎮座している。

「どうして、助四郎が?」

全身が震えた。顔を手で覆《おお》ったが、手にも肌にも感覚がなかった。ただ、頭をなにか重たいものが打つ音が聞こえてくるだけだ。

肩に手が置かれた。恐る恐る振り返ると、亀井が苦渋に満ちた表情で立っていた。

「仕方がなかった」

絞り出すように言う。カサカサに乾いた声だ。

「殿が新宮党に兵を出された」

「え……?」

「谷に住んでいた連中は新宮館に集まって戦った」

「戦う……?」

「新宮党は全滅だ」

「全滅……」

足元が崩れた。胸のあたりに暗い穴が空く。

母上と兄上は?

新宮谷のみんなは?

百合は?

「お主の家族は無事だ」

亀井が付け加える。

「お主と話した後すぐに新宮谷に走らせた。できるだけ多くの人を救いたいと思った。だが、誰もついて来なかった。誠久と一緒に戦うと言って新宮館に籠《こも》ったのだ。女子どもも一緒にな。新宮党は一つの家族のようだった」

「母上と兄上は?」

「わしの屋敷で引き取っておる。甚次郎が城にいると伝えると、渋々従ったそうだ。本来なら、一緒に戦いたかったのであろう。だが、お主一人を残すわけにもいかぬだろう?」

「他には? 他についてきた者はおらぬのですか?」

「ない」

「高橋様は? 高橋惣兵衛様のご一族は?」

「高橋か」

つぶやくと亀井は固く目を閉じた。

「よい男だった。奴に匹敵《ひってき》する遣《つか》い手はおらんかった。高橋は最も奮戦した男の一人だ。兵を次々と倒し、最期《さいご》は自ら腹を割《さ》いて果《は》てた」

「果てた……」

「家族も一緒だったと聞いておる」

時が止まった。

なにも見えないし、なにも聞こえない。

感覚としては、死、が一番近いのだろう。

まったくの無に放り込まれてしまった感じだ。

(百合は?)

昨日まで一緒だったのに?

守ってやると誓《ちか》ったのに?

百合は、耳を染めながら受け入れてくれたのだ。胸に顔を押し当て、行く末に対する望みを分かち合ってくれた。

その百合が、もうこの世にいないという。

「うわぁ!」

甚次郎は駆けだした。川を渡り、新宮谷に向かってひた走る。

「百合！　百合！」

走りながら叫んだ。何度も転びながら、それでも駆けた。

しばらく駆け、新宮館に着いた。

「はぁはぁ……」

焼けていた。

焦げた材木が転がっている。

白い灰が舞っている。

異臭が辺り一面に漂っている。人が焼かれた臭《にお》いだ。

甚次郎は膝をついた。

（どうして？）

どうして攻められなければならなかったのか。

どうして焼かれなければならなかったのか。

どうして死ななければならなかったのか。

「どうして？」

後ろで砂利《じゃり》を踏む音がした。

「知りたいか？」

語りかけてきたのは亀井だ。甚次郎を追いかけてここまで来たらしい。

「知りたいに決まってるじゃないですか。どうして晴久様は兵を出されたのです」

亀井は黙った後、甚次郎の隣に立った。

「聞けば苦しむだろう。だが、お主は知らねばならぬ。苦しみを抱えながらも、生きて行かねばならぬ。それがお主に課せられた使命だ」

「なにを言っておられるのです？」

「お主が持ってきた書状。あれは毛利元就からのものだった。読んだ殿は激しく動揺され、兵を出された。国久殿に裏切りを勧める書状だった」

「裏切り……？」

「国久殿が毛利と通じていたのかは定かではない。あるいは元就の策略だったのかもしれぬ。だが、お前の書状が出兵の原因になったことは紛れもない事実だ」

「俺の、書状？」

（嘘だろ？）

俺のせいで新宮党は攻められた？

俺のせいで多くの人が死んだ？

俺のせいで、百合が——。

甚次郎は頭を抱えた。額が割れそうなほど強く痛み、その痛みから逃れようと地面を転げまわった。

「甚次郎。受け止めねばならぬ！　受け止めて、強くなるのだ！」

亀井がなにか呼び掛けていたが、耳には届かなかった。

意識が遠ざかった。

「うわぁぁ！」

俺が殺した。

百合も、助四郎も、新宮谷のみんなも。

（俺が殺したのだ）


亀井邸に保護された甚次郎は、床《とこ》から出られぬまま、数日を過ごした。起き上がれるようになったのは、一月も経《へ》た頃で、食べてもほとんど嘔吐《おうと》する甚次郎は、骨と皮だけに痩《や》せていた。

ある日、亀井が部屋に入ってきた。亀井は甚次郎に躰の調子などを聞いた後、

「事件のあらましが分かった」

と告げた。

「聞きたいか？」

甚次郎が黙っていると、

「聞かねばならぬ」

深い溜め息を漏らした後、語り始めた。甚次郎は膝に置いた手ばかり見つめた。

尼子家当主晴久と国久の関係は険悪だった。どちらも英邁な気質の持ち主で、そうした男が二人いるとよく起こることだが、事あるごとに反発してぶつかっていたのだ。それでも晴久はよく耐えていたほうである。義父である国久をないがしろにすることなく、意見を述べられれば形式

上は国久を立てるようにしていた。その一方で不満を内に燻《くす》ぶらせていたのである。

目を付けたのは晴久の側近で、座頭《ざとう》の角部《かくべ》という男だ。角部は芸人として城に出入りしながら晴久に近づき、家臣に取り立てられてからは、みるみる出世した。

角部にとって国久は邪魔者だった。新宮党という独立した武装集団を組織し、そこの頭に収まっている国久は、城で角部に出会うたび、「なにを企《たくら》んでいる」と冷たく当たっていた。晴久の寵愛《ちょうあい》目覚ましい角部を面と向かって罵倒《ばとう》する者は、尼子には国久しかいなかった。

角部は晴久と国久の離間を図った。晴久に、

「国久が尼子を乗っ取ろうとしている」

と度々耳打ちするようになる。

晴久の心は揺らいだ。側近の角部の言葉なのだからなおさらだ。晴久の中で国久に対する疑念が膨らんでいったのもしようがないことである。

この角部の国久に対する一連の動きには裏があった。

毛利元就が控えていたのだ。

角部は元就が尼子に放った間者《かんじゃ》だったのである。

角部の工作により晴久が疑いを持ち始めたところで、元就は書状を月山富田城の裏に落とすよう仕向けた。書状は国久から元就へ宛《あ》てたもので、内容は、「尼子を捨てて毛利に仕えたい」というものだった。

当然、これだけで国久をどうこうするわけにもいかない。だが、家臣の間に疑念を生むことに

は成功したのである。晴久と国久が衝突を繰り返すようになっていた時期だ。なにより上層部には、特別の自治権を与えられている新宮党に妬《ねた》みを抱く者が、少なからずいたのである。

ちょうど同じ頃に、甚次郎からの書状が持ち込まれた。書状には「元就が晴久を討った暁《あかつき》には、出雲の支配を国久に譲る」としたためられていた。末尾には元就の花押があった。

当然、これも元就の策略である。元就は死刑囚に山伏の格好をさせて出雲に潜入させ、国久に書状を渡すよう指示した。同時に、山伏に対する刺客も放った。刺客は山伏を月山富田城付近で殺す手筈《てはず》になっており、うまくいけば、惨殺された死体を見つけた村の者が、書状を城にとどけるかもしれない、と考えられていた。

元就の計略は見事にはまった。別にうまくいかなくても毛利に支障が出るわけではなかったのだ。少しでも揺さぶることができればそれでいいと、元就は考えていたようである。それが、悉《ことごと》く元就の願った方に転がった。斬られた山伏は甚次郎に見つけられ、書状は城に届けられた。城ではちょうど寄合が終わったところだった。国久は誠久を連れて帰宅の途についていたが、書状は残っていた執政達に渡り、一部から新宮党を始末せねば、との声が上がった。

晴久にもすぐに伝えられた。晴久は執政の間に入り、強攻策を唱《とな》える家臣を抑えこもうとしたが、燃え上がった火を消すことは難しかった。

このままでは尼子と新宮党が争うことになる。家中で戦が生じるのだ。

晴久は即座に断を下した。帰宅途中の国久、誠久父子を殺害し、一軍を差し向けて新宮谷を封じる。新宮党を動けなくした状態で処理を行い、新宮党を弱体化しようと考えた。討手は本田《もとだ》家吉が命じられた。

本田は菅谷口で追いつき、国久を殺害した。だが、息子の誠久は仕損じたのである。誠久は尼子随一《ずいいち》の猛者《もさ》である。反撃して逆に本田に手傷を負わせ、自身は新宮館へ逃げ込んだ。頭目を殺された新宮党は色めきたった。全員が新宮館へ移り、武装して尼子に抗戦することを決めた。

一方の尼子晴久も速かった。蜂起《ほうき》された以上、全力で攻めるより他はない。中途半端に戦って、万が一敗れでもしたら主君としての立場が危うくなる。晴久は、月山富田城の尼子軍全てを投入して新宮館を攻めさせた。

尼子軍五千に対して、新宮党三百。

誠久の指揮の下、新宮党は果敢《かかん》に戦ったが、館内に攻め込まれてからは押される一方になった。誠久は座敷に家族を呼び、切腹して果てた。助四郎が死んだのもその時である。新宮谷の者達もまた、尼子の放った火焔《かえん》の中で次々と命を断った。高橋惣兵衛一家も死んでいる。燃え盛る焔《ほのお》の中で、新宮谷のほぼ全員が果てていった。

事後の調べで分かったことが二つある。

一つは誠久の四男、孫四郎が行方不明になっているということ。

館が焼け落ちる直前、新宮党の小川重遠《おがわしげとお》らしき人物が布にくるんだものを抱えて逃げるところを見た者がいた。抱えているものから泣き声が聞こえたことから、おそらく赤子であったろうという。小川は飯梨川を渡り、藪の中に逃げた。そこからの足取りは摑めていない。

もう一つは、座頭の角部と毛利の繋《つな》がりである。座頭角部が元就から指令を受けて潜《もぐ》り込んでいたことが、この時分かった。角部は新宮党の粛清《しゅくせい》が終結するかせぬうちに城から姿を消していたが、三刀屋の村落で捕らえられ、三日三晩に及ぶ拷問《ごうもん》の末、全てを吐いた。角部は死罪となり、晴久は自らの目が曇《くも》っていたことを嘆《なげ》いて号泣したそうである。

「全て、仕組まれたことだった」

話を終えた亀井は、十も歳《とし》をとったような顔付きをしていた。

「毛利元就の策略だ」

甚次郎がピクリと反応した。なにを聞いても無感動だったのに、その名を聞いた途端、胸の奥でなにかが弾《はじ》けた。

(毛利……元就……?)

弾けたなにかが、ゆっくりと、だが確実に全身を蝕《むしば》んでいく。

初めての感覚だった。

こんなに激しい感情に支配されたことはない。

(毛利元就!)

憎悪である。

元就に対する憎悪だった。

甚次郎は、晴久を憎いとは思わなかった。

尼子兵を憎いとも思わなかった。

ただひたすらに、毛利元就を憎いと思った。
（俺達を……）
手の上で転がすように、もてあそび、殺し合わせた。
なにも知らない俺達は、互いを疑い、互いを憎み、殺し合ったのだ。
奥歯を噛《か》みしめる。全身がわななき、髪の毛が逆立《さかだ》つ。
（許せない！）
そう思う。
俺に殺させた。
お前が殺させた。
お前が俺に殺させたのだ！
怒りが膨らみすぎて、頭の中がぼうっとなる。
なにも考えられない。
なにも考えたくない。
「殺してやる！」
だが、それだけは頭の中にはっきりと刻《きざ》み込まれていた。
百合と助四郎の顔が浮かんだ。
二人は笑っていた。毛利元就によって消された笑顔だ。
「仇《かたき》を討ってやる！」

甚次郎――後の山中幸盛は固く誓ったのである。

五

毛利の尼子への調略は新宮党粛清後も続いた。特に当主尼子晴久が没して嫡男の義久《よしひさ》が継いでからは動きが活発になった。

謀略を駆使して優勢に立った毛利元就は、石見《いわみ》を手に入れると、永禄《えいろく》五年（一五六二年）に出雲攻めに取り掛かった。

ここでも毛利の勢いはとどまる気配を見せず、永禄八年（一五六五年）になると、尼子軍は月山富田城に追い詰められるまでになる。

この頃、尼子軍近習組として頭角を現していた山中幸盛は、横道政光や秋上宗信らと共に各地を転戦し、数度に亘《わた》って毛利軍を撃退している。赤糸縅《あかいとおどし》の鎧《よろい》を着、牡鹿《おじか》の角と三日月の前立の兜《かぶと》をかぶった幸盛は戦場で目立った。「出雲に山中鹿之助幸盛あり」と毛利に恐れられていることは、日ごと衰退《すいたい》していく尼子にあって数少ない明るい材料の一つであった。

だが、幸盛達の活躍もあくまで局地戦のものに過ぎなかった。毛利の圧倒的な兵力の前では、津波に向かって放つ鉄砲弾のようなものだ。いくら撃っても崩せない。近習組の将達の孤軍奮闘ぶりは、毛利元就が月山富田城を攻めた時も同じだった。

三万の兵で城を囲んだ元就は月山富田城に総攻撃を仕掛けた。城への登り口である御子守《おこもり》口、塩谷《しおたに》口、菅谷口から突撃を始めたのだ。

この戦で、幸盛は塩谷口の守将を任され、吉川元春と対峙している。巨大な龍《りゅう》のように攻め上がって来る吉川軍は、今までのどんな敵よりも強かった。それでも地形を活《い》かして吉川軍を切り崩した幸盛は、遂に元春まで迫ったのである。そこで奇襲を受けた。横から鉄砲隊に撃たれたのだ。あと少しのところで元春と槍を交えることができなかった幸盛は、以降、元就を殺すためにも元春を倒すべき敵と思い定めるようになる。

御子守口、菅谷口でも、政光や宗信といった若い将の活躍で毛利を退《しりぞ》けることができた。結局、元就は難攻不落と謳《うた》われる富田城の攻略を兵糧《ひょうろう》攻めに切り替えざるを得なくなったのである。

だが、補給路を断たれた尼子軍はたちまち窮した。一万の兵を養うだけでも大変である。結局、一年後の永禄九年（一五六六年）には、筆頭家老の亀井秀綱が自らの首を賭《か》けて毛利に投降し、兵の命を助けるよう請《こ》うこととなった。

毛利元就は亀井秀綱からの申し出を呑《の》んだ。

「投降した者の命は助ける」と飯梨川に高札が掲げられた。

高札の横には亀井秀綱の首が並べられた。筆頭家老の首を尼子軍に見せつけることで、高札の内容に信憑性《しんぴょう》があることを見せつけようとしたのだ。

脱走者が相次いだ。一月もせぬうちに城の兵が千を切るまでになる。脱走者の中には尼子の盛衰に関《かか》わってきた重臣達も含まれていた。尼子の凋落《ちょうらく》はここに極まったのである。

三月《みつき》後、永禄九年十一月二十一日、尼子から毛利へ使者が送られた。使者を務めたのは立原久綱である。

久綱は毛利元就に降伏を申し入れた。元就は義久達尼子三兄弟の首を望んだが、久綱が尼子には歯向かう意思がないこと、義久の首がどうしても必要というのであれば最後の一兵まで戦う所存であることを説《と》き、ついに三兄弟の助命を取り付けた。

久綱は、元就と対峙しても全く退《ひ》く気を見せず、むしろ理を整然と並べて相手を黙らせるなど類稀《たぐいまれ》な交渉術を発揮した。目をつけたのは元就である。元就は毛利へ仕官するよう勧めてきたが久綱は断り、月山富田城に一人戻ってきたのだった。

十一月二十八日、義久は毛利に城を明け渡した。

義久、倫久《ともひさ》、秀久《ひでひさ》の三兄弟は安芸長田《ながた》の円明寺《えんみようじ》へ送られ、厳重な監視の下、幽閉されることに決まった。義久達と共に円明寺へ送られたのは本田家吉などの老職である。新宮党粛清時、尼子国久を殺害した本田だったが、尼子にとっては紛れもない忠臣だった。本田もまた、元就の計略に踊《おど》らされた一人だったのかもしれない。

若い者の中にも追従を申し出る者が出たが、許されなかった。残された者は毛利の一文字《いちもんじ》三星《みつぼし》の旗が城に掲げられるところを見届けて山を下りた。山陰の覇者として長らく栄華を誇ってきた尼子氏は、こうしてあっけなく滅んだのである。

月山富田城から出た幸盛は、麓で久綱や宗信と別れた。

久綱は京の知り合いの元に身を寄せると言い、宗信は出雲神魂《かもす》神社に戻るのだそうだ。神官の家系である秋上家に対しては、さすがの毛利も手を出すことができなかったらしい。宗信は毛利に支配された出雲にあって、本領を安堵《あんど》された数少ない将の一人だった。

政光がどこに向かったかは知らなかった。義久に従うことを願ったが認められず、それでも諦めきれずにこっそりついて行ったと聞いたが、どちらでもよかった。政光がなにを望もうが、どのように生きようが知ったことではない。政光は政光の人生を勝手に生きてくれればそれでいいのだ、と幸盛は思った。

幸盛と久綱と宗信は、別れ際、再会を誓わなかった。それぞれがそれぞれで生きて行く。政光に抱いた時と同様、そんな思いが三人の胸に沈殿していた。

(敗けることは覚悟していたが)

いざ尼子の滅亡を目の当たりにすると想像以上の虚《むな》しさがあった。なにをする気にもなれない。先のことを考える気も起きなかった。

今は、ただ一人になりたい。

そう思うばかりである。

宗信は、

「それじゃ、行くわ」

とあっけらかんとしたものだったが、久綱はなにか言いたそうに幸盛の側《そば》を離れなかった。幸盛はそんな久綱を無視して、背中を向け、なにも告げずに歩き始めた。

久綱が、

「鹿」

と呼びかけたが、歩調を変えないでいると、それ以上はなにも言ってこなかった。しばらくして振り返った幸盛は、久綱の姿が消えていることに気づいた。梢《こずえ》を通った陽が、まだら模様を地面に落としているだけだ。

「敗けたのだ」

幸盛は声に出した。陽光が降り注ぐ道の上で、幸盛の言葉はどこにもしみこまず、そのまま消えてしまいそうだった。近くを流れる飯梨川のせせらぎだけが耳に飛び込んでくる。

「毛利に敗けた」

幸盛はもう一度口にした。頭上で鴉《からす》が鳴いた。樫《かし》の木に止まった鴉は、しばらく鳴くと羽を広げて飛んでいった。向かった先には月山富田城がある。

(毛利に敗けた?)

鴉の飛翔を見届けた幸盛の耳に、その言葉が蘇ってきた。

幸盛は突如《とつじょ》、躰の奥からこみ上げてくる衝動に突き動かされた。後から後から湧《わ》き上がって来るのは、どうしようもない怒りだ。

幸盛は道をひき返した。山に入り、無我夢中で斜面を上る。

「敗けていない。敗けてなどおらぬ!」

息が切れた。足がもつれそうになる。

それでも上を目指す。

「このまま引き下がるわけにはいかぬ」

毛利にだけは敗けられなかった。毛利に敗けることは死ぬことと同義だ。

「敗けたなど、なに腑《ふ》抜《ぬ》けたことを言っている」

毛利元就を倒すことこそ、俺の生きる目的だったではないか。

毛利元就を倒してこそ……。

間道に出た幸盛は本丸付近に潜《ひそ》んだ。息を殺して、じっと機会を窺う。

元就は城に入ったばかりだ。もう少しすれば、喜びを噛みしめるため、城内を見て回るに違いない。

「殺してやる」

幸盛は刀の柄《つか》を握りしめた。眠っていた力が蘇ってくる。

元就を殺せば、この戦は敗けではない。

大将の首を取りさえすれば、敗けたことにはならないのだ。

狙《ねら》いは元就の首だ。

元就さえ殺してしまえば、毛利は終わる。元就の奸智《かんち》によって毛利は勢力を伸ばし、ここまで版図を広げてきたのだ。

「殺してやる！」

心が決まった。

手のひらに唾を吐いて握りしめる。

元就を討つ準備は整っている。

プスッ。

息を潜めて森から本丸を窺っていると、首の後ろに痛みが走った。手をやった幸盛は、針のような物が刺さっていることに気づいた。円錐《えんすい》型をした小指ほどの鉄針だった。

(これは……)

突然、視界が揺れた。

躰が傾いたのかと思ったが、そうではなかった。

目が震えているのだ。

木々が左右に移動する。本丸がぐにゃりと歪み、幸盛は頭を押さえながら目をこすった。

足がふらつき、立っていられなくなる。

落ち葉の積もった地面が迫ってき、そのまま突っ伏した。


闇が降りていた。

青白い光が空から届いている。しんと静まり返った森の中で、その光はあまりに儚い。

「ここは?」

幸盛はこめかみを押さえた。途端に激しい頭痛に倒れそうになる。なんとかこらえて顔を上げると、見知らぬ男が座っていた。

「気づきましたか」

男が顔を向けた。左目は閉じられ、その上を刀傷が走っている。

異相だった。

左目以外にも傷はいたるところにあり、男の顔をますます不気味なものに見せている。

「誰だ」

幸盛は目頭を押さえながら、木の根方に背中を預けた。背もたれができたことで、いくらか気分が楽になる。辺りに視線を走らせると、山の中だと分かった。本丸が見えないことから、森の奥に運ばれたのだろう。山はいつの間にか夜に抱きすくめられていた。

「影正《かげまさ》と申します。忍びです」

「俺を殺すのか？」

「尼子の忍びです」

幸盛は異相の忍びを見た。なにを考えているのか分からなかったが、刀を抜く気にはならなかった。

「毛利の忍びなら、すでにあなたは死んでいます」

影正は表情一つ変えずに懐《ふところ》をまさぐり、一通の書状を出した。

「尼子の忍びである証《あか》しです」

手を伸ばして受け取ると、幸盛は書状に目を通した。

書状には、長年、尼子忍び衆を使ってきたこと。己では使いこなすことができなかったこと。これからは幸盛に託すこと。などがしたためられていた。花押は亀井秀綱のものである。

幸盛は影正に目を向けた。影正が小さく頷く。しばらく無言で見つめた幸盛は、視線をじっと動かさない影正を信じることにした。

「俺の首に変なものを刺したのはお前か？」

「はい」

影正は素直に認めた。

「吹き矢です。山中様は油断しておられました。今までも何度か山中様に近づこうとしたことがありましたが、叶ったことはありませぬ」

「変なことを申す。なぜ尼子の忍びが俺に近づく」

「亀井様の指示です」

幸盛は唇を結んだ。そして、

「なるほどな」

目を光らせる。

「亀井様は俺を殺そうとしていたのか？」

「恐れていました。いずれ尼子を崩壊させるのではと危惧《きぐ》していました」

「あのお方らしい考えだ。いや、亀井様ではない。尼子そのものがそう考えていたのだな」

亀井は幸盛を預かった後、独《ひと》り立ちするまで育ててくれた。だがそれは、養育というのではなく監視の色合いが強かった。幸盛の行動は邸内だけに限られ、母や兄と会うことも禁じられた。

新宮党を粛清した晴久を恨んで、復讐《ふくしゅう》するのではないかと恐れていたようだ。

「軍の連中も俺の事を白い目で見ていた。無理もないがな」

「新宮党の血が怖かったのです」

「新宮党は反逆者集団だからな」

座頭角部が暗躍《あんやく》していたとはいえ、主君に弓を向けた者を許しておくわけにはいかない。乱平定後、上層部は新宮党が犯した数々の乱行を家中《かちゅう》に発表した。出鱈目《でたらめ》がほとんどだったが、なにが起こったのか知らない者達は簡単に信じた。こうして、新宮党に対する粛清は正当化され、晴久の体面は保たれたのである。

そんな状況の中で軍に入った幸盛は、周りから冷たく遇される日々を過ごした。罵詈雑言《ばりぞうごん》を浴びせられ、意味もなく殴られたこともある。だが、幸盛は憤《いきどお》らなかった。

(毛利元就、許さぬ)

幸盛の憎悪は元就だけに向けられていた。周りが虐《しいた》げてくるのも元就が元凶である。皆、元就に踊らされているだけなのだ。

毛利を倒すには尼子の中で出世するしかなかった。そう信じる幸盛にとって、軍での仕打ちは全くと言っていいほど気にならないものだった。

幸盛が近習組に入って本田家吉の猛稽古で鍛《きた》えられるにつれ、家中の反応は変わっていった。幸盛達若い将の力が抜きんでるようになり、近習組出身者は一目置かれるようになったのだ。幸盛は、尼子国久を殺した本田に対してだけは多少の憤りを感じていたが、それも己の成長を促すほうに転化させることができた。

(いつか倒してやる)

その思いが本田の死すれすれの調練を耐え続けさせた。そんな、必死に食らいつく幸盛の存在は、近習組の若い衆にも影響したようである。調練を投げ出す者は一人もおらず、近習組の面々は屈強な武人へと成長していった。

この時初めて、幸盛は己を仲間だと思ってくれる者達に出会った。

立原久綱、秋上宗信、横道政光である。

もっとも、政光は幸盛を敵視していたので、仲間と思っているかどうかは微妙だった。だが、それでも近習組の結束は他に類を見ないほど強いものがあったのである。

「軍に入った頃から、誰かに見られている気がしていた。突き止めようとまでは思わなかったがな」

「気づいておられたのですね。さすがです。山中様は日に日にお強くなられました。忍びをつけるのも大変です。兵に姿を変えるなどして、常に誰か一人はつけるようにしていました」

「亀井様が指示したのか？」

「亀井様は恐れると同時に期待してもおられたのです。先々、尼子を救う男になるかもしれぬ、と」

「見当違いだな。俺は尼子を救おうなどと思ったことがない」

「存じております」

影正は片目で幸盛を見た。

「山中様の狙いは毛利元就です。ずっとそうでしたし、これからもそうなのでしょう。ですが、本当にそれだけでよいのでしょうか？　元就を殺したところで、毛利は死にませぬぞ」

「なにが言いたい？」

「簡単に終わらせてもよいのか、ということです。元就も同じ苦しみを味わうべきだと思いませぬか？」

「お前、俺をたぶらかすつもりか？」

幸盛の鋭い視線を影正は正面から受けた。左目の傷が百足《むかで》のようにうごめいている。

「我々は尼子の忍びです。尼子軍の山中様が命令されることならなんでもいたします」

「尼子のためにならぬと分かれば、始末する、か」

「吹き矢の毒は抜けましたか？」

「まだうまく力が入らぬ。今、お前とやり合えば、俺は死ぬだろう」

「私もただで済むとは思っておりませぬ」

幸盛は下を向いて口の端を上げた。

「亀井様も人が悪い。最期に厄介《やっかい》なものを託された」

「亀井様の死後、山中様をずっとつけておりました」

「そして、山に入ったところで襲ったというわけか。元就に近づかせぬためにな」

先程までの己はどうかしていた、と幸盛は思う。

通常ではなかったのだ。

元就を殺そうと逸《はや》り、忍びが近づくことにさえ気づかなかった。

そんな状態で躍り出ても、元就を取り巻く兵達に殺されていたに違いない。

「今、元就に刃《やいば》を向ける者が現れたとなれば、間違いなく義久様が殺されます」

影正が言う。

「義久様が死ねば、尼子軍の意気は消えます。義久様が生きていることで、尼子の臣としての誇りが、かろうじて残っているのです」

「元就は俺の手で殺すぞ」

「ですが、今ではない」

「尼子を復活させ、毛利を倒してから殺せ、そう言いたいのだな」

「立原様にも会いました」

「久綱に？」

「山中様を説いてくれるよう頼んだのです。ですが、立原様は断られました。山中様が自ら望まないと尼子の再興は叶わない。山中様がその気にならない限り尼子は終わりなのだ、と」

「久綱が言ったのか？」

「立原様に一人つけています。渡りはいつでもつけることができます」

「いや、久綱なら言うだろう。なるほどな、そういうことか」

幸盛は急にこみ上げてくるものを感じて腹を押さえた。

久方ぶりの感情だ。

これからの人生、笑うことなどないだろうと思っていたのに、今、己は腹の底から笑おうとしている。

生きるとはなんとも不思議なものだ。

「いかがいたしましょう?」

「使ってやるぞ、影正」

幸盛は目尻《めじり》を拭《ぬぐ》った。

「尼子を再興するだって?」

おかしすぎて苦しくなる。

尼子が滅んだその日に、尼子の再興を誓うことになるなんてな。

しかも、この山中鹿之助幸盛がだ。

新宮党の生き残りである、この俺がだ。

(いや、いいだろう)

幸盛は表情を引き締めた。

毛利を倒すには、それが一番手っ取り早いのだ。

尼子を利用してやる。

(それが俺の生き方だ)

笑い疲れた幸盛は顔を仰向《あおむ》けた。水中から出たばかりのように大きく息を吐き出し、グッと止める。

降って来そうなほどの無数の星だった。星の大海だ。幾億もの星の下では己など本当にちっぽけな存在だと思う。そのちっぽけな存在が尼子再興のために起《た》とうとしている。

馬鹿げた話だ。

あり得ない話だ。

だが、俺の道である。

星に向かってもう一度、高らかに笑った幸盛は、右端に細い月を見つけて目を細めた。

月は冷たい光を放ちながら、夜空にひっそりと浮かんでいる。

「三日月か」

幸盛は立ち上がった。

月は欠けても、また戻る。夜空に浮かび続ける限り、何度でも元に戻る。

そうだ。

何度でも、何度でも、月は満ちるのだ。

「願わくば……」

幸盛は三日月に向かって手を合わせた。

「願わくば」

どんなことがあっても浮かび続けよう。陽の光に隠されても、夜を待ち、そしてまた輝くのだ。

月の光で地上を満たしてみせるのだ。

幸盛は目を見開き、叫んだ。

「我に七難八苦を与えたまえ！」

六

松明《たいまつ》がたかれている。闇夜に浮かぶのは獲物《えもの》を狙う狼《おおかみ》のような目をした男達だ。

(なんて目だ)

調練が終わってすぐだ。疲れ果てているに違いない。五十人が一丸となって山を下ることを朝から繰り返してきた。飲まず食わずでずっとだ。

それでも、こいつらの目はどうだ。

戦いを前にひどく落ち着いている。落ち着いているが冷たく光ってもいる。待ちわびている。

倒すべき敵が現れるのを待ちわびているのだ。

戦場でしか己の生を感じることができない不器用な男達だ。だからこそ俺についてくることができた。

横道政光は麾下五十の兵に酒を配り終えると、男達を見回した。

張り詰めている者は一人もいない。薄笑いを浮かべた者さえいる。戦を前にした緊張を、皆楽しんでいるようだ。

「よい調練だった」

政光が発すると、兵達がばらばらと頷いた。

「勝久様のため」

椀を掲げる。麾下五十も掲げ、口をつけた。

静かな乾杯だ。

だが、熱い。冬の野営地なのに、まったく寒くない。政光の周りだけ風が滞《とどこお》っているみたいだ。

(勝ってみせる)

政光の目もまた、揺れる松明の灯に、冷たく光った。


政光が尼子勝久に初めて会ったのは、京の東福寺でのことだった。

東福寺に来る前の勝久は、備後《びんご》の徳分寺《とくぶんじ》に預けられていたそうだが、それはほんの幼少の頃である。二歳で新宮谷から落ち延びた勝久——孫四郎は、出雲での記憶をほとんど持っていなかった。

京で仏門に入ってからは、戦国の風雲とは無縁の生活を送ってきた。勝久はあくまで僧だった。

勝久を最初に見つけたのは政光である。月山富田城の戦で敗れて後、諸国を流浪した政光は、松永久秀に請《こ》われて大和《やまと》に身を寄せた。そこで噂を聞きつけて会いにいってみると、紛れもなく尼子の血を引く青年だった。本人がそう言っているし、なにより経久公より国久に渡されたという尼子平四目結《ひらよつめゆい》の紋が入った金扇を所持していた。

政光は尼子が辿《たど》った歴史を語って聞かせた。毛利支配後の出雲では、その統治方法に馴染《なじ》まない旧臣や民が多くいることも話した。

勝久は黙って聞いた。

時折涙をぬぐいながら耳を傾ける姿は、政光には神々しくさえ見えた。

その時確かに、政光は青年僧の中に、尼子再興の夢を見たのである。

（出雲を取り戻すことができる）

政光は尼子が使っていた忍びに勝久と会ったことを伝えた。忍びに話せば、近習組で兄貴分的な存在だった立原久綱の耳に届くはずだ。久綱と一緒に勝久を説得し、大将に擁立《ようりつ》しようという思惑《おもわく》だった。

だが、事態は思わぬ方向に進んだ。久綱にだけ伝えるつもりだったのに山中幸盛にも知られてしまった。久綱が漏らしたのかもしれなかったし、忍びが幸盛と繋がっていたのかもしれない。どちらにせよ、一番知られたくない幸盛の耳に入ってしまったのは痛恨だ。政光は大急ぎで勝久の元に駆け付けるよう用意を進めたが、松永久秀を説得するのに思わぬ時を要してしまった。久秀は政光を家臣にしたいと、再三にわたり勧誘していた。ようやく久秀を説き伏せて大和を去ったころには、すでに勝久は還俗し、幸盛とともに京を発していた。

勝久一行が摂津《せっつ》の鴻池《こうのいけ》村を通過しようとしているところで、政光は追いついた。後から合流した政光は、自然、二番手という位置に収まる。軍を指揮するのは山中幸盛とすでに決まっていた。

政光は気に入らなかった。

幸盛とは昔から馬が合わなかったのだ。

尼子の覇道のために身を尽くす覚悟の己からしたら、幸盛など毛利への暗い執念を果たすために尼子を利用しているだけの半端者に過ぎない。心がけが卑屈すぎる。そんな男を重用すれば、いずれ破滅に追い込まれることなど子どもでも分かりそうなことだ。それなのに、幸盛は尼子軍の中でどんどん頭角を現すようになっていった。

政光は勝久と幸盛が親しく接している姿を目にする度、悪態をついた。だが、悪態をつけばつくほど、勝久に対する忠義心は不思議と高まっていったのである。政光は幸盛の下につくのは不服ながらも、尼子再興軍に対しては従順であり続けたのだ。

再興軍は、但馬から海を越えて隠岐島《おきのしま》に渡った。従者は三百名。ここから出雲各地へ檄文《げきぶん》を送り、情勢を見極めて船で出雲に戻るという手筈《てはず》だ。

出雲へ渡ったのはそれから三月後のこと。出雲の地を踏んだ勝久は、

「出雲の土。なんとも重い」

と手に取り、握りしめたのである。その時の勝久を政光は今でも思い出すことができる。

(純粋な方なのだ)

苦しい思いをさせられない、そう思った。勝久のためなら己はどんな苦労をしても惜《お》しくはない。政光は勝久を出雲の覇者にすることを誓った。

以降、政光は勝久のために率先して働くようになる。幸盛に敗けられないという思いもあった。獅子《しし》奮迅《ふんじん》の勢いで暴れ回った。

出雲に上陸してすぐに海岸沿いの忠山砦《ちゆうやまとりで》の攻略にかかり、先陣を切って戦った。忠山砦は一日も経たずに落ちた。

忠山砦を拠点とした勝久は、再度、出雲中に檄を飛ばし、瞬く間に旧臣達三千が集まった。尼

子の帰還を望む者がこれほどまでに潜んでいたのだ。それは、毛利の支配が盤石《ばんじゃく》ではないことを意味していた。

膨れ上がった尼子再興軍は、次いで新山城《しんやま》を攻めた。新山城は宍道湖から中海までを望む山頂に築かれた山城で、日本海と出雲内陸部を結ぶ交通の結節点である。新山城を支配すれば出雲中に睨みを利かせることができる。また、月山富田城攻めの拠点としても利用価値はあった。

出雲を奪い返す戦は月山富田城を攻略する戦と言ってよかった。

難攻不落の城を落としさえすれば、出雲だけではなく、石見も伯耆《ほうき》も尼子に靡《なび》くはずである。月山富田城は山陰の象徴《しょうちょう》なのだ。

新山城攻めでも政光は真っ先に駆け込み、麾下五十名と共に暴れ回った。新山城の守将、多賀《たが》元龍《もとたつ》と戦って、即座にこれを破り、退却《たいきゃく》させたのである。

転戦の日々だった。毛利の息のかかった城や砦を次々と攻め、本拠を末次城に移した時には、出雲全土をほぼ手中に収めるまでになっていた。

だが、それで支配が完成したかというと、そうでもないのだ。

表面上は服しているが、形勢が変われば再び毛利に靡こうという日和見《ひよりみ》主義の者が少なからずいる。

尼子再興軍は政光と幸盛の武勇によって成り立っていた。見切りをつけられれば瓦解《がかい》も早い。だからこそ、月山富田城攻めは大切だった。富田城を落とせば、誰もが尼子の復活を認めるはずだ。

政光は城を力押しで攻めることを主張した。勢いに乗っている今であれば落とすことができる、そう信じた。

だが、幸盛は違った。

幸盛は時をかけて落とすと宣言した。

政光は幸盛とぶつかった。意見が対立することはしょっちゅうだったが、こうも決定的に合わないと思ったのは久し振りだ。勝久を擁立して以来の働きに対する自負もあった。己が先頭に立って駆け回ったからこそ、再興軍はここまで膨れ上がったのだ。

政光は幸盛と言い合い、ついに折れさせたのである。

月山富田城攻めが、正式に決まったのはそうしたいきさつからだった。

しかし、戦は思わぬ展開になった。先陣として攻めるつもりでいたのに、幸盛が大将に任じたのは秋上宗信だったのだ。

秋上党は臣下五百と、再興軍の中で最大の勢力を誇っている。その頭目の宗信が大将を務めるというのは、一応は筋が通っているように見えた。だが、宗信は一軍の将を担《にな》うような人間ではないのだ。飄々《ひょうひょう》としていて、己のことしか興味がない宗信は、気ままに戦わせれば無類の強さを発揮するが、軍を動かすという制約の中で戦わせたら、実力の半分も出せない男だ。近習組の頃から交わってきた政光は、宗信の人間性を熟知していた。

「幸盛はなにを考えている」

政光は吐き捨て、酒を浴びるほど飲んだ。

案の定、月山富田城攻めは失敗に終わった。宗信はあっけなく敗れ、ほうほうの体で退却してきたのである。

すぐに幸盛は方針を変えた。

兵糧攻めだ。

水源を断ち、人の出入りを禁じた。

幸盛の秀逸《しゅういつ》さが現れたのは、包囲した状態で出雲各地に兵を遣わし、毛利方の諸将を降伏させたことだ。政光も果敢《かかん》に出兵した。むしろ寡兵《かへい》で攻略したことで尼子軍の強さを印象付ける形になったとも言える。

月山富田城を落とせなかったのはあくまで堅城であるからで、攻略した暁には再び尼子の世が訪れよう。

出雲中で噂されるようになった。

今思えば、幸盛の狙いは、最初からそこにあったのかもしれない。

宗信にわざと敗けさせて兵糧攻めをする。そうして耳目《じもく》を集めた上で派兵して、兵力を整えていく。そういう戦略だ。

政光は納得いかなかった。幸盛の考えだということが気に入らなかったし、幸盛の采配《さいはい》に感心しつつある己にも腹が立った。

戦とは攻略なのだ。

攻めに攻めて相手を屈服させてこその勝利だ。

そう思う政光は、己の価値観が揺らいでいるような気がして、益々苛《ますますいら》ついた。

政光を主君が呼んだのは、兵糧攻めが始まって三月後のことである。迎えた勝久はすぐに政光を褒《ほ》め称《たた》えた。

「月山富田城を抑えている隙《すき》に、政光が周囲を攻める。見事だ。政光でなければ、これほど迅速《じんそく》に版図を拡大することはできなかった」

政光は目をしばたたいた。月山富田城を取り戻すことを誰よりも望んでいるのは勝久だと思い込んでいたのだ。

「しかしですな、殿」

政光は意見を述べようと進み出た。

「どうした、政光」

尋ねて来る勝久に、政光は押し黙った。

(俺に任せてもらえば、月山富田城は落ちますぞ)

たとえ兵の半分を失ったとしても、必ずや落としてみせます。

そう言いたかったが、見つめられると言葉が出なくなる。

「戦略は俺が考えた」

勝久が言った。

「月山富田城攻めの大将に宗信を据えたのも俺だ。城を奪取できなかったことは残念だが、政光のおかげで敗けを取り返すことができた。かたじけなく思うぞ」

勝久が真《ま》っ直《す》ぐな眼差《まなざ》しを向けてくる。政光は胸がビクンと跳ねるのを感じた。躰の奥から熱いなにかが迸《ほとばし》り出てくる。

「此度の戦は、政光という山陰一の勇将がいなければ勝つことはできない。もちろん幸盛の知略も大切だ。二人がいなければならぬのだ。二人で尼子を勝利に導いてもらいたい。どうか頼むぞ」

頭を下げる勝久に、政光はおろおろと、

「どうか。どうかお顔をお上げください」

手を前に出した。

「ありがたきお言葉、胸に沁《し》み入ります。これからも山中と二人、殿のために力を合わせて働く所存でございます」

低頭した政光は、おや、と思った。幸盛と共闘するなどもってのほかなのに、勝久に言われると、それもいいかなと思ってしまう。

そもそも、と政光は考えた。

勝久が戦略を考えるなど、あり得ないことなのだ。軍の編成、戦の駆け引きはすべて幸盛に任されている。勝久は幸盛の決定を聞き、許可を与えるだけの存在のはずだ。

（おそらく勝久様は）

俺と幸盛の関係を心配して、嘘を拵《こしら》えたのだろう。

いがみ合う二人の仲を改善しようと俺を呼んだ。

（お若いのに……）

と政光は感激する。

素晴らしい。

己なんかのために、そこまで気を使ってくださるなんて。

政光は、勝久が大将でいてくれることに感謝した。

勝久は紛れもなく大将の器だ。

勝久が大将であれば、出雲だけではなく、山陰も、中国も支配することができる。勝久の覇道のためであれば、たとえ手足をもがれたとしても戦い続けてみせる。勝久と共に尼子の世を作るのだ。

政光は感動に震えながら、そう誓ったのだった。

麾下の兵が椀の汁をかきこんでいる。海で取れた鰤《ぶり》に牛蒡《ごぼう》などの野菜を入れて味噌《みそ》を溶かしたものだ。香ばしい香りが辺り一面に漂っている。

政光は酒を干すと、振って椀を差し出した。兵が受けとり、汁を注ぐ。

酒は一杯だけと決めている。次の戦が終わるまでは続けるつもりだ。

（そう、次の戦だ）

勝久が出雲を手に入れる絶好の機会だ。

布部の一戦。

毛利と全面でぶつかる大戦だ。

毛利に勝つことができれば、月山富田城などすぐに落とせる。天野隆重には、もう余力など残っていないのだ。城を落とした暁には酒などいくらでも飲ませてやる。

幸盛から中山口の大将を任じられた時は、反骨心を剝き出しにした。が、実際のところは、奮い立つ気持ちを抑えるのに苦労していた。

（勝久様のために命を捧《ささ》げる）

俺が勝たせてみせる。

俺が出雲を取り戻させてみせる。

男として命を預けられる主君に出会えることほどうれしいことはない、そう思った。勝久に出会えた政光は、己を幸運だと信じ込んでいた。

内に激しい闘志を燃やしながら、政光は塩辛い汁を口に含んだ。

躰が一気に熱くなった。

七

武将達の館が末次城を囲むように並んでいる。兵士達の屋敷は、さらにその奥だ。元々、町が開けていたため、酒も物資も不足することはない。

一室に通された。秋上宗信の館だ。部屋に入った幸盛は二人の女に挟まれた宗信と視線をぶつけた。宗信は杯を置いて口を拭うと、

「よお」

と挨拶した。

「うむ」

幸盛が宗信の向かいに腰を下ろす。

「お前も飲め」

宗信の左隣の女が幸盛の前に進み出た。差し出された杯を受け、注がれる液体を黙って見つめる。

一息に飲み干した。女から漂う、甘い香りも一緒に飲み込んだような気分になる。

幸盛は杯を女に差し出した。すかさず酒が注がれる。

おそらく町の女だろう。少し歳を食っているから、人妻か後家かもしれない。肌は浅黒かったが透き通るように滑《なめ》らかで、顔立ちも整っていた。こういうのを美しい女というのだろう、そう思った。

「よい酒だ」

幸盛は続けて杯をあおった。女が面を上げ、すぐに伏せる。目に暗い影がひそんでいるような気がしたのは、この時だ。

(後家だな)

結論づける。女の暗さは、辛《つら》い過去を背負っている者特有のものだ。主人を戦で亡くしたか、あるいは病で亡くしたか。いずれにしろ、辛い目にあったことは明らかだ。

幸盛は、こうした女を幾人か知っていた。そうした時代だということもあるが、一番の原因は宗信である。宗信は、後家やら身寄りのない娘やら、とかく不幸を抱えているような女にちょっかいを出す。女に対しては平等だ、と言っているくせに、酒の相手をさせるのは、決まってどこか陰のある女だ。

宗信の元で幾らか明るさを取り戻した女は、いずれ宗信の元から離れていく。自らの足で立つことを決めた女を宗信は引き留めはしなかった。むしろ少なくない額の金を持たせて、送りだしたりする。執着のない性格だ。だからこそ人に好かれる。

「どうした。なにか用か?」

宗信が突然酒をかけてきた。自らも瓢簞《ひょうたん》から頭にかけ、大きな声で笑う。幸盛はふぅっと息を吐くと、懐紙で顔を拭った。宗信と目を見合わせ、小さく頷く。

「謝っておかねばならぬと思ってな」

女に躰を拭《ふ》いてもらいながら、幸盛は告げた。女も含み笑いをしている。少しだけかもしれないが、背負っている荷が取り除かれたように見えた。宗信が酒をかけたことで和《なご》んだのだろう。女の香りと酒の香が交じって、部屋の中は甘美《かんび》な雰囲気に満たされている。

「らしくないな。酒がまずくなる」

顔をしかめた宗信は、

「今からはまずい酒だ。お前達を付き合わせるのは胸が痛む。下がっていいぞ」

合図した。戸惑ったように目を見かわした女達は、宗信にもう一度促されると、立ち上がって部屋から出て行った。

　戸が閉まると、宗信は酒を持って幸盛の前ににじり寄った。幸盛に注ぐと、自らは手酌《てじゃく》で呑み始める。

「お前も勝手にやれ」

　足を投げ出した宗信の顔は赤く染まっている。幸盛は一口すすると、杯を置いた。顔は染まっているが、宗信がそれほど酔っていないことを幸盛は知っている。だいたいが酒に強い男なのだ。

「謝っておきたいこととはなんだ？　俺の女に手を出したか？」

　宗信が興味なさそうに聞く。

「月山富田城攻めのことだ」

「月山？」

「お前には、重い役目を引き受けてもらった」

「馬鹿なのか、お前は？　納得して引き受けたことだ」

「それでも布部に行く前に一言だけ謝っておかねばと思ってな」

「許す」

「まだなにも言ってないぞ」

「お前に謝られると、もっと嫌なことをさせられそうで怖い。先に許す」

「すまぬ」

「俺は何回許すと言えばいいのだ。一回言うのも安くないのだぞ」

「お前の評判を落とすことになってしまった。お前の家臣も死なせた」

「勝つためなんだろう?」

「必ず勝つ」

「ならいいじゃないか。水に流す」

「毛利を倒すぞ」

「分かっている」

幸盛が謝ったのは、尼子再興軍として月山富田城を攻めた時のことだ。

幸盛は、「己は適任じゃない」と渋る宗信を説得して大将に任じた。その宗信は、守将天野隆重の調略によって散々に打ち負かされたのである。目を覆いたくなるような惨敗《ざんぱい》だった。

それは、幸盛が授けた策でもあった。

幸盛は、天野の兵と戦い見事に敗けてくれ、と宗信に伝えていた。宗信は嫌そうな顔をしたが、結局引き受け、指示通りに敗けてくれた。

軍の損失は軽微なもので済んだが、それでも死人や怪我人《けがにん》は出た。幸盛は、そのことも謝っておきたいと思っていた。


末次城に本拠を置いた尼子再興軍が月山富田城攻めに取り掛かったのは、永禄十二年(一五六九年)の七月のことである。城の周囲に砦を築いて軍を展開させ、あとは攻めるだけというまでになった。そんな時に、奇妙な報せが届けられたのである。

天野隆重が降伏したいと申し出ている。

通常であれば、計略だ、と考えたであろう。だが、この時はそうさせない雰囲気が軍に満ちていた。

出雲に上陸して以降、尼子軍は連戦連勝だった。噂を聞いた毛利兵が、城を攻める前に門を開放することはよくあった。尼子軍はこの時、三千五百名。一方の天野は三百名である。兵の数でも尼子軍は天野を圧倒していた。

そんな有利な状況が諸将の目を曇らせたのだ。

天野の降伏を受け入れようという意見が多数を占めたのは、労せず月山富田城を手中に入れたいとの思いからに他ならない。

寄せ集めの軍にあって、数の意見というのは意外な影響力を持つ。天野の降伏は罠《わな》だ、と疑うのは、幸盛と久綱ぐらいのもので、他の将は全く考えていないらしかった。いや、ひょっとすると政光あたりも気づいていたかもしれない。だが、政光は己なら攻め落とすことができると固く信じていた。罠だろうとなんだろうと、己が敗けることはないと思っているのだ。だからこそ、消極的な幸盛を激しく罵倒《ばとう》したのである。

月山富田城は尼子にとって特別な城だった。

主君と交わした言葉。友と競い合った日々。数々の思い出が今も眠り続けている。

月山富田城を心の拠《よ》り所《どころ》にしながら毛利支配下の出雲で生きてきた者達が多くいる。彼らからしたら、城に尼子以外の旗が立っているなど許せないことだった。一刻も早く己らの元へ取り返してやりたい、そう思っていたのだ。

諸将の気持ちを理解した幸盛は、攻めなければならぬことを悟った。無駄な軋轢《あつれき》を生めば、後々響いてくることになる。それだけは避けるべきだと思った。

幸盛は、月山富田城攻めの大将を秋上宗信とした。本来であれば、横道政光がなるべきだったが、政光を大将に据えれば力ずくで城を落としにかかる。それでは意味がなかった。

幸盛は天野の降伏は嘘だと見抜いていた。絶対に兵を出してくる。その兵にわざと敗け、別の戦を展開させるのだ。

兵糧攻めである。

城を囲み、山陰中の耳目を集めた上で救援に来た毛利軍を一息に叩く。出雲を取り戻すには、それしか方法がなかった。

だからこそ、気心知れた宗信に大将を務めてもらうことが肝要《かんよう》であった。政光なら、敗けろ、と言っても聞く耳持たずに突っ込むだろう。だが、宗信なら理解してくれる。人の考えを分かろうとする、そんな男でもあるのだ。

こうして大将は秋上宗信に決まった。後詰として、目賀田幸宣に百名の兵をつけた。天野が応戦するようであれば、宗信を援助する役割を持たせている。

目賀田は天野の降伏を全く疑っていない人物の一人だった。政光と共に、兵糧攻めに頑《かたく》なに反対した男でもある。だからこそ目賀田を後詰にする必要があった。幸盛はこの配置に、ある意図を潜ませていた。

「目賀田の目を覚ましてくれ」

攻城戦の前日、幸盛は宗信の元を訪れ、そう告げた。

「目賀田？」

宗信の眉がピクリと動いた。同じ神官の家系の目賀田家と秋上家は仲が悪い。同じ生業《なりわい》で暮らしている家同士、昔から争いが絶《た》えなかったという。

「あいつは、あのままでいいのではないか？　率先《そっせん》して働きはしないが、それなりの務めはこなす。いてもいなくても、害にはならないだろう？」

「大事な戦力だ。目賀田が本気で尼子のために働くようになれば、尼子はさらに強くなる。それにあいつが目の色を変えれば、他の連中も本気を出さぬわけにはいかなくなるだろう？　一枚岩にならなければ、此度の戦は勝てぬ」

「目賀田ねぇ」

宗信は肘《ひじ》を掻いた。宗信は他の秋上家の者ほど目賀田を嫌ってはいない。それでも目賀田のために一肌脱《ぬ》ぐとなると釈然としないものがあるらしかった。

「目賀田になにをすればいい？」

宗信は聞いた。

「目賀田は後詰だ」

「知っている。色々言いたいことはあったが、受け止めている」

「あいつはお前が敗けても動くまい。目賀田は戦はないと思い込んでいる。天野の降伏を信じ切っているからな。ろくな準備もしないはずだ」

「それで？」

「戦のあと、目賀田に怒りをぶつけるのだ。八つ当たりに見えてもいい。できるか？」

「できるかできないか、と問われたら、できるな。だが、俺らしくないだろう？」

「お前らしくないから、皆気づくのだ。普段、怒ることのない者の怒りほど恐ろしいものはない」

「目が覚めるのか疑わしいな」

「毛利との戦は尼子が一丸にならなければ厳しいものになる。完全には覚めずとも、瞼《まぶた》をこするぐらいはするはずだ」

「そういうものか？」

宗信はしばし考えたが、結局、幸盛の策を引き受けてくれた。

こうして始まった月山富田城攻略戦は、幸盛が考えていた通りに進んだ。やはり天野の降伏は罠だったのだ。

月山富田城の本丸に辿《たど》り着くには一度山中《さんちゅう》御殿のある広場に出なければならない。そこからは狭い一本道で、人が束《たば》になって通ることができなかった。本丸の手前には七曲《ななまが》りという急な曲がり角があり、四、五人が並ぶといっぱいになる。一時に攻め上がれない造りなのだ。

天野はこの七曲りに尼子軍を閉じ込める戦術を取った。秋上党が七曲りを過ぎたところで城門を開いて兵を出すと共に、山中に潜ませていた兵に坂を登らせた。挟撃だ。

前後から攻められた秋上党は大混乱に陥《おちい》った。兵が兵を押しながら、我先に山を下る有り様だ。菅谷口から上って来るはずの目賀田隊が助けてくれれば容易に突破できたかもしれない。だが、目賀田は一向に姿を現さなかった。秋上党は自力で下山するしかなかった。

先頭を駆けたのは宗信だ。槍の名手である宗信は、襲い掛かって来る敵を次から次に退け、山中御殿への突破口を開いた。

まさに鬼気迫る奮迅ぶりである。

天野軍に隙間ができたところで、秋上党は一気に駆けた。宗信は兵を通すために最後まで残り、天野の兵を食い止め続けたのである。

形としては尼子軍の惨敗であった。だが、死者数は十数名と比較的軽微で済ますことができた。宗信の一騎当千の働きがあればこそだ。

下山した宗信は、軍に収容されるなり目賀田を見つけて殴りかかった。

目を白黒させる目賀田に、

「どうして後詰が来ない。貴様、舐《な》めておるのか！」

怒鳴りつけた。それだけでは収まらず、押し倒して目賀田を散々に殴りつけた。

やがて目賀田は失神した。動かなくなったことを認めた宗信が離れた時、諸将は息を呑んだのである。

宗信がキッと憎々しそうに睨み付けたのだ。宗信の険しい表情に諸将は凍り付いてしまった。

尼子軍は月山富田城を力ずくで落とすことを諦め、兵糧攻めに入った。城の周りに柵《さく》を立てて囲み、水源を断った。月山富田城を落とせなかったことで何名か逃走する兵が出たが、それも他の城や砦を攻め落とす度に増えていった。残った兵達の士気は日を追うごとに快復し、同時に尼子軍の結束も強くなった。

衆目の場で殴られた目賀田は、宗信に対して恨みを抱くようなこともなく、むしろ自らの行いを猛省したようである。汚れ務めも進んで引き受け、戦では死を恐れず飛びこむようになる。目賀田が変わったことで、諸将も変わった。目賀田に先を越されまいと我先に戦うようになった。

尼子再興軍は一つになった。幸盛の考えた通りであった。

八

末次城に戻った幸盛は、勝久に明朝出陣することを告げた。勝久は平四目結の金扇を差し出し、布部の戦では、この金扇を使って指揮するがいい、と伝えた。

「尼子家伝来の家宝を託されるなど滅相《めっそう》もございませぬ」

辞退する幸盛に、勝久は、

「俺も布部に行きたいが、僧として育てられた男がいてはかえって迷惑だろう。代わりに連れて行ってもらいたいのだ」

幸盛の指をたたんで金扇を握らせた。そのまま二人は見つめ合う。

「尼子のために尽くしてくれたこと感謝いたすぞ」

勝久が告げた。真っ直ぐな眼差《まなざ》しは心の奥まで見通してきそうだ。

「殿……」

幸盛は目を伏せた。勝久の瞳の中に、かつての誠久や助四郎が映っている。

胸が騒いだ。

「毛利を倒してくれ」

勝久が言った。誰かの声に聞こえた。遠い昔に聞いたようにも思えるし、いつも側で聞いている声のようにも思えた。

面を上げた幸盛は、一歩下がって礼をし、

「ありがたく頂戴《ちょうだい》いたします」

とだけ告げて、部屋を辞去したのだった。

居宅に戻った幸盛は、水を浴びて躰を清めた後、床についた。その間、必要最低限のことしか喋っていない。幸盛の生活はいつもそうだった。女中や郎党とむやみに話をしない。家族ともほとんど会話を交わしたことがなかった。幸盛の周りはいつも沈黙と緊張で充《み》ちていた。家の中はとても静かだ。

床に入った幸盛は、すぐに眠りに落ちた。考えられることはすべてやったという思いが、深い眠りに導いてくれる。

襖が滑る音で目が覚めた。天井を見つめた幸盛は、衣擦《きぬず》れの音に耳を澄ます。音は幸盛の側で止まった。上気した息遣いとかすかな温《ぬく》もりが伝わってくる。

「なんの用だ」

幸盛が問うと、着物が床に落ちる音がした。目を向けると裸の女が立っている。綾《あや》だ。

亀井秀綱の長女綾は、四年前から幸盛の妻になっている。毛利に降る直前、亀井から託されたのだ。

綾は右手で左ひじを摑み、左手を股に添えていた。月光の薄明かりの中、自らが発光しているみたいに青白く艶《なま》めかしい。

長い黒髪が真っ白な乳房の横まで垂れている。華奢《きやしや》な肩、くびれた腰。綾は痩せていたが胸だけは豊かだった。液体が揺れているような、みずみずしい乳房。その先には桃色の突起がある。桜の蕾《つぼみ》のような突起は、豊かな乳房の中でひどく小さく、硬そうに上を向いている。左手で隠している黒い茂みは陰毛だ。こんもりと生えた陰毛の下で股が割れている。細長い脚が乱れた襦袢《じゆばん》の中まで伸びている。

「お前様」

綾が囁《ささや》いた。大きな瞳と視線がぶつかる。綾は戸惑ったように目を動かした後、再び幸盛を見返した。頰に赤みがさしている。月明かりの中、真っ赤な唇が際立って見える。

幸盛は水中から外を見ているような目で綾を見た。綾は絶世の美女と言って差し支《つか》えない。整った顔と豊かな躰は男を狂わせる妖艶さも持っている。亀井家の娘として大切に育てられてきたためだろう、肌同様、躰も心も汚れたところがなかった。全身が綺麗《きれい》だった。

だが、幸盛は心を動かされないのである。綾を妻としていたが、幸盛の中では家具や置物と大差なかった。綾に惹《ひ》かれる思いは、全く湧いてこないのだ。

綾が近づいて来る。髪と乳房が揺れ、隠していた股があらわになる。幸盛が寝転がったままでいると、かけていた夜具がはがされた。

「早く済ませろ」

綾の大きな瞳が揺れた。幸盛は表情を崩さなかった。

髪を耳にかけた綾が、唇を押し付けてくる。口を吸われ、顎を舌でなぞられ、首筋へと続く。綾の呼吸が徐々に激しくなっていく。幸盛は綾のなすがままに任せた。


頭の後ろで手を組んだ幸盛は、天井を眺めながら、襦袢に袖《そで》を通す綾に声をかけた。

「明朝、発《た》つ」

綾は一瞬動きを止めたが、すぐに襦袢を羽織《はお》る作業に戻った。身を包んだ綾は、振り返ると幸盛の隣に正座した。

「必ず、お戻りくださいませ」

大きな瞳で覗《のぞ》き込んでくる。涙を浮かべていた。幸盛はそちらを一瞬だけ見て、鼻で笑った。

「お前に言われなくても、戻るつもりだ。毛利には絶対に勝つ」

綾が手を伸ばしてきて、肘《ひじ》のあたりに触れる。幸盛はそれを面倒くさそうに振り払うと、身を起こした。

「絶対に勝って見せるぞ」

幸盛は膝の上の拳を固く握りしめた。月明かりが満ちた冷たい部屋に、綾の泣く声だけが響いている。

秘策

一

風を引き連れていた。

草が一斉に靡《なび》いている。蹄《ひづめ》が蹴上《けあ》げる砂塵《さじん》は後方に流れた後、動きを止め、ゆっくり空へ昇っていく。

風を生んでいるのだ。

騎馬隊が風を生んでいる。

黒風《くろかぜ》が鼻を鳴らした。騎馬隊の走りを目にして、昂《たか》ぶっている。

気持ちは分かる。

これほどの動きを見せられて興奮しない者などいない。

「駆けるぞ」

吉川元春《きつかわもとはる》は愛馬の腹に鐙《あぶみ》を当てた。血管の浮き出た皮膚《ひふ》がブルブル震える。喜んでいるらしい。

黒風も駆けたい衝動を抑えていたのだ。

身を前屈《まえかが》みにする。短く絞った手綱《たづな》をしごいて前へ前へと促す。

たちまち風に巻き込まれた。水中を泳ぐ鯉《こい》のように緑の原野を滑《すべ》る。

草原の中ほどを目指す。小高い丘の麓《ふもと》だ。丘を駆け下りる騎馬隊の眼前《がんぜん》にギリギリ出られる位置である。

黒風の腹をもう一度蹴った。前のめりになり、一気に走力が上がる。地面を掘り起こしてしまいそうな豪快な走りだ。

(こいつなら大丈夫)

元春は思う。騎馬隊の先頭とぶつかる位置だが、黒風なら避《よ》けられる。

信頼しているのだ。

問題は騎馬隊の方だ。突如《とつじょ》現れた黒風にどう対処するか。

見ものである。

先頭を駆けるのは灰色の馬だ。葦毛《あしげ》の牝馬《ひんば》は丘の傾斜を利用して加速している。この状態で進行方向を変えることは難しい。突き進むしかないはずだ。

迫ってきた。

馬蹄《ばてい》の響きが地面を揺らす。

「行け！」

黒風が騎馬隊の前に出た。

元春は手綱を引いて、騎馬隊と同じ方向に馬首を向けた。黒風が群れの先頭に立って駆け始める。

　はずだった……。

「なに？」

　ぶつかる直前、葦毛に騎乗する武者が右手を上げた。それを合図に、葦毛が咄嗟《とっさ》に向きを変え、左方向へ進んだのだ。葦毛の後ろを他の馬達が続く。進路を左に取った馬達は、黒風の後方を何事もなかったかのように横切っていく。

　とてつもない旋回《せんかい》だった。

「なんと！」

　元春は目を丸くしたが、すぐに黒風を促して集団を追いかけた。丘による加速がない分、追いつくまでに時がかかる。黒風の脚をもってすれば、騎馬隊を追いかけることなど造作《ぞうさ》もないはずだったが、それでも簡単にはいかなかった。相当励《はげ》まさないと、追いつくことができない。騎馬隊がよく調練されている証《あか》しだ。

　集団の後尾についた。真中に馬一頭分の隙間《すきま》がある。

（突き抜けてやる）

　突っ込むことができれば、騎馬隊はバラバラになる。列を崩された隊は脆《もろ》いのだ。

「は！」

　黒風がさらに前のめりになった。限界だ。全身の筋肉が盛り上がっている。一蹴りごとに放《ほう》り出されそうだ。

脈が伝わってくる。黒風の動悸《どうき》かもしれなかったし、己のそれかもしれない。どちらにしろ、胸は打っている。全力で駆けられることが楽しくてしようがないのだ。

「行くぞ黒風！」

元春は全身から気を放った。主人の考えを察した黒風も、猛々《たけだけ》しく鼻を鳴らす。二人の気迫が周囲に発散される。

このまま突入すれば、馬達は気圧《けお》されるだろう。

そこを破る。

一気に崩すのだ。

だが——。

元春が予期していなかった事が起きた。

最後尾から先頭まで、まるで道ができたみたいに割れたのだ。

黒風は突如現れた道を、減速できずに先頭まで駆けていく。

呆気《あっけ》に取られた元春は、道を進みながら左右を確認した。

（いい面《つら》をしてやがる）

思わず頬《ほお》を緩める。騎乗した兵達は、馬を駆ることに集中している。無表情に前だけを見ている。

先頭まで進むと、葦毛に乗った若者が左手を上げ、握りこぶしを作った。

背後に気配を感じる。

振り返ると、開いた道が徐々に狭まり、馬達が再び合流しようとしていた。

騎馬隊は、再び一塊《ひとかたまり》になって葦毛と黒風の後ろについた。

「見事だ！」

元春は声を上げた。馬蹄の響きで己の耳にさえ届かなかったが、それでも満足だった。隣に並ぶ葦毛の背に顔を向ける。

まだ若い。子どもだ。

少年は顔色一つ変えずに、手綱を押している。

三刀屋《みとや》の近松村《ちかまつ》で育った小六《ころく》だった。乗っている葦毛は風花《かざはな》だ。小六には百騎を与え、騎馬遊撃隊の指揮を任せている。

二

戻ってきた元春を香川春継《かがわはるつぐ》が迎えた。

「お戯《たわむ》れを」

目を吊《つ》り上げている。

春継は元春の怪我《けが》を心配しているのだ。確かに、決戦に大将が不在などあり得ない。だが、元春には自信があったのだ。騎馬遊撃隊と衝突することは絶対になかった。

黒風を信頼していた。黒風であれば避けられるし、己も操れると信じていた。それがまさか、あんな動きを見せられるなんて。鷲《わし》が急降下しながら方向転換するみたいに、いとも簡単に躱《かわ》された。並みの腕でできることではない。

「見たか。すごいぞ！」

黒風から降りると、馬廻《うままわり》の兵に手綱を託《たく》した。歩み寄った元春を春継は睨《にら》んだが、すぐに諦《あきら》めたように肩をすくめた。

「殿の言う通りです。数日で、ここまでになろうとは考えてもいませんでした」

春継はまったく驚いていない様子だ。想定内だったのだろう。苛立《いらだ》ったように親指の爪《つめ》を嚙《か》み始めたのは、別のことに頭を巡らせ始めたからだ。

「勝てるな」

元春が問うと、

「勝ちます」

即座に返ってきた。その時だけは自信満々といった様子で目をぎらつかせていた。

「小六。来い」

離れた場所で下馬した子どもを手招きする。

小六は、慌てて駆け寄ると頭を地面につけた。

「俺《おれ》達は同志だ。呼ぶたび、平伏する必要はない」

元春が言うと、恐る恐る顔を上げた。あどけない顔は、まだ子どものそれだ。この少年が百の騎馬を自在に操るのだから恐れ入る。

「小六はまだ軍の生活に慣れておりませぬ。大将はおっかないものだと、そう思い込んどります」

大股《おおまた》で歩いて来るのは浅川勝義《あさかわかつよし》だ。浅川は数日前に騎馬遊撃隊に所属変えしている。騎乗技術は吉川軍の中で随一《ずいいち》だ。小六の代わりに兵をまとめる役も与えている。騎馬遊撃隊は、小六の指揮で動くよう、浅川が調練するという形で結束しつつある。

「どうです、元春様。遊撃隊は？」

浅川が小六の肩に手を置く。グッグッと力を入れているのが分かった。肩を揉《も》まれた小六の緊張がほぐれていく。

「想像以上だ。よく短期間でここまでに仕上げた」

元春は朗《ほが》らかな声で答えた。昔から、この老武将の前に立つと、心が和《なご》んでしまうのだ。

「まだまだです。もっとようなります」

「浅川殿。されば、調練を増やしてはいかがですか？」

割って入ったのは春継だ。相変わらず爪を噛みながら、端整《たんせい》な顔で浅川に向き直る。

「わしは槍《やり》の調練もあるのだぞ」

「槍のほうは、しばらく別の方に代わられたらよろしかろう。二宮《にのみや》殿はどうです？」

「馬が疲れてしまうじゃろう。疲れさせては逆効果じゃ」

「馬を鍛《きた》える意味もあるのです。特に此度《こたび》は出雲《いずも》を賭《か》けた戦」

「分かっておる……。しかしじゃな」

浅川がチラチラと目配せしてくる。兵達にこれ以上、負担をかけてよいものか悩んでいるらしい。できたばかりの遊撃隊である。厳しい調練を課して、兵達の気持ちを離れさせては元も子もない。

「馬はこれ以上、駆けられぬか?」

元春は小六に尋ねた。小六は目を丸くし、口を半分開いた後、サッと俯《うつむ》いた。

(そうだったな)

元春は反省した。近松村の惨状《さんじょう》を語ってくれたのが、小六の声を聴いた最後だ。

以後、小六は声を失っている。

初めは、溜《た》め込んでいたものを一気に吐き出したせいで言葉を失ったのだと思っていたが、どうやらそれだけではないらしい。

小六は口がきけないままである。

ひょっとすると別の原因があるのかもしれなかった。慣れない軍での生活に苦しんでいるのかもしれないし、まだ過去を昇華させるなにかに出会えていないのかもしれない。

だが、それでいいのだ、と元春は思う。

人は居場所を探す過程で己が何者かを知る。小六は吉川軍にいる意味を自ら見つける必要があるのだ。それができれば、あの惨状の記憶とどのように付き合えばよいかも分かるようになる。

自然、声も戻ってくるはずだ。

「どうなんじゃろうか、小六。馬はまだ耐《た》えられるか?」

浅川が小六の顔を覗《のぞ》き込む。じっと見つめ、しばらくすると「分かった」と少年の頭に手を置いた。

「もう少しであれば、耐えられる。そうじゃな、小六？」

浅川に聞かれて、小六はかすかに頷《うなず》いた。

「聞こえるのですか？」

春継が驚く。

「聞こえぬ」

浅川はあっさり答えた。

「わしが思ったことを言っただけじゃ。馬はもう少しぐらい駆けさせても大丈夫。思ったことを言ったら、小六の考えとったことと同じじゃった。それだけじゃ」

「それなら最初から、もっとできる、と言ってください」

「お主があまりにも簡単に、調練しろ、と言うから少しからかってみとうなっての」

浅川が笑う。春継は、面白くなさそうに口を尖《とが》らせた。

二人のやり取りはいつもこんな感じだ。生真面目《きまじめ》な春継を浅川がからかう。だからといって仲が悪いわけではなかった。浅川は春継の知略を、春継は浅川の経験を、それぞれ買っている。そのうえでやり合うのだ。軍での二人のやり取りは、見ていて微笑《ほほえ》ましいものがあった。

元春が笑っていると、浅川が、

「槍の調練のことじゃが」

と意地悪そうに歯を剝《む》き出しにした。

「二宮は人にものを教えるには不向きじゃ。性格が単純ゆえ、できない者にはとことん分からぬ」

浅川に言われて、元春は納得した。厳島《いつくしま》合戦で陶《すえ》軍の猛将三浦房清《みうらふさきよ》を討ち取った二宮は、豪放《ごうほう》磊落《らいらく》で直情的な男である。だが、その性格は若い兵達を教えることには向かなそうだ。二宮も思い通りに動かない兵達に不満を募《つの》らせ、癇癪《かんしゃく》を起こすかもしれない。両者にとって得るもののない調練になりそうだ。

（そうなると、勝義に続けてもらうしかないな）

元春が思案していると、

「熊谷《くまがい》殿はどうじゃ」

と浅川が提案した。

「それはいい」

元春は手を打った。すぐに春継に目を向ける。案の定、渋い顔をしていて、元春は吹き出しそうになる。

「熊谷殿ですか？」

やはり不満げだ。

「そうじゃ。元春様の麾下《きか》の指導をしたのは熊谷殿じゃ。麾下の兵は吉川軍で最強じゃ」

「選《え》りすぐりの兵を集めているからです。なにも熊谷殿の指導によるものではありませぬ」

「そんなことはないぞ」

元春が口を挟んだ。

「熊谷殿が教えたことでさらに強くなった。俺もいまだに鍛錬《たんれん》に付き合ってもらっている。熊谷殿の教えには実に学ぶところが多い」

元春に言われて、春継は恐縮したように頭を下げた。だが、内心では納得していないことが伝わってくる。爪を噛むのも忘れて、取って付けたような愛想笑いを浮かべているのがその証しだ。

春継は熊谷と折り合いが悪かった。熊谷は春継の顔を見るや毒を吐き始めるのだ。春継の祖父と熊谷はかつて互いに争った間柄《あいだがら》だ。そのことを根に持っていて、孫の春継に当たり散らすのだ。

春継の不運は熊谷が吉川軍でも指折りの名家であること。故に、言いがかりをつけられてもやり返すことができないのだ。春継は、熊谷が元春麾下の隊長以外の役を担《にな》ってほしくないと思っている。役が増えれば、軍を把握《はあく》する立場上、顔を合わせる回数が多くなるからだ。

「熊谷殿には俺から頼もう」

元春は相変わらず笑いを含みながら告《つ》げた。熊谷が春継を目の敵にする理由を知っている元春からしたら、軍師の不服そうな顔が面白くてしょうがない。

熊谷は、若い春継が軍師を務めることを心配していた。だからこそ、他の者が不満を抱かぬよう、文句をぶつけているのだ。年配の熊谷が罵倒《ばとう》することで、他の者は春継に憐《あわ》れみを抱く。すると無謀《むぼう》な策にも従ってくれる可能性が高くなる。熊谷は春継を罵《ののし》ることで密《ひそ》かに若い軍師を助けていた。

ちなみに熊谷信直《のぶなお》は、元春の妻芳乃《よしの》の父である。元春にとっては義父にあたる。熊谷は呼び捨てにするよう言っているが、元春は「熊谷殿」という呼称にこだわっていた。義父に対する礼儀と、毛利への忠心に対する敬意だ。元春が吉川軍の中でへりくだった態度を取るのは熊谷だけである。

「熊谷殿で決まりだな」

元春が言うと、浅川が、

「決まったことですし、もう一度、馬を駆けさせましょう」

と背中を向けた。

「小六、行くぞ」

呼ばれた小六が、慌てて後を追う。

風花の元に走った小六が、トンと飛んで、鞍《くら》に腰を落ち着かせた。すぐに合図を出し、他の馬と一緒に駆け出す。

明るい日差しが小六と風花を包み込む。

元春は、なぜかとても高貴なものを見ているような気がして、遊撃隊の動きを目で追い続けた。

三

「どうだ、騎馬隊は」

山県政虎《やまがたまさとら》に声をかけられても小六は、反応することができなかった。数歩進んだところで顔を覗《のぞ》き込まれ、驚いた小六は担《かつ》いでいた荷を落としてしまった。

「無理もない。熊谷様の稽古《けいこ》だけでも大変だ。俺もクタクタだよ」

ぼやきながらも、政虎は楽々と荷を担いでいる。小六より量は多いはずだったが幼少時から鍛えてきた政虎にとっては、特に苦にならないらしい。

「俺はお前が羨《うらや》ましいぞ。騎馬遊撃隊への入隊は、やっぱり許可されない」

荷を拾おうと屈《かが》んだ小六の尻《しり》に政虎が蹴りを入れてきた。よろめいた小六は足を踏ん張って倒れずに堪《こら》える。

政虎が笑う。快活な表情には、数日後に初陣を控《ひか》えた者の緊迫感がまるでない。

小六と政虎は、今、布部山《ふべやま》の麓《ふもと》に陣を敷くための物資を運んでいる。先発して荷を運び、本隊到着時に出陣できる状態にしておくのだ。労役は若い兵の務めだった。物資を運んだ後は、軍に戻り、調練に励まなければならない。

「いつかは俺も騎馬遊撃隊に入りたい」

もう一度蹴ろうとしてきたが、小六は身をひねって避《よ》けた。政虎が小さく笑う。

政虎は騎馬遊撃隊への入隊を望んでいた。浅川にその旨《むね》を何度も伝えているが、いまだ叶《かな》わずじまいだ。

理由は簡単である。騎乗技術が足《た》りないのだ。

政虎はまだ馬を操ろうという意識が強い。馬と意思を通わせ、導いてやることができないのだ。今の政虎では、遊撃隊の動きについて来ることはできないだろう、と小六も思っている。

「お前、せっかく入隊したんだ。足手まといになるなよ」

白い歯を見せられて、小六は頷いた。政虎は小六が指揮を執《と》るとは思っていない。元長《もとなが》軍の若武者は、調練と労役の繰り返しだ。騎馬遊撃隊の調練を間近で見る暇はないのだ。

肩の荷を下ろした二人は、少しの間休みを取ることにした。任された荷は全部運んでいる。後は、ここで陣を敷くなり、兵舎を建てるなり、守備兵に任せればよかった。

小六と政虎は、近くを流れる川に向かった。

布部山の麓は原野だ。枯《か》れた平原にぽつぽつと雪の塊が残っている。肌を打つ風は冷やかで、荷を運んで火照《ほて》った躰《からだ》に心地よかった。

（ここを風花と駆けるのか）

見渡しながら思った。布部が戦いの舞台になることは聞いていた。毎日のように調練を見に来る香川春継が言ったのだ。

春継は布部の戦いには遊撃隊が必要だと言う。本隊とは別の動きをする重要な役割を担っているそうだ。

（ここなら風花も気持ちよく駆けてくれるだろう）

もう一度平原を見渡し、そんなことを考えた。

小六は初陣を控えていたが、政虎同様、切迫感を抱いてはいなかった。政虎は性格がそのようにできているからだが、小六の場合は少し違った。槍を持って戦え、と言われれば慄《おのの》いていたに違いない。

だが、風花と一緒なのだ。

遊撃隊を引き連れながら駆けるだけでいい。

そう思うと気が楽だった。

「少しだけ寝るか」

川水で喉《のど》を潤《うるお》した後、政虎が大きく伸びをした。水面《みなも》に漂う反射を顔に浴び、眩《まぶ》しそうに目を細める。

「お前も眠れる時に寝ておいた方がいいぞ」

丘の上に一本だけ生えたブナの木に向かって歩き始めた。政虎の背中が遠ざかって行くのを見届けた小六は、一人になったことに気づくと川のほとりで膝《ひざ》を抱えた。

ユラユラとたゆたう水面に視線を落とす。とどまることなく流れる川水はやがて海というところに流れ着くらしい。小六は海を見たことがなかった。話では、果《は》てしなく遠くまで水の原っぱが広がっているという。まったく想像できない場所である。

(俺も同じだな)

と小六は考える。自分がどこに向かっているのか小六にはまったく分からない。吉川軍という川に流されているだけで、自分の意志などまるでないのだ。

流れに身を委《ゆだ》ねることは、なにも考えなくてよい気楽さがあった。だが、同時に何とも言えない不安がある。近松村からどんどん離されて行く不安だ。

(父様、母様、初《はつ》……)

宗吉郎《そうきちろう》、藤助《とうすけ》、甚太《じんた》。少し前まで自分の全《すべ》てだった人達が少しずつ薄らぎ始めている。

その事が怖かった。

流れに身を任せることで、大切ななにかが見えなくなってしまう。そんな気がして小六は毎日不安に震えていた。

膝に額を押し付けた。このままずっと一人でいたい、そんなことを思う。

「あの」

声をかけられた。どこか遠くの方で発せられたように聞こえた。だから顔を上げずに俯《うつむ》いたままでいた。

「あの」

肩に手を添えられ、小六は飛び上がった。

「きゃ」

少女が口に手を当て、驚きの表情を浮かべる。

「ごめんなさい」

頭を下げた。小六がなにも言わないでいると、そっと上目遣《づか》いに窺《うかが》ってき、

「あの、それ」

川を指さした。白い布が泳いでいる。小六の足元の石に引っかかっているのだ。拾い上げ、少女を見る。

「わ、わたしのです」

少女が慌てて言う。

「上流で洗っていたら流れてしまって」

頬《ほお》を染めた少女は、着物がつまった盥《たらい》を置いていた。小六は納得し、少女に手渡した。

「ありがとうございます」

少女は頭を下げたが、離れて行こうとはしなかった。小首を傾《かし》げて、小六を見つめている。

「お躰の調子がよくないのですか？」

小六が眉《まゆ》を寄せると、少女は、

「いえ、あの」

と両手を振った。

「涙が……」

小六は頬を触った。途端に全身が熱くなる。

泣いていないと思っていたのに、涙は零《こぼ》れていたのだ。それを見られた。

野良着《のらぎ》を着た少女は、小柄で色が白く、目の端がとろんと垂れている。歳《とし》は小六と同じくらいだろうか。おっとりとしていて、少しのことで泣き出しそうな弱々しさがあった。

小六は川の水を掬《すく》って顔を洗った。刺すように冷たい水が、なぜか恥ずかしさを増長させた。

慌てて顔を振った小六は、少女に水滴が飛び散って、

（あ）

と固まってしまった。

「冷たいです」

顔をそむけた少女だったが、しばらくすると笑い始めた。なにが面白いのか小六にはさっぱり分からなかったが、それでも少女は涙を流しながら笑い続ける。小六は呆然《ぼうぜん》と少女を見つめた。

「千世《ちよ》です」

少女はひとしきり笑うと、指で目尻を拭《ぬぐ》った。

「千世といいます。あなたは？」

名前だ。小六は、口を開きかけて、ギュッと結んだ。千世が真《ま》っ直《す》ぐ見返している。その視線が眩しくて、小六は空に目を逸《そ》らした。白鷺《しらさぎ》の優雅《ゆうが》な羽ばたきが映った。白鷺は喉《のど》を鳴らしながら山の方へ飛んでいく。

「あの、えっと」

千世は、なにか悪いことをしたのではないか、とおどおどし始めた。小六は歯を嚙《か》みしめる。千世は悪くないということを伝えてやりたいがどうすればいいのか分からない。

小六は砂利《じゃり》を払うと、地面に名を書いた。なにも考えずに文字をしたためたのはよほど頭に血が上っていたからだ。小六は商《あきな》いに必要だからと父から手ほどきを受けていたが、村娘の千世が読み書きができる可能性は低い。

「ころく？」

だが、千世は戸惑うように眉を寄せたのである。字が読めるらしい。小六は頷き、自らを指さした。千世は顔を輝かせると、

「小六さん、ですね」

笑みを浮かべた。

小六はびっくりして動きを止めた。予想していなかった笑顔に、完全にのぼせてしまう。

「小六さんは、毛利《もうり》のお侍さんなのですか?」

必死に頷く。千世が目を大きくした。

「わたしとほとんど変わらないのに、すごいですね。歳はいくつです?」

小六は指で示した。

「十四? わたしと同じです」

(同じ歳……)

たった一つ共通点が見つかっただけなのに、それだけでグンと距離が近くなった気がする。

(どういう素性《すじょう》の娘なんだ?)

千世のことを知りたいと思った。小六が口を開いて、閉じ、開いてはまた閉じるという動作を繰り返していると、千世は自らを指さして、

「わたし?」

と聞いてきた。

「わたしは、この近くに住んでいます。ほら」

示された方角に目を向けると十数軒の家が群がっていた。山の中の集落だ。

(けっこう遠いな)

小六が目を細めていると、

「遠いでしょ？　わたし、ここで洗濯《せんたく》するのが好きなの。なにもない場所だから好き。水に手を浸《ひた》していると静かな気持ちになれるんですよ。毎日、わざわざ洗濯に来るのです。おかしいでしょ？」

小六は慌てて首を振った。おかしいところなど一つもない。小六も近松村にいた頃《ころ》、用もないのに風花と遠乗りに出かけることがあった。風に包まれていると、自分がどんどん取り払われていくようで気持ちよかった。静かな気持ちになるとはそういうことだろう。

小六は原野を見渡した。確かになにもない場所だった。所々木が生えているが、密生しているわけではない。邪魔にならない程度に生えている。

風と共に暮らす村。

そんな言葉が浮かんだ。近松村は、街道を通る人に、よくそう呼ばれていたのだ。

頭上まで迫る鱗雲《うろこぐも》が近松村のそれに似ている。

（ここも）

小六は俯いた。

戦場になるのだ。

戦場になれば、なにもない場所ではなくなる。戦の爪痕《つめあと》が景色を一変させてしまうから。

「毛利の軍はここを本陣にするのですか？」

千世が地面の草を抜きながら語りかけてきた。

「昔、ここが戦場になったことがあります。どことどこが戦ったのかは分かりませんが、その時、この原っぱはお侍さんでいっぱいになりました」

千世は大きく息を吸うと、空を仰《あお》いだ。

「また、たくさんのお侍さんが来るのでしょう？　どれくらい？」

小六は口を開きかけ、また閉じた。毛利軍は総勢一万五千だと聞いている。そのうちの五千が吉川軍だ。まさに地を埋め尽くすような大軍が、押し寄せてくることになる。

「一万ぐらいですか？」

小六は首を振った。

「一万五千？」

小六は頷いた。

「そんなに？」

千世が口を覆《おお》う。

「ここでは収まらないかもしれませんね」

千世に言われて小六は首を傾げた。この平原が人で埋《う》め尽《つ》くされたら、遊撃隊はどこを駆ければいいのだろう？　遊撃隊は広い原野でこそ力を発揮するのだ。

「小六さん？」

気付くと千世の顔が目の前にあった。小六は慌てて身をのけ反《ぞ》らせた。千世の躰から仄《ほの》かに甘い香りが漂ってくる。女の香りだ。頭がぼんやりしてきた。小六は無意識のうちに口笛を吹いた。

千世が不思議そうに見つめてくる。どうして口笛を吹いたのか分からないらしい。

小六は、自らの行動を悔いた。慌てて地面に、

〈うま〉

と書く。続けて、

〈おちつく〉

と記し、すぼめた唇《くちびる》を指さした。それで通じたらしかった。

「馬を落ち着かせることができるんですね。でも、どうして馬？」

どうしてと聞かれても答えようがない。まさか、自分を落ち着かせるために口笛を吹いたとも言えなかった。仕方なく小六は、

〈きばたい〉

と書いて、自らを指さした。すぐに千世は両手を合わせた。

「小六さん、騎馬隊なのですか？」

小六が頷くと、千世は、

「馬を操れるんですね。ずいぶん訓練されたのですか？」

身を乗り出してくる。小六は何度も頷いた。明らかに頷きすぎだったが、千世は少しも気にしていない。

（まさか）

「馬で山を上るのですか？」

小六は激しく首を振った。坂の上にいる敵に向かって馬で駆け上るなんて馬鹿げている。調練

も山を上るためのものではなかった。この平原も山の麓だけあって勾配《こうばい》がある。春継はそうした勾配でもうまく駆けさせるために丘を上る調練をさせているのだろう。

「では、ここを駆けるのですね。騎馬隊はどこに陣を置くのです？」

小六は眉を寄せて、千世を見た。どうしてそんなことを聞くのだろう、と考えている。

「いえ、あの……。すみません」

千世が下を向く。耳まで赤く染まっている。

「小六さんがどこにいるか、知っておきたくて……。そうすれば、小六さんは、今、あそこで馬に乗ってるんだな、って思うことができるでしょう？　小六さんのことを思えば、なんだか、戦も怖くなくなる気がするのです」

一気に躰が熱くなった。会ってすぐの少女にこんなことを言われるなんて。

でも、俺も……。

もっと親しくなりたいと思っている。初めて会ったのに、こんなにも居心地の良さを感じている自分が不思議だ。弱々しく見えるところが、誰《だれ》かに似ていると思った。ずいぶん昔に離れ離れになった大切な誰かに。

小六は原野を眺めた。

小川の上流部分に林が広がっている。鬱蒼《うっそう》と茂る林は、杉林だ。

小六は思い出していた。軍師の春継に聞かれたことがある。

「騎馬遊撃隊は林の木を避けて進むことができるか？」

小六は頷いた。それぐらいのことなら、難しくない。手綱をちょっと操れば済む話だ。

「では、人の間を縫うこともできるな」

小六はまた頷いた。先頭を駆けるのは風花だ。指示すれば、わずかな隙間を抜けることができる。後続の馬はそれに続けばいい。騎馬遊撃隊が駆ければ、人垣は槍に貫かれたみたいに、簡単に割れていくだろう。

春継は、その後、何度か林の中を駆ける調練を課した。遊撃隊は勢いを殺さず木立を縫うことができた。春継は無表情に頷き、また爪を噛み始めた。

（あの調練は、林を駆けることを想定してのものだったんだ）

小六は、自分達の役割が急にはっきりした気になった。

林に潜《ひそ》み、敵が現れたら一気に駆ける。

それなら、騎馬遊撃隊の機動力を最大限に活《い》かせる。

「どこです？」

小六が原野を見ていると、千世が聞いてきた。

小六は自信を持って、小川の上流を指さした。緑深い林だ。

「林？」

小六は頷いた。自分達がなにをすればいいのか分かって、晴れ晴れした心持ちになっている。

「林から出て、ここを駆けるの？」

もう一度頷く。

突然千世は、

「うわぁ」

と両手を合わせた。

「小六さんがここを？　馬に乗って？」

馬が駆けている姿を想像して、一人で興奮しているらしい。千世は想像力が豊かなようだ。

（見せてあげたい）

唐突に思った。颯花に跨《また》がって、草原を駆ける姿を千世に見せてあげたい。

小六は、千世を喜ばせることができたらどんなに嬉しいだろう、と考えた。考えただけで胸が弾む。吉川軍に入って以来、このような感情を抱いたのは初めてだ。

その時、鉦《かね》が鳴った。

軍に戻れ、という合図である。

小六はすっと立ち上がると、尻の草を払った。急にうつつに戻された気がして、気持ちが急速に冷めていくのを感じる。

「行くの？」

千世が聞く。小六は首を縦に振った。

「わたし、小六さんが騎馬で駆ける姿を見られないかもしれない。明日、村から離れるの。だけど、また会えますよね？」

小六は固まった。千世に言われるまで、また会うことができるとなんの疑いもなく信じていたのだ。

だが、戦とはそういうものではないだろう。

命と命のやりとりなのだ。

途端《とたん》に小六は萎縮《いしゅく》してしまった。戦そのものが怖くて仕方がなくなってしまった。

「わたし、戦が終われば村に戻ります。また会いたいです。小六さんと、またお話したいです」

小六は震えながら後退《あとじさ》った。踵《かかと》が石に引っかかって尻餅《しりもち》をつく。途端に、大声を上げそうになる。

立ち上がった小六は、全力で逃げた。なにから逃げているのか分からなかったが、とにかく逃げなければとだけ思った。

軍に戻った小六は大きく息を喘《あえ》がせながら兵達の中に紛《まぎ》れ込んだ。小六が逃げ込む場所は吉川軍しかなかった。

四

兵舎を抜け出した春継は厩《うまや》へ向かった。松明《たいまつ》の灯《あか》りの中に馬を連れた男が立っている。特徴《とくちょう》のない、のっぺりとした顔だ。

「権之助《ごんのすけ》、案内しろ」

言われて権之助が馬を渡す。春継は跨ると、権之助に語りかけた。

「どれくらいかかる」

「馬で一刻《とき》（約二時間）」

「行こう」

同じく騎乗した権之助が合図を出す。馬が走り始めた。

春継は権之助に遅れないよう後ろにピッタリとつく。

夜道は暗かった。権之助がいなければ馬を駆けさせるなど、到底できないだろう。権之助は忍びの頭《かしら》だけあって夜目が利く。少しの明かりさえあれば走ることができるのだ。

次第に山の稜線《りょうせん》が見えてきた。真っ黒な山は遠くからでも堂々としていて、いかめしい。同時に人を飲み込んでしまいそうな凶暴さを秘めている。

（あの山もろとも征服してやる）

布部山だった。明日の夜、麓に陣を構え、陽《ひ》が出てから尼子《あまご》を攻める。行軍が延びたのは春継が騎馬遊撃隊の調練を繰り返したからで、小早川《こばやかわ》軍や毛利本隊からは「早くしろ」と再三に亘《わた》り催促《さいそく》があったそうだ。元春が「必要だ」と押し通し、春継の意志を貫くことができたが、本隊での春継の評判はよくないのであろう。

だが、それも明日までのことだ。明日の夜が明ければ尼子を攻める。尼子との戦いは毛利が勝ち、軍師としての春継の面目《めんぼく》も回復するに違いない。

（別にどうでもいいがな）

春継は鼻で笑った。春継にとって重要なことは、元春を勝たせることだけである。元春が元春らしく戦えるようにし、その上で勝たせることこそ己の務めなのだ。

布部山を廻《まわ》りこむように駆けた後、権之助が馬を止めた。

古びた猟師小屋の前だ。

庇《ひさし》は傾き、壁には蔦《つた》が這《は》っている。穴だらけの雨戸からは灯りが漏《も》れており、誰かが住んでいることは間違いなさそうだった。

馬を繋《つな》いだ権之助は春継を伴って入り口まで進むと、いきなり戸を開けた。

誰もいなかった。

囲炉裏《いろり》の火がパチパチ燃えている。不審に思いながら一歩踏み入れると、

「誰じゃっ！」

土間の陰からいきなり怒鳴《どな》られた。

出てきたのは老爺《ろうや》だ。老爺は春継も権之助も驚かなかったことが面白くないらしく、

「ちっ」

と舌を鳴らして、じろじろ睨《にら》み付けてきた。

「このお方か？」

春継は権之助に聞いた。権之助が頷くと、春継は老爺に近づき、丁重《ていちょう》に頭を下げた。

「吉川軍の香川春継と申す。そちらは？」

慇懃《いんぎん》に尋《たず》ねる春継に、老爺は、

「喜兵衛《きへえ》」

とだけ答えた。

「喜兵衛殿、こいつから話はお聞きになられたかと思われる。案内してくれぬか？」

喜兵衛は春継に目をやると、

「いんや」

と首を振った。

春継は権之助に目を向けた。

権之助が肩をすくめながら進み出る。

「どうしたんだい、喜兵衛さん。おらと話した時は案内してくれるって言ったでねぇか」

調子が明らかに変わった。百姓《ひゃくしょう》そのものだ。権之助は変装の名人である。あらゆる男に化《ば》けることができる。

権之助の声を聴いて、喜兵衛の顔色が明らかに変わった。驚きの表情を浮かべている。再び権之助はのっぺりした顔に戻ると、

「おい、喜兵衛。俺達に楯突《たてつ》くことは尼子を敵に回すということだぞ。そこのところ忘れるんじゃねぇぞ」

今度は賊だ。喜兵衛に向かって一歩踏み出し、胸ぐらを摑《つか》む。権之助の野太い声に、そまつな壁がビリビリ震える。

喜兵衛は目を丸くして固まっている。

「されば」

権之助は頭を下げると、

「喜兵衛殿。数々のご無礼謹《つつし》んでお詫《わ》びいたす。なにとぞ、毛利に手を貸してくだされ」

武士だ。立派な立ち居振る舞いは、隣にいるだけでも身が引き締まりそうだ。

「まさか、すべてあなただったとは……」

喜兵衛は口を開けている。歯は茶色く、数えるほどしか残っていない。

権之助がグイッと進み出ると、慌てた様子で板間に通した。

「どういうことだ？」

囲炉裏端に進んだ春継は、権之助に聞いた。

「最初、私は毛利の者として近づきました。すると喜兵衛は尼子に味方したいと言いました。次に尼子として説くと、毛利も知りたがっていると申しました。求める銭の額はどんどん吊り上がっていきました」

「それで？」

権之助が答える。いつもの権之助に戻っている。

「毛利からも尼子からも銭を渡しました」

「そういうことか」

強欲な爺《じい》さんだ。

だが、使える。

銭さえ払えば、なんでも言うことを聞いてくれるということだ。

春継は座布団に座ると、

「喜兵衛殿」

まっすぐ見つめた。

「吉川軍というのは毛利様の軍ですな」

喜兵衛が歯のない口をモゴモゴ動かす。

「この辺りは長らく尼子様に支配してもらってきた土地。毛利様のために働きたくない、というのが、おらの正直な気持ちではあるのです」

この期に及んで、まだうそぶこうというのか。

春継は胸元を探ると、袋を取り出した。袋の中から銀を取り、床にまく。

「なんとか案内してもらえぬか」

喜兵衛はチラッと銀を見たが、聞こえないふりを決め込んで、そっぽを向いた。

春継は再び袋を探った。ばらまかれた銀の上に新たに積む。囲炉裏の火が銀にあたって、壁や天井が妖《あや》しい光で照らされる。

喜兵衛が横目で見ている。春継は権之助に視線を投げると、顎《あご》をしゃくった。

「されば」

瞬間、権之助が懐《ふところ》からなにかを出し、ヒュッと投げた。

春継は袋をひっくり返すと銀を全てぶちまける。

銀の山だ。

春継は喜兵衛を睨むと、口の端を持ち上げた。

喜兵衛の頬に赤い線が走り、遅れて血が溢《あふ》れ始める。喜兵衛の背後の柱に小刀が刺さっている。権之助が投げたのだ。

「もう一度だけ言う。案内してくれぬか？」

春継が頭を下げると、喜兵衛が肩を震わせ始めた。しばらくすると、躰をのけ反らせた高笑いに変わる。歯のない口が、深淵のようにぽっかりと浮かんでいる。

「恐れ入りました」

やがて喜兵衛は板間に手をついた。

「案内しますだ。おらしか知らねえ道ですだ。これからは毛利様の時代ですだ」

喜兵衛が悪党の目を向けてきた。春継は頷くと、喜兵衛の前に袋を放った。銀の山にかぶさった袋が、室内に満ちた怪しげな光をいくらか消した。


喜兵衛に案内してもらった帰り、春継は笑い続けた。こんなに次から次に笑いが湧《わ》いて来るなんて久しぶりだ。満天の星の下、馬に揺られる春継は、

「勝ったな」

権之助に語りかける。

無論、返事はない。いつも通り必要以上のことは話さないように決めているのだ。

「勝てる、勝てるぞ」

春継は一人ではしゃいだ。馬蹄の音が春継の声に節をつける。

本当にあったなんて驚きだ。いや、あることは分かっていた。喜兵衛達にとっては死活問題なのだから。

（そこに気づけた俺は運がいい）

地図を眺めていて、ふと気になった。見落としていた可能性も十分にある。

「だが、見つけてやったぞ」

これで確実に元春様を勝たせることができる。

「尼子め、目にもの見せてくれる」

月明かりの乏《とぼ》しい道の上、春継と権之助の二騎が漆黒の中を駆けていく。

尼子《あまご》の魂

一

兵達の呼吸が聞こえる。猛《たけ》る気持ちをギリギリのところで抑えた静かな呼吸だ。明けきらない宵闇《よいやみ》の中で、目だけが異様に輝いている。

無数の目。

出雲《いずも》を尼子《あまご》に取り戻すことを決意した侍達の目だ。

兵の間を歩く幸盛《ゆきもり》は、躰《からだ》の芯《しん》が振動していることに気づいた。寒いためではない。夜の冷涼な風が山肌を吹き上がっているのに、躰は熱くてたまらない。喜びに、心が震えているのだ。

尼子軍の士気は最高だ。このまま毛利《もうり》とぶつかれば、いい勝負になる。あとは毛利軍がどれほどの数で攻めてくるかだ。

「久綱《ひさつな》」

後ろを歩く立原《たちはら》久綱に呼びかける。すぐに久綱が、

「なんだ」

と返事してきた。

「毛利軍はいかほどだ」

「影正《かげまさ》の手の者の報《しら》せによると、一万五千」

「よし」

幸盛は力強く頷《うなず》いた。

（勝てる）

尼子軍が七千五百。倍の数を相手にしなければならなかったが想定の範囲内だ。三倍の敵を相手にするのであれば、苦しくなる。だが、倍であれば余力を持って戦うことができる。

どうせ布部山《ふべやま》を一万五千が攻め上がれるわけがないのだ。

特に水谷口《みずたにぐち》。

中山口《なかやまぐち》と比べても、道は広くない。上って来る兵の数は限られる。突破すれば、毛利本隊とぶつかることができる。

（焦るな）

幸盛は気持ちを落ち着かせるため、胸に手を置いた。

毛利本隊を蹴散《けち》らすのは追撃戦になってからでいい。

中山口の横道政光《よこみちまさみつ》にも耐えるよう伝えている。序盤に小さな勝利をいくつも重ね、尼子優位と敵にも味方にも知らしめる。その上で山を下るのだ。

勢いに乗った尼子軍は、放たれた矢のように毛利軍を突き破るだろう。平地に出れば、毛利本隊と決戦になる。布部山を上る軍が壊滅し、大きく動揺している毛利は、すぐに瓦解《がかい》するはずだ。

一度ではない、二度叩《たた》く。

一度目は己の軍。二度目は政光の軍と挟撃。順序が逆になってもよい。時を同じくして山から現れることで、相手に与える衝撃は大きくなる。

そうなれば、総大将毛利輝元《てるもと》の首を取れる。

いや、ここでは取れなくてもよいのだ。

二つの軍で当たれば、毛利は退却《たいきゃく》する。

追撃戦で、輝元の首をもらえばいい。

各地の武将に呼びかけていた。毛利が退却するようであれば尼子に味方してもらいたい、と。

同意は得ている。

最初から尼子に与《くみ》さない所が姑息《こそく》ではあったが、かえって都合がよくなった。安芸《あき》に退《ひ》く毛利は、逃げても逃げても敵襲を受けることになる。

追いつき、確実に首を取ることができる。

そのためにも、まずは水谷口と中山口の戦いで勝たなければならなかった。

「騎馬の訓練を積んでいるようだ」

後ろから久綱が声をかけてきた。幸盛は歩きながら腕を組んだ。

「聞いている」

「どう使うつもりかな」

「対策は考えている」

幸盛が答えると、久綱は、分かった、とだけ言って列に戻った。

騎馬隊の話は影正から聞いていた。毛利の行軍が遅れているのは騎馬隊の調練をしているからだそうだ。

報せを聞いた時、幸盛はしばし考え込んだ。山の戦いで馬を使うとは思えなかったからだ。坂を上り続けると馬は潰《つぶ》れてしまう。山では圧倒的に歩兵が有利だ。

だが、毛利の軍容を探った影正の報せを聞いて、幸盛は納得した。

毛利は麓《ふもと》の林に騎馬隊を潜《ひそ》ませているらしい。

先陣は吉川《きつかわ》軍だ。その吉川軍に万が一が起こることを想定して、林に騎馬隊を待機させる。山を下った尼子軍が一気になだれ込んできたところに、騎馬隊で奇襲をかける。前のめりの尼子軍は、思わぬ横槍《よこやり》に混乱するだろう。陣が乱れたところで本隊が攻撃を仕掛けてくる。そういう腹積もりだ。

だが、分かっていれば策の打ちようがある。毛利の騎馬隊に備えるために初めから兵を割いておけばいい。そのために、毛利とは別の林に近松村《ちかまつむら》の騎馬五十を隠している。距離はあるが、近松村の騎馬達であれば毛利の別動隊に襲い掛かることも容易だろう。

（影正はよい務《つと》めをする）

幸盛は思った。四年前月山富田城《がっさんとだ》の戦いで敗れる前から影正を使うことができていれば、と口《くち》惜《お》しくなるが、それは過ぎたことだ。亀井《かめい》が影正の真の力を使いこなせていなかったことも責めようとは思わない。

今、尼子に向かって光が射《さ》しつつある。そのことだけで十分だ。

幸盛は歩を進める。左右には、出雲で育ち、出雲に平安をもたらすために己を鍛《きた》えてきた兵達が並んでいる。出雲のために命を賭《と》す戦士達だ。

幸盛は主だった武将を引き連れて、兵達の間を歩いた。立原久綱、秋上宗信《あきあげむねのぶ》、牛尾久時《うしおひさとき》、目賀田幸宣《たゆきのぶ》、森脇久仍《もりわきひさのり》、吉田久隆《よしだひさたか》。先の尼子軍の頃《ころ》から功績があり、此度《こたび》も一隊を率いて布部の戦いに臨《のぞ》む将達だ。

横道政光の姿が見当たらないことが気になったが、参加したくないというものを無理に参加させる必要はない。今は内輪で争っている場合ではないのだ。

なにより、政光のことである。軍を任せれば、期待通りの働きをしてくれるのは間違いない。

好意を寄せてはいなかったが、信頼はしていた。

今は、それでいい。布部の戦いが終われば、分かり合える時も来るかもしれないのだ。

陣幕の前で止まった幸盛は踵《きびす》を返して、兵達と向かい合った。

幸盛の左右に久綱と宗信、以下諸将が並び、腕を組む。

「毛利は麓に陣を敷いている」

幸盛は腹の底から声を出した。

「出雲を占領し、蹂躙《じゅうりん》してきた憎き敵だ」

本陣を置いている頂上は、星の瞬《また》きさえ聞こえてきそうなほど静まり返っている。

「月山富田城を追われてからの四年間。俺達は耐《た》えてきた。母なる出雲が侵されることに歯を食いしばりながら耐えてきた。だが、それも今日で終わる」

幸盛が金扇《きんせん》を振り上げる。鋭い目が戦士達を一瞥《いちべつ》する。

風が吹いたのか、松明《たいまつ》が燃え上がった。

焔《ほむら》の中に、幸盛の顔が鬼のように浮かび上がる。

「夜明けとともに毛利を討つ。我らの手に……。出雲を我らの手に取り戻すのだ！」

ガチャガチャと具足が鳴る。

昂《たか》ぶっている。

猛《たけ》っている。

毛利を倒す絶好の機会に、血が滾《たぎ》っている。

「出陣だ！」

「おおぉ！」

雄叫《おたけ》びが上がった。永禄《えいろく》十三年（一五七〇年）二月十四日の陽《ひ》が昇ろうとしている。

二

水谷口三千名。中山口四千五百名。頂上の本陣に残した十数名の他は、全員が配置に着いた。木柵《もくさく》を立て、その後ろに鉄砲隊と弓隊を配置させる。続いて長槍《ながやり》隊。さらに後ろに歩兵組という形だ。

木柵は根元に結《ゆ》わえた綱《つな》を斬《き》れば一気に崩れる仕掛けになっている。敵からは崩されにくいが、こちらから崩すことは容易《ようい》な造りだ。

当分は、この木柵を挟んで戦うことになるだろう。飛び道具で毛利の先陣を損耗《そんもう》させる。水谷口の右側は高い傾斜、左側は崖《がけ》だ。吉川軍はこの木柵を突破するしか攻め手がない。

幸盛が陣容を確かめていると、ちょうど東の空が白み始めた。青が塗り重ねられていくみたいに朝が染みていく。地上に近い原野は、すでに朱色を纏《まと》いつつある。

やがて陽が現れた。星と月は姿を消し、まばゆい光が辺り一面を包み始める。

朝陽を浴びて、全《すべ》てが赤い衣を羽織《はお》った。

東に顔を向ける兵士。地面に置かれた鉄砲。先端を削られた木柵。

赤い衣の中で、一つ一つが際立っていく。

眼下《がんか》に毛利軍が見える。朱に染まった毛利軍は、戦の準備のためせっせと動いている。

組から組へと駆ける騎馬。槍を手に並ぶ兵達。

一万五千の軍勢は、見ていて壮観だった。平原いっぱいを埋《う》め尽《つ》くしている。もし、ここが他の土地だったら意気喪失《そうしつ》していたかもしれない。一万五千の兵とはそれほど圧倒的だ。

だが、ここは出雲だ。

地の利も大義も尼子にある。

恐れる必要はない。尼子軍として戦えば、おのずと結果はついて来るのだ。

毛利軍が動いた。先頭の軍が二手に分かれて水谷口と中山口に向かう。後方にはそれぞれ別の軍が控《ひか》えている。途切れることのない兵の群れだ。まるで百足《むかで》のようである。ただひたすらに布部山目指して突き進んでくる。

軍が見えなくなった。残っているのは本陣だけ。あそこに総大将毛利輝元がいる。憎き毛利元《もと》就《なり》の孫にあたる、毛利家当主である。

(首を取ってやる)

幸盛は本陣を睨《にら》み付けた。元就への憎悪《ぞうお》が輝元に移っている。

幸盛はこの戦でなんとしても輝元の首を取ると誓《ちか》っていた。追い返すだけではない。総大将を殺すのだ。毛利輝元の首を取り、出雲の支配権を尼子が握ったことを元就に突き付ける。

「弾を込めろ。十分敵を引きつけるんだ。合図まで放つな」

久綱が声を張り上げる。幸盛は鉄砲隊の背後まで進んで陣容を確かめた。

最前線だ。

兵士達の緊張は極度に高まっている。唾《つば》を呑《の》み込む音さえ聞こえてきそうだ。

鉄砲隊と弓隊の指揮は久綱に任せている。久綱は飛び道具の指揮が得意だ。性格が落ち着いているからか、無闇《むやみ》に弾を撃つことをしない。無闇に撃てば、次の弾を撃つまでに間ができる。その間が命取りになることを久綱はよく知っている。

(来るぞ)

幸盛は久綱に視線を送った。久綱も幸盛を見ている。二人は同時に頷いた。

やがて地響きのような音が湧《わ》きあがった。

足音だ。

何千もの足音が迫ってくる。

「構え！」

久綱が号令を発したのと同時だ。

雄叫びが響く。

現れたのは、人の群れ。

吉川の旗を掲《かか》げた兵士の群れだ。

道いっぱいに広がった吉川兵が、槍を手に猛然と襲い掛かって来る。

「まだだ」

久綱が兵を励《はげ》ます。鉄砲隊は猛獣を前にした恐怖と戦いながら、必死に耐えている。幸盛は目を見開いたまま、金扇を握りしめた。

(始まった)

この一戦ですべてが変わる。

尼子の命運を賭《か》けた戦いが、ついに始まった。

「放て！」

久綱の手が振り下ろされると同時に、轟音《ごうおん》が響いた。山鳥が一斉に飛び立つ。駆けていた吉川兵がバタバタと倒れた。その後ろから別の兵が現れて、倒れた味方を踏みつけて進んでくる。

「弓、放て！」

空を切り裂く。

無数の矢が吉川軍に向かい、一瞬だけ兵の勢いが削《そ》がれた。それでも前進は止《や》まない。矢が鎧《よろい》に突き刺さっても、ひたすらに駆け上がって来る。

「二陣、弓、放て！」

火薬の臭《にお》いが漂っている。弓が煙を霧散させながら飛んでいく。

ようやく何人か倒れた。だが、すぐに兵士が現れる。

「鉄砲、引きつけろ！」

久綱が手をあげた。吉川兵はやはり怯《ひる》まない。死ぬことをまるで恐れていないのだ。足を前へ前へと踏み出すことしか考えない恐るべき兵だ。

「撃て！」

破裂音。先頭が一斉に倒れた。

幸盛は刮目《かつもく》していた。躰中を熱いなにかが駆け回っていることに気付く。

欲望だ。

魂《たましい》が戦を欲しているのだ。

幸盛は槍を取って、吉川軍の真中に躍《おど》り込みたい衝動に駆られた。

だが――。

（時機じゃない）

幸盛は荒れ狂う獣《けもの》を押さえつけた。今ではないのだ。こいつが牙《きば》を剝《む》くのは、先陣を破ってからだ。それまでは、無駄に体力を消耗《しょうもう》させる必要はない。

幸盛は唾を呑み込んだ。昂ぶる気持ちを抑えるためだったが、思いのほか大きく喉《のど》が鳴って、うろたえてしまった。

俄《にわ》かに躰が硬直してきた。

緊張だった。

今、心の底から勝てる、と実感している。

戦前は、勝てる、と思っていても、どこか実態の伴わないものだった。所詮《しょせん》、頭の中で描いた絵だったのだ。だが、戦場に身を置くと、描いた絵に熱と音が混ざり始めた。絵がうつつになることを、確かに感じることができる。

感じる。

鉄砲隊、弓隊。後に控える長槍隊、歩兵組。尼子兵は覇気に溢《あふ》れている。いくら吉川軍が強かろうと、尼子兵が敗《ま》けるはずがない。

(本当に毛利に勝ってしまう)

長年抱き続けた夢が叶《かな》う段になって、己がそれを摑《つか》んでもいいのか、と躊躇《ちゅうちょ》してしまった。

身が震える。

なにを考えている、と言い聞かす。

毛利に勝つことで、出雲は出雲の民のものになる。

元就への復讐《ふくしゅう》の第一歩だ。

「鹿《しか》、長槍隊を前に出す！」

叫ぶ久綱に、幸盛は深く頷いた。吉川軍は木柵に辿《たど》り着きつつある。だいぶ損耗させたはずだが、本陣はまだ見えない。戦いはまだ、始まったばかりだ。

「長槍隊、前へ！」

幸盛は金扇を振り下ろした。緊張は消えている。逆に今までにないほど静かな心に満たされている。

幸盛の頭は、戦のことでいっぱいになった。

他の考えが入り込む余地がない。

無我の境地だ。

「行け！」

長槍隊が進み出た。槍を手に整然と歩く姿は訓練中から何度も見てきたものだ。

いつも通りの兵士達だ。

尼子の魂を持った兵士達だ。

木柵の前に並ばせる。長槍隊の後ろに鉄砲隊が控える。敵には、弓矢の雨が降り注いでいる。

「しゃがめ！」

長槍隊が一斉に身を沈めた。

「放て！」

久綱の号令で鉄砲が炸裂《さくれつ》する。

吉川の兵士が、また、どさどさと倒れた。

(これを繰り返すのだ)

木柵に辿り着こうとする吉川兵を長槍で刺す。槍で吉川兵を攻撃している間に、鉄砲の弾込めを行う。鉄砲は水谷口と中山口それぞれ百挺《ちょう》ずつ用意してある。弾込めが終われば、歩兵がしゃがみ、百の鉄砲を一斉に放つ。

吉川軍も必死だ。なんとか木柵を崩そうと縄をかけ、よじ登ろうとしてくる。

たちまち長槍の餌食《えじき》になる。

特別な細工《さいく》が施《ほどこ》してある木柵に吉川兵は明らかに手こずっていた。そこを長槍隊が襲い、弾込めの終わった鉄砲が火を吹く。弓も休むことなく射続ける。吉川の死傷者はおびただしい数になるはずだ。

「久綱、任せた」

「できるだけ持ちこたえる。だが、ここで終わりではない」

「分かっている」

幸盛が叫ぶと、久綱は目で合図してきた。顔を敵に向けると、

「しゃがめ。放て!」

と号令を出す。幸盛は前線から離れて、坂の上へ駆けた。次に取るべき策を頭の中に巡らせている。久綱に任せた前線はもう振り返らない。前だけを見ると心に決めている。

三

新介《しんすけ》は立てた槍にすがりついている。背骨を抜かれたみたいに力が入らない。槍から手を離した途端《とたん》、へたり込んでしまいそうだ。こんな恐怖、今まで経験したことがなかった。

「おい、お前はずっと俺の前にいろ」

肩を掴まれて目を向けると、森満《もりみつ》の腫《は》れた顔があった。馬を届けたあの日、幸盛に殴《なぐ》られた傷が治っていない。死ぬのではないかと思ったが、躰は想像以上に頑丈《がんじょう》で、翌日には歩けるまでに快復した。ただ、顔の腫れはひいていない。鴨《かも》のように突き出た唇《くちびる》は、滑稽《こっけい》にも見える。

「お前には、麾《き》下頭《かがしら》の任を与えてやる。ありがたく思え」

声を低くしたところでむしろ哀《あわ》れなのだが、森満は賊の頭目時代を忘れられないらしく、しきりに威《い》張《ば》ってくる。それとも本当に組頭という任を全うしようとしているのか。

新介は森満にチラリと視線を向けると、ぞんざいに手を振った。森満に構っている暇などない。後から後から湧いてくる恐怖に嘔吐《おうと》をもよおされている。

森満と新介は尼子軍の歩兵組に属していた。歩兵組といっても百名ほどで、身なりも、どこかで拾ったか盗んだような粗末な具足ばかりだ。

兵士達の素性《すじょう》も知れている。賊上がりの連中ばかり。まともな訓練など受けたことがない、ほとんど素人《しろうと》の集団だ。

十日前、尼子軍の指揮官の一人、立原久綱がやって来た。槍の訓練をした後で、へとへとに疲

れていた兵達に向かって、

「お前達で組を作る」

と言い放った。兵士達がざわめくと、久綱は人数を数えて、

「お前からお前までは水谷口。残りは中山口だ」

と簡単に分けた。きょとんとしている兵達に、

「一番槍の栄誉《えいよ》をくれてやる。存分に働け」

声に力を込めたのである。

歓声が上がった。

素性が素性だけに単純な輩《やから》が多いのだ。危険ではあるが、一番槍はなににも代えがたい名誉。その名誉にあずかれるかもしれないと思うと、興奮せずにはいられなかったのだ。

「組頭を決めなければの」

久綱は言うと、槍の指導を行っていた中年の尼子兵を呼びコソコソと話をした。しばらくすると、顔を兵士達に戻して、二人を指さした。

そのうちの一人が森満だったのである。久綱が組頭に指名した二人は賊の集まりの中では頭一つ抜けて強かった。森満は組頭に選ばれてソワソワしつつも嬉《うれ》しそうにしている。そんな森満に、

「お前は近松村《ちかまつ》の馬を届けてくれた男ではないか?」

久綱は、ふと思い出したといった顔で告《つ》げた。有頂天《うちょうてん》になっている森満は、久綱の表情の変化に気づかなかったらしい。話しかけられて、直立の姿勢を取ると、深々と頭を下げた。

「あの馬は尼子にとってありがたいものだった。その功をたたえての組頭任命だ。励んでくれ」

もう一人の男には、訓練で最も熱心だと聞いている、だからこその任命だと告げた。どちらも今思いついたことなのだろうが、組頭になった二人は舞い上がっていて、久綱の激励《げきれい》をうのみにしたようだった。こうして、水谷口と中山口にそれぞれ素人集団の歩兵組ができたのである。

「一番槍といえばすごいことだ。組頭の俺の名もあがる」

森満が意気込む。鼻孔《びこう》を膨《ふく》らませる森満に、新介は、

(頼むから静かにしてくれ)

と憤《いきどお》る。森満の相手をしている場合ではなかった。戦に出るということは、死ぬかもしれないということだ。こんなところで死ぬなんてまっぴらごめんだ。

新介が無視を決め込んでいると、急に坂下から声をかけられた。

「出陣だ」

一斉に目が向けられる。賊上がりの集団の前で男が仁王《におう》のように立っている。

赤糸縅《あかいとおどし》の鎧《よろい》。牡鹿《おじか》の角と三日月の前立の兜《かぶと》。

山中《やまなか》幸盛だ。

森満を打擲《ちょうちゃく》した尼子軍の指揮官である。

「前線の木柵を破壊する。同時に、お前達は吉川軍へ突撃するのだ。できるだけ多くの敵を討て。組頭は誰だ?」

森満がおずおずと手をあげる。幸盛に怯《おび》えているようだ。

「組をまとめて、すぐに下りろ」

幸盛は、森満を覚えていなかった。なんの反応も示さず、すぐに背を向けて立ち去ろうとする。

「恐れながら……」

森満が声をかけた。おもねったようなヘラヘラ笑いを浮かべている。

「なんだ」

幸盛が眉をしかめる。

「恐れながら、一番槍でごぜぇましょうか」

手を揉《も》みながら尋《たず》ねる森満に、

「そうだ。褒美《ほうび》ははずむ」

感情のこもってない声で答える。森満は腫れた顔を目いっぱいに輝かせた。

「一番槍だ。野郎共、存分に暴れ回るぞ！」

拳《こぶし》を振り上げると、賊達から声が上がった。

そのままの勢いで前線に駆け出す。押されるように、新介も駆けた。振り返ると、幸盛の姿はどこにも見えなくなっていた。


二列に並ばされた。長槍で応戦している兵達の後ろだ。木柵の向こうは吉川軍だと聞いた。毛利で最も強いとされる軍である。

吉川軍の兵達は目を剝いて木柵にしがみついている。その相貌《そうぼう》は人間ではないものに見えた。

どこかで見た気がするな、と思っていたら、昔、近松村で猿を捕まえた時のことを思い出した。手と足を縛られた猿は、目を血走らせ、歯を剝き出しにして叫んでいた。吉川軍の兵は、あの時の猿とそっくりである。人としての理性などとっくに吹っ飛んでいるのかもしれない。それだけに一層おぞましかった。

新介達が到着すると、それまで指示をしていた男が代わった。前線を指揮していた男が誰なのか新介は知っている。

立原久綱だ。

久綱は別の兵士と交代すると、坂の上へ駆けた。久綱は後ろを一度も振り返らなかったし、当然、新介達の組に声をかけることもしなかった。

代わりの男が指揮を執《と》り始める。長槍で突き、鉄砲を放つ。その繰り返し。いつしか矢は空を飛ばなくなった。確認してみると、弓隊がいなくなっている。久綱と同じように坂を上って行ったようだ。

長槍隊の間に入れさせられる。新介達素人部隊の五から六名ごとに一人、長槍隊の兵士が混ざるという形で列を組まされた。

新介は二列目の左端。

列に入らなかった長槍隊が、槍を携《たずさ》えたまま、坂の上へ駆けていく。整然とした走りだ。新介達の組とは大違いだ。賊上がりの兵士は列を作るだけでも無駄が多く、いちいち時がかかる。まとまりが一つもないのだ。

「しゃがめ！」

代わった指揮官が号令する。新介は慌てて膝《ひざ》を折った。なにが起こるかは分かっていた。他の連中も、反射的に身を伏せている。頭を抱える者もいた。

「放て！」

頭上で轟音《ごうおん》が炸裂《さくれつ》した。耳がおかしくなりそうなほどの大きな音だ。いや、実際、おかしくなったようである。新介の周囲から音が消えた。

腕を振り回す指揮官の声も、槍と槍がぶつかる音も、兵士達の叫び声も、なにもかもが消えた。不思議な感覚だった。

時がゆっくり流れている。

木々の緑、舞い上がる砂塵《さじん》。歪《ゆが》んだ兵士の顔や、その頰《ほお》を伝う汗。一瞬にして細部まで見て取ることができる。

新介は己がかつてないほど冷静になっていることに気づいた。同時に、激しい後悔が全身を蝕《むしば》んでいることにも気づく。

(こんなことになるなんて)

新介は、近松村を焼こうとは思っていなかった。殺すつもりもなかったのだ。ただ、自分を無視してきた連中に、仕返ししてやろうと考えただけだ。

(頼んだ相手が悪かった)

森満は三刀屋《みとや》をねぐらにする賊の頭目だった。盗みや殺しをしてきたことは知っていたが、銭を払えば手なずけることができると安易に考えていた。所詮、頭のない賊なのである。

近くの村に出かけた折、森満に計画を話した。ずさんな計画だった。馬の売買が決まって宴会をしている最中に森満達が乱入する。酔った村人を賊が締め上げて馬を盗む。盗んだ馬は尼子に売り、売った代金は新介と森満で折半する。

新介としては馬がいなくなった後、尼子から得た銭で新しい馬を仕入れるつもりでいた。それを近松村で育て、再び尼子に売る。尼子再興軍とはそれ以降も馬の取引を通じて繋《つな》がっていく予定だった。

新介は森満達に村を襲ってもらった。これで近松村の中で特別な地位に返り咲ける。尼子との取引を一手に担《にな》うことで、村人達からの信頼も回復することができる。そう思っていた。

新介は、昔の近松村が好きだった。村人は皆、新介を慕《した》い、進んで食物を持って来、娘を差し出した。

実際、新介は自ら所望《しょもう》したことなどなかったのである。

村人の方から勝手に差し出してきたのだ。貰《もら》ってくださいと言われるものを無下に断るわけにもいかない。新介は差し出されるものは気前よく自らのものにしてあげていた。そんな生活に戻りたかった。

だが、森満という男は、想像以上に頭の壊れた男だったのだ。人を殺すことになんの躊躇《ちゅうちょ》もない危ない男だ。

近松村が焔《ほのお》に包まれた時、新介は取り返しのつかないことをしてしまったと思った。どこかへ逃げ出すことも考えた。

それでも、森満に従ってしまったのである。

去ると言えば、森満は自分を殺すだろう。そのことが怖かった。村人を死に追いやったくせに、自分が死ぬとなると怖くて仕方がなかったのだ。

「前へ」

声が聞こえた。号令を出している尼子兵だ。

途端に、周囲のものが動き始めた。ゆっくりになっていたのは勘違いで、時はいつものように流れていたようだ。

素人組が木柵の前に並んだ。木柵には吉川軍の兵士がしがみついている。撃たれようが、槍で突かれようが、次から次へと兵士が現れてくる。意味の分からない連中だ。

「行くぞ!」

森満が叫んだ。森満とは離れ離れになっている。長槍隊と交代するどさくさに紛《まぎ》れて別れることができた。

その森満は真中にいる。

なぜか新介は森満を一目見たくなって目を向けた。こんな時でも森満に頼ってしまう自分が情けなく思えた。

(あ)

新介は見てしまった。

鉄砲隊が一目散に坂を上って行く。前線に残されているのは、森満率いる賊上がりの歩兵組だけだ。

（死に兵だ）

気づいてはいたが、こうもあからさまに見せつけられると力が萎《な》える。いっそ逃げてしまおうか、と考えたが、それはできないらしい。長槍隊の兵士が何人か残り、見張っている。兵士は、自らが死に兵になることを知っていながらも素人組の見張りを引き受けた頭のおかしい男だ。号令を出している尼子兵をはじめ、武士の鑑《かがみ》のような男達である。

「槍、構えろ！」

「おぉ！」

素人達が槍を構え、吉川軍と睨《にら》み合う。一瞬の静寂《せいじゃく》の後、木柵が傾《かたむ》き始めた。上っていた吉川兵が次々と飛びおりていく。

ドスン。

地面が震えた。道を塞《ふさ》いでいた柵が一斉に倒れたのだ。

「行け行け行けぇ！」

号令。

金切り声を上げて、一列目の賊達が駆け出す。続いて二列目。粗末な具足がカチャンカチャンと鳴り、揃《そろ》わぬ足音が敵兵目指してドタドタ続く。

吉川軍とぶつかった。

力の差は歴然だ。尼子の兵士は数日前までまともに槍を扱ったことさえなかった連中ばかりだ。すぐに吉川兵の餌食《えじき》になる。一列目に並んだ兵士達の首がお手玉のように飛んでいく。胴体から血が吹きあがり、目の前に赤い靄《もや》がかかる。

土と汗と火薬と血の臭《にお》いが混ざって強烈な異臭に変わる。臓腑《ぞうふ》が痙攣《けいれん》し、腹のものを吐き出しそうになるが、ここで一人立ち止まっているわけにもいかない。

「二列目、進め」

なにがなにやら分からなかった。味方なのか敵なのかも分からぬまま、前にいる人間に槍を伸ばした。

隣の男が呻《うめ》いた。首を槍で貫かれている。血が迸《ほとばし》り、新介の顔面に飛び散った。

熱い。熱湯を浴びたように熱く、臭い。血の臭いだ。

男が足元に倒れた。半分だけもげた首から血が溢れ、地面に朱が広がる。

「ひっ」

新介は、下から見上げる男の白目とぶつかって、たじろいだ。その横を槍がかすめていく。

男が倒れたおかげで助かった。身をすくめていなかったら確実に死んでいた。

(よかった)

でも、次はない。今ので運を使い果たしてしまった気がする。

「うわぁ!」

新介はでたらめに槍を振り回した。槍の重さに腕がちぎれそうになったが、構ってはいられない。

死ぬかもしれないのだ。

槍を振らないと本当に死んでしまう。

(死ぬ？)

このまま、なにかよく分からないものに飲み込まれたまま死んでしまうのか？

おいらの命はこんなにもあっけなく途切れてしまうのか？

(死にたくない)

死ぬのは怖い。

まだなにもしていないのだ。閉ざされるなんてあんまりだ。

自分がいなくなった後も時は流れ、人は生きていく。そのことが怖くて仕方なかった。全てから無関係にされてしまうことが、ただただ恐ろしくて仕方なかった。

(駄目だ……)

新介は後退《あとじさ》った。槍を構えてはいたが、もう振ることができない。躰中震え、立っていることさえ難しくなった。

「そこ前に出ろ！」

左端の男だ。きちんとした身なりをしている。新介達を見張るために死に兵になることを受け入れた尼子兵だ。

新介は哀願するような目を向けながら兵士に首を振った。兵士は新介に、

「下がるな！」

と叫び、再び吉川軍に槍を出した。新介一人に構っている暇はないのだ。吉川軍の進攻を防ぐ役目を帯びている。

「無理だ、無理だ」

新介は歯の合わぬ口で、

「無理だ、無理だ」

そればかりつぶやいた。

その時、新介は見た。左端の男の腹を槍が貫いた。

同時だった。

新介は駆けた。

無意識である。無意識にだが、反応した。

槍を放《ほう》り投げることも忘れ、口から唾を溢れさせながら必死に駆ける。

躓《つまず》いて転倒した。振り返ると、右足を何者かに摑まれていた。

「逃げ、るな」

尼子兵だ。口から血を溢れさせ、目を真っ赤に染めながら、それでも新介の足を摑んでいるのだ。新介の脱走だけは絶対に阻止《そし》しなければならない。それだけを使命としているかのように鬼の形相《ぎょうそう》を浮かべている。

「許さぬ」

「ぎゃあぁぁああ！」

新介は悲鳴をあげた。今まで感じたことのないほどの恐怖が襲ってきた。

新介は持っていた槍を握りしめた。

「このぉ！」

穂先を男の顔に叩きこむ。右目に刺さった。兵士が顔を持ち上げ、ビクビクと痙攣《けいれん》し始める。

尻餅《しりもち》をついたまま新介は後退った。男の手に力は入っていない。なのに、指が足首に絡みついたまま放れないのだ。

「放せ、放せ！」

新介は男を蹴った。蹴りながら後ろに下がる。

「くそ、くそ！」

新介の蹴りで男の首が変な方向に曲がった。同時に手が外れた。

「え？」

支えを失ったように、躰が後ろへ傾く。

そのまま円を描くように、どんどん倒れていった。

景色が反転し、足許《あしもと》へ流れ始める。

「うわぁぁああ！」

新介は崖《がけ》を転がり落ちた。躰を何度かぶつけているうち、光が消えた。漆黒《しっこく》だけが新介の全てになった。

布部山《ふべやま》の戦い

一

戦の声に耳を傾けている。

途切れなく上がる怒号、叫声。

この声一つ一つこそ吉川《きっかわ》兵の命なのだ。

無事でいてくれ、とは思わない。

兵としての調練を積んできた。死人が出るほどの苛烈《かれつ》な訓練も課してきた。耐《た》え抜き、吉川軍に名を連《つら》ねた連中だ。今更《いまさら》、無事でいてくれなんて願うのは無責任であり、失礼だ。彼らは武士なのである。

炸裂音《さくれつおん》が一定の間隔《かんかく》をあけて聞こえていた。今は静まっているが、尼子《あまご》が鉄砲を使っていることは明らかだ。

訓練された鉄砲隊だ、と思う。銃撃の間隔に狂いがないことから、そのことが分かる。

尼子は全力でぶつかってきている。この一戦に全《すべ》てを賭《か》け、死力を尽《つ》くして戦っている。

相手にとって不足なしだ。

前線で戦っている戦士達も、嬉々《きき》としているだろう。己の力を出し尽くせる相手と巡り会えたことを喜んでいるはずだ。

相当数の死者が出ているはずだった。死に行く兵達に対しての思いは一つ。

（子ども達よ、俺《おれ》は存分に戦わせてやれたか？）

激しく燃えて散ったのであれば満足であろう。吉川軍とは、そうした男達の集まりだ。

（楽しめ。存分に暴れ回れ）

前線に声を送る。

（己の命を生ききるのだ）

斥候《せっこう》が駆けて来て膝《ひざ》をついた。

「申し上げます」

「よし」

「木柵《もくさく》の破壊に成功しました。さらに深部に進攻中」

「分かった」

黒風《くろかぜ》の手綱《たづな》を引いた元春《もとはる》は、右手をサッと上げた。

「前進」

すぐに麾《き》下頭《かがしら》の熊谷信直《くまがいのぶなお》が叫ぶ。

「前進だ！　前との距離を空けるな！」

あちこちから「前進」の声が上がる。組頭がそれぞれ、兵に命令を出している。

進み始めた。このまま前線のすぐ後ろまで進み、控《ひか》える。吉川軍が動いたことで、後詰の小早《こばや》川《かわ》軍も動くはずだ。

(あてにするつもりはないがな)

初めから吉川軍だけで、尼子を討つと決めている。

「申し上げます」

別の斥候《せっこう》だ。

「よし」

「再び木柵。破壊に取り掛かっています」

「分かった」

元春は黒風の脚を止め、もう一度だ、と思った。もう一度同じことを繰り返す。

戦とは地道な前進の繰り返しだ。無駄に思えても、一つ一つ攻略していかなければ勝利に辿《たど》り着くことはできない。元春はその事を痛いほど知っている。

「春継《はるつぐ》、騎馬遊撃隊はどうだ?」

地道な前進の繰り返しであったとしても、一足跳びに勝利に近づく方法もある。それを考えるのは軍師の務《つと》めだ。元春は後ろに控える春継に声をかけた。

「合図を待つばかりのはずです」

春継が冷静な口調で答える。だが早口だ。春継の頭は、戦況を見誤るまいと目まぐるしく働いている。喋《しゃべ》る時さえもったいないといった雰囲気が全身から発せられている。

「烽火《のろし》は中山《なかやま》口から上げさせろ。水谷《みずたに》口は突破できる」

元春が断じると、春継はなにか考えていたようだったが、やがて、

「分かりました」

と顔を上げた。しきりに爪《つめ》を噛《か》んでいる。もう爪がなくなっているのではないかと思うが、癖《くせ》なのだからしようがない。春継は爪を噛みながら、烽火の手筈《てはず》を兵に指示した。

水谷口の大将は山中幸盛《やまなかゆきもり》だと聞いている。一方の中山口は横道政光《よこみちまさみつ》だ。どちらも手ごわい敵だった。甘く見ることは決してできない。

吉川軍は布部山《ふべやま》を攻略するために、五千の兵を二千と三千に分けている。水谷口の二千は元春が率《ひき》い、中山口は息子の元長《もとなが》が率いている。

元長を信用していないわけではなかったが、仕掛けるとしたら中山口だった。

己の軍は、いわば完成されている。坂を少しずつ上る戦であっても、着実に進んでいくだけの忍耐力を備えている。だが、元長の軍はこれからの軍だ。二宮《にのみや》や今田《いまだ》をつけてはいるが、若い兵が圧倒的に多い。尼子軍の粘《ねば》りに焦《じ》れて、突拍子《とっぴょうし》もない行動に出る恐れがある。

だからこそ、仕掛けるのであれば中山口だ、と元春は思っていた。戦況に変化があれば、若さを前面に押し出して、一気に攻めることができる。若さは武器にもなるのだ。

（それに）

と元春は考える。

山中幸盛が怖かった。なにを仕掛けても柔軟に対応されそうな薄気味悪さがある。

確かに横道政光は豪傑《ごうけつ》である。真《ま》っ直《す》ぐ突き進むことに関しては無類の強さを誇るだろう。だが、横からの攻撃に対しては意外と脆《もろ》いのではないか、そう思う。春継の意見も同じだ。過去の戦いを見ても、横道政光は予期せぬ攻撃に弱い。

だが山中幸盛は、一言で表すと、戦巧者だ。

あらゆる状況に対応するだけの機転の持ち主である。当然強さも備えているが、それだけではない。自分と春継を合わせたような男だ。

（山中幸盛か）

尼子再興軍の首謀者である。元春にとっては、四年前の月山富田城《がっさんとだ》の戦いで追い詰められたという苦い経験もある。あの時、塩谷口《しおたにぐち》の指揮を執《と》っていたのが山中幸盛だった。

顔を合わせている。先頭に立って逆落《さかお》としをしかけてきた若い男。血気漲《みなぎ》るという感じだった。飢《う》えた狼《おおかみ》を前にしたような危うさがあった。

まともにやり合えば、ただでは済まない。

鬼吉川と恐れられる己をもってしても、そう思わせられる相手だった。

（幸盛は俺の手で仕留める）

元春は胸につぶやく。

確実に仕留めなければならない相手だった。今、息の根を止めておかなければ、あの男は毛利《もうり》に牙《きば》を剝《む》き続ける。幸盛を殺さない限り、毛利の安泰はあり得ないのだ。

「勝ってみせる」

元春は誰《だれ》にでもなく言った。

「勝ちます」

拾ったのは春継だ。春継は爪を噛むことをやめ、真っ直ぐ坂を見据《みす》えている。

「この戦の勝利は……」

元春は言いかけて、口を噤《つぐ》んだ。己の考える勝利と春継の考える勝利は異なっているかもしれない。

元春にとっての勝利とは山中幸盛を討ち取ることだ。あの男さえ取り除けば、尼子は瓦解《がかい》する。だが、春継の勝利はもっと別なところにある気がする。

戦では全体を見ることが重要だ。春継はそこを見ているようである。だが、全体には必ず芯《しん》というものがある。その芯を取り除かなければ、崩れない全体というものもあるのだ。

春継は戦に勝つことばかり考えている。考えすぎて芯に当たる部分を見逃しがちだ。そこに気づけるようになりさえすればもっと上の戦いをすることができる、と元春は思う。

(だが、春継は軍師だ)

軍師が目指す勝利と大将が目指す勝利が異なるのは当然だ。元春には春継のような、何手先までも考えられるだけの頭はない。春継が元春の足りない部分を補《おぎな》ってくれるからこそ、元春は元春らしく戦うことができるのだ。

「勝利は?」

春継が問い返してきた。落ち着いた声だ。腹を括《くく》ったような重さがある。

元春は鼻から息を吐き出した。

「この山の頂上にあるな」

指さした。布部山の頂上はまだ見えない。

が、それでも続いているのだ。

足許《あしもと》の坂は頂上に続いている。勝利へと続く道だ。

元春と春継は、坂の先に目を細めた。

二

幸盛は鉄砲隊の後ろの土煙を見てギョッとした。吉川軍が熊《くま》のように突き進んでくる。

さすがは吉川軍だった。賊の集団を死に兵として使ったが、すぐに敗れたようである。もう少し時を稼《かせ》いでくれればと歯嚙《はが》みしたくなるが、悔いても意味ないことだ。今の状況でできる最善の策を講ずるしかない。

「弓隊、前へ。敵の進攻を遅らせろ！」

幸盛が金扇《きんせん》を掲《かか》げると、久綱《ひさつな》が弓隊を引き連れて現れた。

「放てっ！　休まずに放ち続けるんだ！」

久綱が右手を振り下ろす。鉄砲隊の後ろの巨大な塊《かたまり》目指して、無数の矢が飛んで行く。空中にきらめきを残しながら吉川軍に吸い込まれていったが、敵の進軍は変わらない。あの連中の頭にはとにかく前に進むことだけしかないのだ。

「長槍《ながやり》隊は木柵の前で待機。鉄砲隊を収容したら応戦する」

幸盛の命令に、長槍隊が進み出る。坂を駆け上ってきたばかりなのに息一つ乱れていない。このぐらいでへばるような鍛《きた》え方はしていない。尼子兵も劣《おと》らず屈強だ。

「鉄砲隊を収容する。戸を開けろ。敵が来る前に全員入れるのだ」

木柵の一部に戸がつけてあった。退却《たいきゃく》してくる鉄砲隊を招じ入れるためだ。

木柵は二つ作ってある。一つ目の木柵は敵を防ぐため。二つ目の木柵は尼子兵を収容する役割も持たせている。そのため、二つ目の強度は弱かった。早々に吉川軍に破られるだろう。そうなると、正面からのぶつかり合いになる。

(木柵が倒されても勝てる)

と幸盛は踏《ふ》んでいた。むしろ、木柵を取り払った方が尼子軍の真の力を発揮できるのだ。

尼子軍と吉川軍の力は互角だろう。

そうなると士気と地形が影響してくる。

尼子軍の士気は最高だ。全兵士が毛利を出雲《いずも》から追い払うことに燃えている。

地形も尼子が有利だ。坂上から攻めるのと坂下から攻めるのとでは、力の働き方がまるで違う。

当然、坂上から攻めた方が相手に与える圧力は強い。

布部の山が尼子に味方してくれている。いや出雲の大地が味方してくれているのだ。

(出雲で敗《ま》けるわけにはいかない)

「全員入れろ！　ギリギリまで待て。一人も残すな！」

鉄砲隊が入って来る。三列に並び、押したり、前に出たりすることもなく整然と駆ける。

幸盛は金扇を手に打ち付けた。吉川軍が到着する前に全員を収容することができそうだ。死に兵達も役割を全うできたということになる。彼らも浮かばれるに違いない。

「入ったか」

鉄砲隊の最後尾が入った。男が、

「最後です」

と答える。組頭だ。

「閉めろ！」

幸盛の怒声と共に、木のきしむ音が鳴った。

「鉄砲隊は弾込めだ。閉めたら、すぐに放つ」

果敢《かかん》に走り寄る敵が見えた。吉川の旗を掲げた男は、槍を持って雄叫《おたけ》びを上げている。

戸が閉まる直前だった。

隙間《すきま》から伸びた槍が幸盛の頬《ほお》をかすめた。

一瞬遅れて、風が頬にあたる。

戸の向こうの兵士が不敵に笑う。幸盛は冷えきった目で相手を見返す。

槍を突き出されても瞬《まばた》きすらしなかった。相手の位置と、槍の軌道から当たらないことを読んでいたのだ。

「大丈夫ですか」

すぐに兵が駆けて来た。幸盛を刺そうとした男は、長槍隊に貫かれてその場で倒れた。笑みを浮かべたまま口から血を溢《あふ》れさせる。視線は幸盛に向けられたままだ。

「構わぬ」

幸盛は兵の手を払った。戸を閉め、閂《かんぬき》をかけさせると後方に叫ぶ。

「鉄砲隊、まだか！」

しばらくして組頭が手をあげた。ほとんど同時に、木柵に重たい衝撃音が響く。吉川軍が辿り着いたのだ。

「しゃがめ、放て！」

久綱の号令で、一斉に銃口が火を吹く。吉川兵がバタバタと倒れる。

「長槍、突け！」

長槍隊が木柵の兵に攻撃する。先程と同じ状況だ。

木柵を破壊しようとする吉川軍。死守しようとする尼子軍。これが少しの間続く。

木柵が崩れれば、決戦だ。

幸盛は前線の指揮を久綱に任せて、水谷口の本陣に引いた。長槍隊の後に出す尼子正規の歩兵組に準備をさせる。もう一つ。中山口の状況も聞いておきたかった。

「影正《かげまさ》！」

陣幕の前で、幸盛は呼んだ。群がる兵士の中から、異相の男が進み出てくる。

「中山口の状況は？」

片膝をついた影正は、

「山中様の想定通り。第二の木柵で攻防中です」

早口に答えた。政光は幸盛と事前に打ち合わせた通りの作戦を実行しているようだ。

「よし」

幸盛は頷《うなず》いた。

これから中山口も力と力のぶつかり合いになる。そうなると、政光が敗けることはない。純粋なぶつかり合いであれば、政光は幸盛より強いかもしれないのだ。

「影正、中山口の状況は逐一《ちくいち》俺に報告しろ」

水谷口と中山口の間には密《ひそ》かに間道が作られていた。人ひとりがようやく通れる狭い道だったが、忍びが行き来するには十分だ。この間道があるおかげで、水谷口と中山口は連動して戦うことができた。なにも連携《れんけい》は目に見える形を必要とするわけではない。同じ行動を取るだけでも、兵達は味方の存在を感じることができる。政光に先駆けせぬよう伝えているのは、そのためでもあるのだ。一丸になって山を下ることで、尼子軍の力は何倍にも膨れ上がる。

「横道様は、よく耐えておられます」

「政光らしいな。本心では真っ先に突っ込みたいのだろうて」

「従わぬわけにはいかぬだろう、とぼやいていました」

「信用しておらぬ、と言ったからな」

「信用？」

「お前のことを信用しておらぬと言われれば、勝手な行動を取れなくなる。全ての責任を背負《せお》わなければならなくなるからな。信用していると言われれば勝手な行動を取っても、大将に任命した俺の責任だ。政光はそこのところを分かっておるから、渋々でも従わざるを得ないと考えているのだ」

「そういうものですか？」

「もうよい。俺は兵に紛《まぎ》れておるやもしれぬ。必ず見つけて、報告しろ」

「呼ばれればどこであろうと馳《は》せ参じます」

影正が立ち去ろうとした、その時だ。

東の空に白い煙が見えた。青空に吸い込まれるように真っ直ぐ昇っていく。まるで死者の魂《たましい》が空へと導かれているようだ。

「なんだ？」

幸盛は眉《まゆ》を寄せた。

「烽火でしょうか？」

影正もいぶかしんでいる。

「烽火……？」

中山口の方角だ。尼子は此度《こたび》の戦で烽火を用意していない。となると、毛利が上げたということになる。

本陣に向かって援軍を要請《ようせい》しているのかもしれない、と考えた。今の軍容では攻めきれないと判断して毛利輝元《てるもと》に兵を動かしてもらうよう催促《さいそく》しているのだ。

(だが)

と首をひねる。いくら尼子が優勢とはいえ、戦はまだ膠着《こうちゃく》状態だ。援軍が必要になるのは、尼子が吉川軍を切り崩した辺りのはずだ。

頭を巡らしたが、烽火の意味は分からなかった。幸盛は影正と二人、地上から青空に貫かれる一本の線を、あたかも禍々《まがまが》しいものでも見るかのように眺めた。

三

坂を見下ろした小六《ころく》は、

(これは……)

と息を呑《の》んだ。

風花《かざはな》に跨《またが》っている分、高く見える。だが、馬の背を差し引いたとしても、布部山の坂はあまりに急だった。

(馬は下れない)

小六は判断した。丘を駆ける訓練を積んだとはいえ、これほどの坂は想定していなかった。馬は怯《おび》え、下ることさえままならないだろう。よしんば駆けたとしても転がり落ちるに決まっている。馬は坂を下るのは苦手だ。蹄《ひづめ》の割れた獣《けもの》とは違う。

「どうした、小六」

隣に浅川《あさかわ》が並んできた。顔は飛び散った血で染まっている。浅川は小六の視線を追って、坂下に目を向けると、

「どうじゃ？」

穏《おだ》やかな目を向けてきた。

小六は首を振った。とてもじゃないが騎馬が駆け下りるなどできない。浅川は小六の仕草の意味を理解したようだ。

「じゃが、行かねばならんのじゃ」

厳しい口調で言った。

「行かねば、わしらは敗けじゃ」

（それは分かっている）

分かっていてもできないことがある。

意志で何とかなるのであれば、小六も持てる力を出し切るだろう。

だが、駆けるのは馬だ。

風花達にとっては、毛利が勝とうが尼子が勝とうがどちらでもいいのだ。

馬は乗り手の指示に従って動くだけ。

だからこそ、自分達の限界を超える働きは絶対にしない。自らの能力の範囲内で最善の力を発揮するのが馬という生き物だ。

（この坂は能力を明らかに超えている）

長年、馬と一緒に暮らしてきた小六には分かる。馬のことなら誰よりも知っているという自負がある。

（俺が無理だと言うんだ）

馬が駆けられるはずがない。

「行かねばならぬ」

もう一度、浅川が言った。背中を押そうとしているのかもしれない。その事は痛いほど分かった。

小六は勇気を振り絞って坂の下を覗《のぞ》き見た。

が、結局、手綱を引いてしまう。風花が数歩後退《あとじさ》る。

頂上を制圧するまではよかった。だが、香川《かがわ》春継の立てた策は、その先があまりに無謀《むぼう》だった。

春継は、頂上に抜ける間道を見つけた、と軍議で語った。十数年前の土砂崩れで使えなくなった道だったが、そこを迂回《うかい》するように土地の猟師が作った道がある。間道は狭いが、確かに頂上まで通じており、迂回路さえ通り抜ければ、馬を引いて上がることも可能だそうだ。

夜明け前から騎馬遊撃隊は布部山の裏に回った。百騎のうち動きのいい三十騎を選抜している。残りの七十騎は麓《ふもと》の林に入れた。尼子軍にさえ知られていない間道とされていたが、さすがに百騎が動くとなると勘づかれる恐れもある。三十騎の遊撃隊は最小で最大の数だった。

馬を間道の入り口に向けた遊撃隊は、権之助《ごんのすけ》という百姓《ひゃくしょう》風の男に導かれて山を上った。馬は猿轡《さるぐつわ》をはめ、脚に草鞋《わらじ》をつけて音が出ないようにした。それほどの徹底ぶりである。

狭かった。十年前まで使われていたと聞いていたが、主要道ではなかったのだろう。一列で歩くのがやっとの広さだ。

迂回路はさらにひどかった。崖《がけ》に木の板を渡しただけの場所があり、一歩踏み外すと谷底へ落ちてしまう。一歩ずつ、足場を確かめながら馬を引き、なんとか全員が迂回路を抜けた頃《ころ》には、だいぶ陽《ひ》が高くなっていた。

再び道に戻った遊撃隊は、一列で進み、頂上付近で止まった。脱落者は一騎もなかった。

頂上付近で、二手に分かれることになった。尼子軍本陣を攻撃する組と、馬を繋《つな》いでおく組。人数としては二十五名と五名。小六は馬を繋いでおく組になった。浅川は襲撃組だ。浅川達は、権之助という百姓に連れられて、徒歩で頂上を目指した。

四半刻《しはんとき》（約三十分）もかかっただろうか。襲撃組が戻ってきた。聞いた話では本陣には十数名の兵しか残っていなかったそうだ。突然現れた吉川軍に混乱した尼子兵は、まとまりを欠いており、浅川達はほとんど被害を受けることなく制圧できたという。襲撃組の中には返り血で顔を真っ赤に染めている者がいた。浅川もその一人だ。

布部山の頂上を奪った遊撃隊は、馬に跨《また》がり横に並んだ。ほとんど同時に烽火が上がる。頂上から見下ろして左側だ。

中山口である。

春継から命じられていた。烽火が上がった側の坂を騎馬で下りて来い、と。

間一髪《かんいっぱつ》であった。

もう少し遅れていたら、烽火を見逃していたかもしれない。一人の脱落者も出さずに登り切ったことといい、時機を逸《いっ》することなく本陣の攻略を行えたことといい、勝利は毛利に靡《なび》いているように思えた。

が、うまく行ったのはここまでである。

遊撃隊は頂上に釘付《くぎづ》けになったまま、動けないでいる。先頭を駆けるはずの小六が風花に合図を出すことができないのだ。

「小六、行かねばわしらは敗けじゃ」

浅川の声は静かだった。責めているような調子は微塵《みじん》もない。かといって説得しようとしているわけでもない。

あえていえば、待っている。

小六が心を決めるのを、ひたすら待っている。

だが、小六は首を振り続けた。

怖いとかそういった類《たぐい》の話ではない。そもそもが無理なのだ。馬が駆ける坂ではない。

「わしはお前を責められぬ」

しばらくして、浅川が小六から目を離し、そうこぼした。

「お前はまだ子どもじゃ。子どものお前に一隊を任せるなど、最初から酷《こく》な話じゃった。小さな躰《からだ》に重たすぎるものを背負わせてしもうた大人の責任じゃ」

言うと、浅川は馬の腹を蹴《け》った。馬は鼻面を風花の前に出したが、すぐに後退した。

「これは大人の戦じゃ。わしらはなんとしても行かねばならん。無理だった、は通用せん。無理であろうが行かねばならんのじゃ。それが大人ぁいうもんじゃ」

浅川は何度も馬の腹を蹴った。だが、臆《おく》した馬は、前脚を突っ張って、頑《がん》として進もうとしない。

「仕方ない」

浅川は馬から降りると、手綱を引いた。最初、馬は抵抗したが、力ずくで引っ張られると、そのまま前に歩き始めた。

だが、それだけだった。馬は浅川に引かれながら一歩一歩、確かめるようにして下っていく。遅かった。

転ばないように、確実に坂を下ろうとする馬の歩みは、人が普通に歩くよりも遅い。

遊撃隊の他の兵士も浅川に倣《なら》った。

馬から降り、手綱を引いて坂を下る。

誰も小六を責めなかった。罵《ののし》ることもなかった。

ただ黙々と下っていく。

小六の横を通る時、小六の尻《しり》を叩《たた》いて、微笑《ほほえ》みを投げかけて来た兵士がいた。驚いた小六が目を向けると、兵士は通り過ぎ、背中越しに手を上げた。別れの挨拶《あいさつ》だ。

味方の背中がどんどん小さくなっていく。馬を引く一団は、相変わらず遅い。このまま敵にぶつかれば、確実に死ぬだろう。兵は三十名しかおらず、馬が駆ける勢いがなければ、あまりに無力だ。

それでも男達は進む。

命よりも大切なものを失わないために、進んでいく。

小六と颪花だけが取り残された。

颪が吹き、木の梢《こずえ》が音を立てる。

颪がやむと静寂《せいじゃく》が訪れた。

小六は、まるっきり一人ぼっちになったことに気づいた。

(浅川様。みんな)

兵士の背中を見守った。少しずつ遠ざかって行く背中をただただ見つめるしかなかった。

(これで)

本当に居場所がなくなってしまった、そう思った。

村が焼かれ、どこにも行くあてがなかった自分を拾ってくれたのは吉川軍だ。元春様が誘ってくれ、浅川様が居場所になってくれた。

俺はそこにいた。

槍を握り、政虎《まさとら》にからかわれ、遊撃隊の調練に精を出す。

戸惑いばかりの日々だったけど、確かに俺はそこに存在していた。

(見送るだけなのか?)

死にゆく兵を見送るために吉川軍に入ったのか？

（いやだ）

と思った。

もう逃げるわけにはいかない。今、この瞬間でも逃げ出したら、本当になにもかもを失ってしまう。

小六は坂を見下ろした。

（なんとかしなければ）

風花に合図を出そうとする。

だが、足が動かない。どうしても動いてくれないのだ。

（くそ）

その時、突然、風花がいないた。

耳を伏せ、鼻息を荒らげ、前脚で地面を掻《か》き始める。

（どうした）

なだめようとしても、風花は聞いてくれない。棹立《さおだ》ちになり、小六を振り落とそうとする。

（落ち着け、風花）

口笛を吹いても無駄だった。尻跳《しりっぱ》ねして、暴れ回る。おとなしいはずの風花がこんなにも取り乱すなんて、滅多《めった》にないことだ。

落とされまいと手綱にしがみついた小六だったが、顔を向けてきた風花と目が合って、息を呑んだ。

（怒っているのか？）

風花は小六を睨《にら》み付けていた。目を剝き、小六に憎悪《ぞうお》の眼差《まなざ》しを向けている。小六が背中に乗っていることが、忌々《いまいま》しくてしようがないといった様子で睨み付けている。

（そうなのか？）

小六は手綱を放し、風花の首に抱きついた。手綱を放すなどあまりに無謀だったが、小六は落とされても構わないと思った。風花を信じ切れなかった自分など落とされて当然だ。

（すまない、風花）

坂を下ってみせる、と風花は訴えている。ゆっくり遠ざかる騎馬隊を見て、一頭取り残されたことに歯がゆさを感じている。誇りを傷つけられたと思っている。風花は、坂を下りたい、と全身で訴えているのだ。

小六は風花を強く抱きしめた。暴れていた風花が、徐々に落ち着きを取り戻す。いまだに脚を搔いてはいたが、小六を振り落とそうとはしなくなった。

小六は風花の頭を撫《な》でた。

すまない、すまない、と何度も謝る。

風花は耳をピクピクと動かし、鼻を大きく鳴らした。もう暴れる気配は見られない。

（行こう、風花）

決めた。

限界を作っていたのは自分だ。自分に自信がないから風花にも限界を押し付けていた。

だが、限界とは幻《まぼろし》なのだ。

一歩を踏み出した途端、霧散《むさん》してしまう幻だ。

小六は大きく息を吸い込むと、鐙《あぶみ》で風花の腹を蹴った。

途端に、躰が沈む。

今までにはない低い姿勢だ。

風花は限界を超えるために、今まで見せたことのない走りをするつもりだ。

風花が飛んだ。

躰を屈《かが》めたまま、一気に下る。

(うわぁ)

矢のようであった。

風を追い越していく。

初めての感覚だ。

飛んでいるのだ。

宙を風花が飛んでいる。

味方の背中が見えてきた。小六は手綱を引いて風花を止めようとしたが、勢いに乗った風花は止まろうとしない。そのままの速さで、遊撃隊の真中を突っ切って行く。

勢いがつきすぎて止まれなかった?

いや、違う。

風花は信じているのだ。

一緒に訓練をしてきた仲間であれば、このぐらいの速さ、ついてこられると信じている。

先頭を歩いていた男が振り返る。風花が飛ぶように駆けているのを見て、みるみる顔を輝かせた。

手を上げ、遊撃隊に指令を出す。

男達が一斉に跨った。その中心を小六と風花が駆ける。先頭の男に並ぶと、馬達が一斉に動き出した。

風花に導かれて、一団となった馬の群れが坂を下りる。

転がるように、しかし低い姿勢を確かに維持しながら、駆け下りる。

先頭の馬が風花に近寄ってきた。

浅川だ。

浅川は小六を見るなり、なにか言おうとしたが、グッと飲み込んで前を向いた。なぜだか小六は浅川が泣いているように見えた。

あり得ないことだった。

武士は泣かないはずだ。

浅川は武士以上に武士らしい男だ。

「うおぉおお！」

浅川が上半身を反《そ》らして天に吠《ほ》えた。

「おおぉ！」

兵士達が続く。馬蹄《ばてい》の響きと男達の雄叫《おたけ》びが、風と共に中山口を下りていく。

四

第二の木柵が崩れた。尼子の防備は、最早《もはや》ない。

力と力のぶつかり合いが、いよいよ始まるのだ。

「尼子軍の強さ見せつけてやろうぞ！」

政光は声を限りに叫んだ。男達の叫声が続く。

皆、戦いを欲しているのだ。

木柵を挟んだ戦いではない。槍と槍を交えた戦いだ。

政光は先頭で駆けた。鉄砲隊と歩兵組の真中を突き進む。

激突した。

吉川軍だ。

毛利の中でも精鋭と謳《うた》われる軍だ。いや、ひょっとすると西国一かもしれない。吉川元春が鍛《きた》えた軍は、今まで敗けたことがない必勝の軍だと聞いている。

だが、それも今日までだ。

今日、尼子に敗れる。西国一の座は尼子軍がいただくことになる。

政光は槍で敵を串刺《くしざ》しにすると、大きく横に振った。束《たば》になっている吉川兵に骸《むくろ》が飛び、数人が倒れる。すかさず、麾下がとどめを刺しに飛び込んでいく。

突き出し、振り払い、落とす。

政光が槍を振るたび首が飛び、血が迸《ほとばし》った。地面に骸が転がっていく。

「うらぁああ！」

政光は吠えた。躰中が熱い。肉体が歓喜しているのが分かる。楽しんでいるのだ。全身が戦を楽しんでいる。

木柵が崩れるまでは幸盛の言いつけを守ってやった。守らなければ、後からなにを言われるか分からなかったからだ。勝久《かつひさ》の前で非難されてはたまったもんじゃない。勝久は幸盛を頼りに思っている。尼子再興軍の大将はあくまで山中幸盛なのだ。

(目立ちたがり屋め)

毒づいた。昔から気に入らなかったが、最近になって特に際だっている。

大将然として、他の者を見下しているところが気に入らない。己だけで全《すべ》てを動かそうとしているところも腹が立つ。一人でなにもかもを背負い込もうとしているところなどは、殴りつけてやりたいほどだ。つまり、幸盛の一挙手一投足すべてが癪《しゃく》にさわるのだ。

(ただ……)

と政光は思う。

(あいつでなければ、今の尼子軍はなかったな)

素直に認めていた。寄せ集めの軍を短期間で毛利と渡り合えるまでに仕上げ、今、出雲を賭《か》けた決戦を行っている。

幸盛の知略と武勇がなければ尼子再興軍の快進撃はなかった。幸盛だからこそ、他の諸将も出雲を取り戻す夢を見ることができたのだ。

(俺ではできなかったな)

政光は幸盛を一人の武将として認めるようになっていた。己にはないものを持っている。そのことが悔しくもあり、頼もしくもあった。

(俺は戦場でしか働けない、ただの武人だ)

そのことはよくわきまえている。一方、幸盛は尼子そのものを大きくすることができる。戦場ではない場所でも働くことができる男だ。

二人が揃《そろ》ったことで、尼子はさらに強くなるはずだった。己みたいな男も必要だし、幸盛みたいな男も必要だ。どちらかが欠けても、尼子が出雲を統一する夢は霞《かす》む。

(だが、幸盛はまだ甘い)

と政光は思っていた。たまに感情に飲まれて、全体を見失うことがある。毛利を恨む気持ちは分かるが、囚《とら》われすぎると己の首を絞めることになる。

だからこそ、政光は幸盛と対立しているのだ。

政光が反発すれば、幸盛はふと立ち止まる。己の立てた策が独《ひと》りよがりではないかを見つめ直すことができる。その上で決められた策であれば、政光は従うつもりでいた。幸盛の戦略は、やはり群を抜いて優れているのだ。

(嘘《うそ》だな)

笑みを漏らす。やっぱりあいつが気に入らない。その思いが大部分を占めている。あいつが気に入らないから俺は反発しているのだ。あいつがふんぞり返っている姿など、唾《つば》を吐きかけてやりたいぐらいだ。

「だがな」

振り上げた槍が敵の腕を切り落とす。迫って来る敵の腹、胸、首と突きを入れる。三人が同時に倒れた。

「この戦が終われば」

よくやった、と一度ぐらい褒《ほ》めてもよかろう。

「酒を酌《く》み交《か》わすかは分からぬがな」

政光の周りには屍《しかばね》の山ができている。鬼吉川と恐れられる精鋭軍も、政光にかかれば相手ではない。政光の強さは桁違《けたちが》いだ。

もっとも、吉川軍とはいえ息子の元長が率いる軍だから実力は落ちるのかもしれない。幸盛が使っている忍びが、吉川元春の本隊は水谷口にいる、と報《しら》せてくれた。

(また、幸盛のやつが目立つな)

政光は舌打ちした。吉川元春を倒した者が勲功《くんこう》第一だ。吉川元春は毛利一の武将である。

だが、政光にも勲功を上げる機会はあった。中山口を幸盛よりも先に突破し、平地に出て毛利輝元を討つ。幸盛は「深入りしなくていい」と言っていたが、敵が浮足立っていたら一気に攻め落としてもかまわないだろう。もちろん守りが固いと見たら、すぐに退《ひ》く。それぐらいの分別はあるつもりだ。

幸盛は言った。

「木柵を破られるまでは指示通りに動いてくれ。その後のことは、政光に任す」

任されているのであれば、輝元の首を取っても問題はないだろう。輝元の首は勝久への最上の土産《みやげ》になる。毛利家頭領の首なのだ。

背中に風が吹いた。目を向けると、首のない吉川兵が膝《ひざ》を落として倒れつつある。

「ぼんやりしてると、やられるぞ」

端整《たんせい》な顔を引き締めて、秋上宗信《あきあげむねのぶ》が槍を振っている。

宗信が槍を薙《な》ぐと、政光がした時と同じように首が飛んだ。宗信は政光に匹敵《ひってき》するほどの槍の遣《つか》い手だ。

「宗信、突き崩すぞ！」

「分かってら！」

政光と宗信が並んだ。二人が中央をこじ開け、他の兵士達が広げていく。目賀田《めがた》や森脇《もりわき》の組が、残った吉川兵を殲滅《せんめつ》していく手筈だ。

止まらなかった。二人揃えば、敵なしである。

政光は宗信のことを信頼していた。軽薄そうに見せているが、芯は固いことを政光は知っている。本田《もとだ》の厳しい調練も、表面では適当に切り上げるように見せていて、陰で人の倍以上も努力していることを知っていた。可哀想《かわいそう》なのは熱くなることを格好悪いと思っているところ。そこさえ捨て去ることができれば、宗信について行きたいと思う者は増えるはずだ。

(そうは言っても性格だからしようがないな)

そう思う。宗信自身、一軍を率いたいという野心を持っていないようでもあった。

(宗信は宗信らしくいてくれればそれでいい)

実際、宗信の存在は貴重だ。幸盛とも気心を通じている宗信は、反面、政光とも仲がいい。宗信の自分中心の振る舞いは、己の意見をはっきりと言う分、誰からも嫌われなかった。宗信の前では自らを取り繕《つくろ》う必要がない。そこが楽なのかもしれない。宗信がいなければ、政光と幸盛はもちろん、あらゆる武将達の関係がこじれていた可能性もある。宗信の存在はやはり貴重だ。

「大将は後ろに控えるべきじゃないのか?」

宗信が語りかけて来る。槍を振り、敵の腕を飛ばしながらだ。

「吉川を崩したら下がる。この戦、吉川を討てば勝ちだ」

「先に尼子の大将がやられたら、元も子もないぞ」

「敗ける時は大将もろともだ。進むしかないのなら大将が先頭に立っても問題なかろう? それに……」

政光は言葉を切ると、宗信をいたずらっぽく睨んだ。

「俺がやられても副将がちゃんと指揮してくれる。軍は崩れぬ」

「副将は俺だ」

「ふざけた軍だ。兵達が可哀想だ」

「違いない」

二人は同時に笑みを浮かべた。

吉川軍の壁は厚い。だが、先程より手ごたえが弱くなっている。勢いに乗っているのは明らかに尼子軍だ。

「見えたな」

宗信がこぼし、政光は顔を上げた。

兵達の向こうに、一際大きな馬印が立っている。吉川の家紋、丸に三つ引き両紋だ。本陣だ。

「元長の首、いただくとするか」

鼻をこする宗信に、

「一気に行くぞ！」

政光は叫んだ。身を低くし、敵の中心に突っ込む。たちまち数人の首が飛ぶ。

宗信が口笛を吹き、横から飛び込んできた。足を踏ん張り、左から右に薙ぐ。

敵が血飛沫《ちしぶき》をあげながら倒れていく。

「うおぉおお！」

政光は咆哮《ほうこう》した。躰中の毛という毛が逆立《さかだ》つ。

（勝てる）

そう思った。

（吉川に勝てるぞ）

力が漲《みなぎ》っている。血が呼び覚まされている。

（あと少し）

元長が見えてきた。馬上から政光を睨み付けている。

鋭い目だ。

まだ若い。

だが、確かに大将だ。

（もっと前へ）

元長が槍を構える。やり合うつもりらしい。

（突破するのだ）

元長の所まで突き進んでやる。

その時だった。

（後ろ？）

地鳴りが聞こえた。山が崩れるような凄《すさ》まじい轟音《ごうおん》。

前へ進もうとする力が急に弱まる。前に前にと進み続けた分、推進力が弱まった途端、後ろに引っ張られるような感覚を覚えた。

政光は立ち止まり、背後を振り返った。

同時に固まった。

あり得ないものを目にしたのだ。山の戦場では絶対にあり得ないものを。

政光は目を見開いたまま、その場に立ち尽くした。

五

血と転がる死体で騎馬が通った位置が分かるはずだ。

背中を向けた尼子兵からは抵抗らしい抵抗がない。驚きと混乱で槍を振るうどころではないのだろう。突如《とつじょ》、現れた騎馬隊に思考がついていかないのだ。

(わしらに殺されたとも思っておらぬかもしれぬ)

浅川は槍を振りながら、そんなことを考えた。

山の戦いで騎馬を使うなど常識では考えられなかった。春継の策は相手の想像の遥《はる》か上を行くものであり、尼子軍からしたら、今、自分達の間をなにが駆けたのか分からなくてもおかしくはなかった。ひょっとすると、かまいたちかなにかだと考えているのかもしれない。

だが、あやかしではない。

吉川軍の騎馬遊撃隊だ。

敵は横に広がっている。真中部分が深く吉川軍に切れ込み、その左右が雁《がん》の群れのように斜めに伸びる。

騎馬遊撃隊は右側に突撃した。

混乱する敵を崩すのはたやすい。遊撃隊も雁行型《がんこう》になり、槍を振るいながら駆ける。

傾斜は頂上より緩やかだった。道も想像以上に広い。

吉川軍が尼子軍に押され、だいぶ後退したためだろう。ほとんど麓に近かった。

好都合だ。馬を存分に駆けさせることができる。遊撃隊にとって、敵陣を突破することは難しいことではない。進行方向に兵がいるからといって馬の脚が鈍《にぶ》ることはないのだ。坂を駆け下りた威力は絶大だ。

尼子の壁をもう少しで抜けそうになる。

最前線だ。

さすがに兵が密集している。武器を持たない小六が突破するのは難しいだろう。

浅川は己の馬を励まして風花より半馬身前に出た。

隣の小六に目で合図を送る。

小六は頷くと、風花をなだめて後ろに下がった。

「うらあぁ」

頭上で槍を回す。遊撃隊の一騎が浅川の隣に並び、右側に槍を走らせる。浅川は左だ。正面の兵を馬蹄で踏みつける。少しだけ走力が落ちたが、それでもかまわず切り開く。

(もう少しじゃ、小六)

浅川は歯を見せた。小六のことを思っている。軍に入ったばかりの子どもが、大人でもできないことをやってのけた。誇りに思っていいことだ。

浅川は小六に並々ならぬ情を寄せている。出自が己と同じ百姓であることも関係していたし、いきなり放《ほう》り込まれた軍で必死に励んでいる姿に胸打たれるものもあった。故郷を襲撃され、全てを一時に失ったという境遇を憐《あわ》れんでもいる。

（だが……）

それ以上に、息子と重ね合わせてしまうのだった。浅川の一人息子、研一郎《けんいちろう》にである。

一人息子は十三で死んだ。

浅川が妻子を一度に亡くしたのは、およそ二十年も前のことである。

百姓だった浅川は、侍をする傍《かたわ》ら、村の護衛も務めていた。戦がある時は兵として出かけ、平時は田畑の世話をし、賊などがうろつかないよう見張る。特に近辺には佐々井狼三郎《ささいろうさぶろう》という山賊がいて、手下を何人か使って傍若無人《ぼうじゃくぶじん》の振る舞いを繰り返していた。警護はどうしても必要だった。

浅川は佐々井を二度撃退している。一度目はただ追い払っただけだが、二度目は村に入ってきたところを捕らえて、徹底的に懲《こ》らしめた。身動きできなくなった佐々井の衣をはぎ、松の木に吊《つ》るして一晩中放ったらかしにした。翌朝、手下に助けてもらったのか、佐々井はいなくなっていた。それ以来、佐々井が浅川の村に来ることはなくなった。

浅川の村は安芸《あき》と石見《いわみ》の国境にあった。吉川軍が勢力を誇ってきた地域だ。浅川が出かけるのは吉川軍が戦をする時で、先代の吉川興経《おきつね》の頃には幾度も先陣を言い渡された。

浅川は戦場で働くことに生き甲斐《がい》を感じていた。己の腕ひとつで成り上がっていく武士の世に魅了されてもいた。浅川は鍛錬を積み、足軽の中では随一の槍の名手になる。配下を何人か持つまでにもなった。このまま出世すれば、領地を与えられ、百姓を辞めることも叶《かな》うかもしれない。浅川は土と向かい合う生活に飽きていたのだ。

この頃、息子の研一郎に浅川はよく言ったものである。

「とうちゃんは侍じゃ。お前も今のうちに武芸を身につけて、とうちゃんの後に続け」

聞いた研一郎は、

「分かりました」

と答えていた。

浅川は研一郎に槍の稽古《けいこ》を行うようになる。村人からは白い目で見られたが、文句は言われまいと考えていた。村が平穏に暮らしていけるのは、浅川の武力があるからだ。武力は野良《のら》務めから解放してくれる唯一の手段なのである。

研一郎に稽古をつけている時、浅川はこんなことを言われたことがある。

「俺も父様と一緒に戦に行きとうございます。親子で功名を上げるのです」

浅川は笑って、研一郎の頭をグシャグシャと撫でた。

「お前はまだ早い。わしが戦場に立ったんは、十七を過ぎてからじゃ。それまでは母ちゃんをしっかり守れ」

「では、今は母様を守ることに全力を捧《ささ》げます。ですが、いつか父様と一緒に連れて行ってください」

「約束じゃ」

研一郎は利発な子だった。父の思いを汲《く》んで戦場に立ちたいと言っていることはすぐに分かった。

研一郎はどちらかというと、百姓の生活を気に入っていたようである。田畑に出ると心底楽しそうな顔をする。土と戯《たわむ》れることが好きなのだ。

だが、それはいつでもできることだ、と浅川は考えていた。幼いうちから百姓の生活にどっぷりと浸《つ》かる必要はない。己の腕を頼りに生きる醍醐味《だいごみ》を味わってからでも遅くはないのだ。

戦に出る回数が増えた。絶対的な支配者だった山口《やまぐち》の大内義隆《おおうちよしたか》が家臣の陶隆房《すえたかふさ》に討たれたことを機に、中国全土が不安定になったのだ。家督《かとく》を継いだばかりの元春も毛利軍として戦場を駆け回ることになり、浅川もまた元春について各地を転戦した。近隣の領主を次々と従えた毛利元就《もとなり》が、一国人から戦国大名へと駆け上がったのはこの頃である。

気づくと、村を一年ほど留守《るす》にしていた。

戦が終わり、久しぶりに帰った浅川は、村に入ってすぐに異変に気付いた。

村人がやけによそよそしい。

いつもなら「帰ってきたか」くらいの声は掛けてくれるのだが、それさえもない。

家に戻り、浅川は言葉を失った。

荒らされている。

妻の萩《はぎ》と息子の研一郎の姿もない。

隣の家に駆けこんだ浅川は、そこで事の顚末《てんまつ》を聞いた。

佐々井だった。

浅川が留守にしているのをいいことに、村への出入りを再開したのだ。

村で佐々井に立ち向かっていく者はいなかった。皆、佐々井を恐れて要求に従い、食物やら銭やらを与えていた。

ただ、研一郎だけは違った。研一郎は、家の畑に踏み込んできた佐々井達に、槍を取って立ち向かったのだ。畑では野菜の収獲をしていた萩が倒され、男達に馬乗りにされていた。

研一郎と山賊の戦いを隣の主《あるじ》は見たという。

研一郎は果敢《かかん》に立ち向かったが、多勢に無勢で斬《き》られてしまった。萩も研一郎をかばおうとした時に殺されたらしい。山賊達は浅川の家を荒らし、意気揚々《いきようよう》と引き上げて行ったそうである。

隣の主は言った。

「あの護衛の家はここか、と佐々井は叫んどった」

浅川は愕然《がくぜん》とした。佐々井は己に仕返しをするために、研一郎と萩を殺したのだ。その事実に呆然《ぼうぜん》自失する。

戦場での日々は充実していた。が、そこが本当の居場所だったのかと問われれば、そんなはずはなかった。研一郎と萩のいた我が家こそ、本当の居場所だったはずだ。

なのに、強さに自惚《うぬぼ》れた浅川は戦へ出ることをやめようとしなかった。戦場こそ、己の命を捧げる場所だと勘違いしていた。

（わしは百姓じゃ）

愚《おろ》かだった。百姓が場違いな望みを抱いた結果が、このありさまだ。

浅川は村を出た。家族のいない村に用はなかった。

佐々井を探し出すことに半年を費《つい》やした。佐々井は出雲《いずも》にいた。出雲で相変わらず山賊を行っていた。

佐々井を見つけた浅川は一刀のもとに屠《ほふ》り、谷に捨てて、吉川元春の元に向かった。

浅川には、吉川軍しかなかった。戦場にしか居場所を見つけられない己が哀《あわ》れであり、惨《みじ》めでもあったが、それ以外にどこに行けばいいのか分からなかった。

浅川は一生を吉川軍に捧げることを決めた。そのうち領地を与えられるようになった。だが、今更、領地などもらったところでなんになろう。それよりも戦場に身を置いておきたかった。領地に寄り付くことは一度もなく、戦だけを求める日々を過ごした。

そんな浅川だったが、戦場に身を置くことで人間らしさを取り戻していったのである。多くの兵の死を見ていると、研一郎や萩の死もしようがなかったのかもしれない、と思うようになった。

人は簡単に死ぬ。遅いか早いかの違いだけだ。

麻痺《まひ》していたのかもしれない。だが、麻痺してくれることは、ありがたかった。研一郎や萩の死を引きずったままでは、到底正気を保ち続けることができなかったはずだ。

この時から、浅川は若い兵士の調練に力を注ぐようになる。思い出さないようにしていても、研一郎のことは胸の奥に居座り続け、若くして死ぬ兵士を見ると心が痛んだ。

戦では力こそ全てだ。

兵に力をつけさせ、少しでも死から遠ざけてやることぐらいしか、己にできることはない。兵士を鍛《きた》えることが研一郎に対するせめてもの償《つぐな》いだった。

そこへ小六が現れたのだ。

若すぎた。まだほんの子どもだった。そのくせ、槍の稽古も馬の調練も必死に食らいつこうとしている。

歳《とし》が近かったことも関係していたかもしれない。

百姓の出だということもそうだ。

(いや、やはり似ていたのだ)

浅川は思う。

ひたむきさ。

純粋さ。

小六は研一郎にそっくりだった。

浅川は、研一郎にしてやれなかったことを小六にしてやりたいと思うようになる。

(ずっと側《そば》にいて、守り続けてやる)

いつからか、そうすることが己の務めなのだと信じ込むようになった。

吉川の旗が見えた。

まもなく、尼子の壁を突き崩せる。

槍を二、三回振るだけで突破できるのだ。

浅川は、ふと気持ちが緩むのを感じて、首を落としかけた。

このまま吉川軍の元に飛び込めば戦は終わる。騎馬遊撃隊は役目を終え、次は追撃戦だ。追撃戦は遊撃隊の任務ではない。

無性に眠りたくなったのは、緊張が途切れたからだろうか。どこでもいいから横になりたい、そんな衝動に駆られた。

が、すぐに心を取り戻した。

戦場でこのような気持ちになるなんてどうかしてるな、と自嘲《じちょう》する。それほど、此度《こたび》の戦は一《いち》か八《ばち》かだったのだ。経験豊富な浅川でも、のしかかって来る重圧に耐えるのは至難だった。

(本当にようやった)

そう思う浅川の隣に灰色が覗いた。小六の愛馬風花である。

笑みを浮かべながら目を向けた浅川は、次の瞬間、全身を凍らせた。

(どうして風花が一頭で駆けとる)

馬上に人の姿はなかった。

風花は一頭で駆けながら、しきりに首を振っている。なにかを訴えようと馬体をぶつけてくる。

（まさか？）

浅川は後ろを振り返った。騎馬達が上げる土煙のせいでなにも見えない。

が、分かった。

確かに分かったのだ。

「小六！」

叫んだ浅川は、鐙を蹴って飛び降りた。

着地と同時に、来た道を駆ける。

小六は落ちたのだ。

尼子軍の中に落ちた。

浅川が降りても、騎馬遊撃隊は進み続けた。止まらなかったことで、突撃が成功したことが分かった。尼子軍を分断したのだ。

それより、小六だ。

小六は今、尼子軍の中に一人取り残されている。

武器を持たない子どもが、敵に四方を囲まれている。

「くそ！」

全力で駆けた。

無事であってくれ。

無事であってくれ。

ひたすら祈りながら駆けた。

「あ」

すぐに見つかった。

尼子兵の中だ。

倒れた姿勢のまま、怯《おび》えた目であたりを見回している。

「守る！　今度こそ、絶対に守ってみせる！」

走った。小六の存在に気づいた尼子兵が、槍を構え始めている。

間に合わないかもしれない。

（いや、絶対に間に合わせる！）

目の前に尼子兵。

倒している暇はない。

浅川は尼子兵の背中を踏み台にして、飛び上がった。

槍を振りかぶった尼子兵と小六の間に、両足で着地する。

「うおぉぉおお！」

絶叫した。

尼子兵が一瞬たじろぐ。

その間に、槍を下段に持っていく。

「うらぁぁああ！」

槍を上に薙ぎ、相手の槍を撥《は》ね上げる。

反転して、腹を突く。敵の躰が沈んだ。

周りの尼子兵が一斉に襲い掛かって来る。

敵意を剝き出しに、迫って来る。

「殺させぬ」

浅川は無我夢中で槍を振った。突き出される槍を撥ね上げ、上段から振り下ろす。前に踏み込み腕を落とす。

尼子兵は怯《ひる》まなかった。次から次に殺到してくる。

十人？　二十人？

いや、それより多い。全員が獲物《えもの》を見つけた野犬のように押し寄せてくる。

さすがに多い。

だが、諦《あきら》めるわけにはいかない。

ここで小六を死なせては、今までの人生を否定される気がする。

侍として生きた百姓の人生を。

（いや、そうではないな）

単純に小六に生きてもらいたいのだ、と浅川は思う。

辛《つら》いことも苦しいことも全てひっくるめて、それでもなお生きていられる喜びを感じてもらいたい。

（生きろ！）

腿《もも》に激痛が走った。

槍が刺さっている。

暗い目をした尼子兵が浅川を下から睨み付けている。

浅川は片膝をついた。

途端に動悸《どうき》が激しくなる。全身の汗が一気に噴き出した。

（まずいな）

浅川は思い出していた。

萩の乳を吸う研一郎。歩き始めたばかりの研一郎。友と村を駆ける研一郎。土を耕す研一郎。

槍を構える研一郎。

研一郎を生かすために、親としてなにができるだろう。

生かしてやりたい。

生きてもらいたい。

だが、力が湧《わ》いてこないのだ。

手にも、足にも力が入らない。泉が涸《か》れてしまったように、全身が涸れ果《は》てている。

膝をついたまま、動けなくなった。

いっそ、このまま倒れてしまおうか。

（もう、充分生きた。生きすぎたくらいだ）

瞼《まぶた》を閉じかけた、その時だった。

「……わ、さま」

耳の奥で声がはじけた。

「……さかわ、さま」

耳の中ではない。

後ろだ。

「あさ、かわさま」

振り返った浅川は目を見開いた。

子どもが声を絞り出そうとしている。顔をしわくちゃにして、ひたむきに、必死に、声を張り上げようとしている。

「浅川さまぁ！」

小六が叫んだ。

「うおぉぉおお！」

浅川は腿に刺さった槍を摑み、立ち上がった。

「うらあぁああ！」

槍を抜き、力の限り横に薙ぐ。尼子兵が柄《え》を握ったまま躰を浮かせ、味方の足元に倒れ込む。

浅川は槍を上段に構えると、尼子兵の中に突っ込んだ。

血が燃えている。

力が溢《あふ》れている。

守るべきものがあるのだ。

本当に守りたいと思えるものが、己にはあるのだ。

浅川はひたすら槍を振った。小六に近づこうとする者を見つけるたび、飛びこみ、槍を下ろす。

襲い掛かって来る尼子軍をたった一人で相手し続ける。

「絶対に守る！　守ってみせるぞ！」

叫んだ瞬間、不意に敵の圧力が弱まった。取り囲んでいた尼子兵が次々と離れていく。

敵の群れにぽっかりと穴が開いた。

近づいてくるものがある。

吉川の旗。

「浅川様！」

先頭を駆ける兵が叫ぶ。

「小六！」

名を呼ぶ兵を、浅川はどこかで見たことがあると思った。

だが、どこで見たのか思い出せない。

戦場でたくさんの顔を見すぎたからかもしれない。どこの誰だかまったく分からないのだ。

「政虎！」

気づいたのは小六だ。

（そうじゃった）

浅川は思う。槍の調練で人一倍威勢がよい若者。

山県《やまがた》政虎だ。

政虎は吉川兵を引き連れていた。騎馬遊撃隊が切り開いた道を歩兵組と駆けている。先頭を駆ける政虎は、見ていて頼もしかった。

「浅川様」

政虎に肩を担《かつ》がれる。引き締まった躰だ。若い躰だ。

「大丈夫ですか」

はきはきと尋《たず》ねる若者に、浅川は口元を緩めた。

「大丈夫だ。それにしても」

小六も抱き起こされている。これで、もう大丈夫だ。

「政虎はやはり威勢がいいな」

政虎は表情を変えなかった。戦場の喧騒《けんそう》のせいで声が聞こえなかったのかもしれない。

「駆けますよ」

浅川は若い兵士に担がれて走った。

走っている最中、浅川はずっと笑みを浮かべていた。

（わしは守られてもいたのだ）

そのことがおかしくて仕方がなかった。若い兵を鍛えてきた己が、若い兵に守られていたなんて。

おかしくて、嬉《うれ》しくて、浅川は笑い続けた。

吉川軍は尼子軍を突き崩し、右側を完全に分断した。

六

袋の鼠《ねずみ》だった。

前方に吉川軍。右も後ろも吉川軍だ。

政光は目を閉じた。

あり得ないものを見た。山を騎馬が駆け下りてきたのだ。

まさに矢の如《ごと》しだった。一瞬のうちに尼子軍を貫いた。

あり得ないことだった。だが、受け入れなければならない。戦では結果こそ全てだ。名もない足軽が射た矢が、たまたま大将に当たって勝敗が決することもある。まぐれだったとしても、それが全てだ。馬が山を駆け下りることを、想定していなかった己らの力不足だ。

「敗けだ」

政光はつぶやいた。吉川軍は包囲を狭めている。反撃したところで勝てる見込みはない。

後方では降参している兵が出ているかもしれない。文句は言えなかった。この状況で一歩も引くなと叱咤《しった》する方が無理な話だ。

「宗信」

友を呼ぶ。吉川兵の槍を払いながら、宗信が顔を向ける。

「まいったな。馬が出てくるなんて思ってもみなかったよ」

軽い調子で答えても、宗信がすでに覚悟を決めていることは分かった。状況が切迫すればするほど宗信は軽妙になる。それ以外に表現の仕方が分からないのだ。損な男だ。

「宗信。副将は大将の命令に従うものだろう？」

宗信が一瞬動きを止め、聞こえなかったふりをして敵に槍を落とす。

「山中幸盛を死なせるな。あいつが死ねば尼子再興の夢は潰《つい》える」

政光は襲い掛かってきた吉川兵に槍を突き刺しながら、話を続けた。

「今日敗けても、あいつが生きている限り尼子は復活する」

無視を決め込む宗信に政光は語り続ける。

「間道がある。幸盛が密《ひそ》かに作った間道だ。そこを通れば水谷口に出る。幸盛を助けるんだ」

「政光はどうする？」

ようやく口を開いた。背中越しだ。

「吉川元長の首を取る」

「助勢する」

「ならぬ。お前は幸盛の元へ行け」

「やだ。最後まで一緒に戦う」

「命令だ、秋上宗信」

「……だってよう」

言葉を切った後、宗信は涙声になった。

「お前、血だらけじゃないか」

政光は腹から左手を離した。湯が沸《わ》くみたいに血が溢れる。直垂《ひたたれ》は黒く変色し、足許《あしもと》には血溜《ちだ》まりができている。

騎馬隊が尼子軍に突入した時だ。

呆然と立ち尽くす政光の腹を槍が貫いた。吉川の兵士が出した槍だ。

政光はすぐに槍を抜き、襲ってきた敵を撃退したが、穴の開いた腹からはとめどなく血が溢れるようになった。

「お前、歩けるのかよ。元長のところまで辿り着けるわけないだろう?」

宗信が言う。敵を追いやりながら、声を嗄《か》らす。

「歩ける。これぐらいの傷、なんともない」

政光は一歩踏み出した。頭が揺れ、思わずたたらを踏んでしまう。

「ふらふらじゃないか」

「大丈夫だ。ところで宗信、俺は誰だ?」

「は? こんな時に、なにを言ってる?」

「俺は誰だ、と聞いている」

「政光だろ? 横道政光だ」

「そうだ。尼子一の猛将、横道政光だ」

尼子のために生きてきた。生まれ落ちる前から尼子の臣として生きてきた。尼子を守るために己の命はあるのだと信じてきた。尼子のために働けば、親や兄弟、自分の麾下も、出雲の民皆も豊かになった。尼子に貢献《こうけん》することで、人々の暮らしや、当たり前にやって来る毎日を支えているると感じることができた。そのことが誇りだった。尼子でなければならなかった。尼子以外で生きたいと考えたことはなかった。尼子こそ横道政光だったのだ。

「政光、後ろ！」

宗信が叫んだ。政光は首だけ回して後ろを見た。吉川の兵士が飛びかかって来る。手には刀が握られている。

「覚悟！」

だが、刀は政光に届かなかった。数本の槍が兵士の躰に突き刺さり、吉川兵は空中に浮いたまま首をガクリと折った。

「殿、ご無事で？」

左脇《わき》を持ち上げられる。肩に担がれて真っ直ぐ立った政光は、己を支える男が麾下の兵士だと気づいた。

「無事じゃない。腹を刺された」

「殿は先に進みすぎです。周りで戦う我々のことも考えてください」

「刺される前に助けてくれてもよかった」

「すみませぬ。目の前の敵で手一杯でした」

「吉川軍は強いな」

「今までで一番強うございます」

政光は笑みを浮かべた。肩を貸す兵も微笑したようだ。

政光の周りに尼子兵が集まって来る。五十人いるはずだったが、いくらか減っている。

政光の麾下だ。

毛利が月山富田城を攻めるずっと前から行動を共にしてきた麾下達だ。富田城が落ちて流浪の日を過ごした時も、松永久秀《まつながひさひで》に請《こ》われて大和《やまと》に入った時も、ずっと一緒にいてくれた。尼子再興軍に参加すると伝えた時、諸手《もろて》をあげて喜んだのは彼らだった。

(こいつらと進む)

「お前達、俺を囲め。元長に突撃する」

麾下の兵から声が上がった。すぐに方陣が組まれる。

「宗信」

政光は肩を貸してくれた兵から離れ、宗信に近づいた。

「尼子を頼むぞ」

政光が手を差し出すと、宗信は目を見開いてそれを見、続いて空の方に顔をそむけた。

「別れだ。世話になったな、友よ」

政光がさらに手を出すと、宗信は顔を合わせぬまま、己の手のひらを政光の手に叩きつけた。

腕で目をこすり、背中を向ける。

「天晴《あっぱれ》だ。横道政光！」

宗信は叫んだ。

政光が頷く。

それが最後だった。

宗信が駆けた。尼子軍の右へ一直線に。

宗信は振り返らずに、ただひたすら駆けている。水谷口への間道に辿り着くには、一度吉川軍を突破しなければならない。だが、宗信であれば大丈夫だろう。

（俺と互角に渡り合う強さ。今こそ見せてみろ）

友の背中に激励を送った。

「さて」

宗信を見送った政光は、麾下に呼びかけた。

「俺達の戦を始めるぞ」

麾下達から笑みが漏れる。政光も思わず口元を緩めた。だが、すぐに表情を引き締める。

「突撃だ！」

拳《こぶし》を挙げる。

「おう！」

地面が揺れるような怒号。

「行け！」

政光は駆けた。兵達と一緒に、吉川の馬印目指して。

一人、また一人。麾下の兵が倒されていく。

それでも駆ける。

尼子の魂が背中を押してくれている。

目の前が開けた。前の麾下がいなくなったのだ。確認しなくても分かる。麾下はもう、二、三人しか残っていない。

吉川の群れはまだ続いている。

分厚い。

大将までの道はこんなにも遠かったのか。

その時、途端に壁が割れた。政光から一直線に道ができる。

奥から、駆けてくる騎馬がある。若武者だ。鋭い眼差《まなざ》しを政光に向けている。

「吉川元長、お相手いたす！」

馬上の武者が叫んだ。元長だ。大将の吉川元長だ。

「おおぉおお！」

政光は声を張り上げた。両手で槍を持ち、腹から血を溢れさせながら一直線に進む。

すれ違う。

政光は円を描くように槍を振り上げた。

渾身《こんしん》の一撃だった。命を乗せた一撃だった。

だが、届かなかった。

政光の槍よりも早く元長が突きを入れていた。

胸を刺された政光は、数歩後退《あとじさ》り、背中から倒れた。

晴れ渡る空が映った。白い三日月が浮かんでいた。

七

幸盛は眉を寄せた。

なにかおかしい、そう思っている。

そのなにかが分からない。

依然、押し気味だった。前線でのぶつかり合いは坂の傾斜がある分、尼子が有利だ。このままいけば、元春がいる本陣まで突き進むことができるはずだ。

だが、おかしい。

先程から前線が膠着《こうちゃく》している。いや、むしろ押し返されつつある気がする。

(そんなはずがない)

思ったが足許から這《は》い上がって来る寒気は増すばかりだ。

先程の烽火がなにを意味しているのか知りたかった。中山口から空に向かって上がった一筋の煙。

毛利の烽火だ。

一度目の烽火と共に、どのような意味を持っていたのか知る必要がある。

しかし、中山口のことを気にしていても仕方がなかった。目の前の敵に意識を集中するべきだ。中山口は政光に任せている。政光であれば下手《へた》な戦はしないはずだ。政光の勇猛ぶりは、幸盛も認めている。普通に戦えば、政光が敗けるわけがないのだ。いや、この戦自体、敗けるわけがない。

「申し上げます」

足許で膝をついた男を、幸盛はなぜか亡霊でも見るような目で見つめた。男は影正の下で働く忍びである。

「なんだ」

「中山口、劣勢《れっせい》」

「なんだと？」

「中山口の尼子軍は吉川軍によって壊滅させられつつあります」

にわかには信じられなかった。

「政光は？　政光はどうした？」

幸盛は尋ねた。

「山上から騎馬隊が駆けてきました。背後を襲い、尼子軍を突き抜けました」

「騎馬隊？」

「横道様の生死は不明。尼子軍は吉川軍に包囲されています」

「馬鹿な……」

騎馬隊が山から駆けてきた？

そんなことが起こり得るのか？

幸盛は吉川軍が騎馬隊の調練をしきりに行っているという報《しら》せを聞いていた。だが、騎馬は平地で使うものだと思い込んでいたのだ。だから、林に潜ませる策だという報せを鵜呑《うの》みにしてしまった。それがそもそも間違っていた。誰も山の戦に馬を使うとは思わない。吉川軍はそこに目をつけ、奇襲を仕掛けてきた。常識にとらわれていた己の上を越えてきた。

「どうすればいい？」

幸盛は顎《あご》に手を当てた。

どうすればいい？

退《ひ》くべきか、進むべきか。今、なすべきことはなんだ？

「政光はどうなった？　宗信は？」

中山口の救援に行くべきではないのか？

いや、水谷口から兵を割くわけにはいかない。先程の烽火が中山口での戦況を伝えるものであったなら、吉川軍の水谷口攻めは勢いが増すはずだ。吉川軍にとっては勝ち戦だ。放っておいても士気は上がる。

「二人はどうしたと聞いている！」

幸盛は地面に伏している忍びを怒鳴った。忍びは片膝をついたまま動かない。

「分からないなら調べて来い！」

「畏《かしこ》まりました」

忍びが立ち上がろうとした瞬間、

「行かなくてもいいぞ」

涼しげな声が響いた。人波を割って現れたのは、声とは裏腹に全身泥だらけの武将だった。

「宗信、無事だったか！」

幸盛は駆けた。

「俺はな。だが、政光はおそらく駄目だ。わずかな手勢を引き連れて吉川軍に突っ込んでいった。大将の首を取るのだ、とかほざいてな」

宗信の突き放した言い方は、かえって真実味がこもっていて、それだけに重かった。

幸盛は全身粟立《あわだ》つのを感じた。政光の死が目の前に迫ってくる。

嫌な奴《やつ》だった。悉《ことごと》く対立した。政光のために歯《は》嚙《が》みしたことが何度もある。

(だが、男の中の男だった)

堂々とした男だった。快活な男だった。一緒にいて、これほど頼もしいと思える男はいなかった。

「政光は死んだのか？」

目の前が暗くなる。

「尼子は敗けだ」

宗信が言う。静かな声だ。幸盛は宗信に視線をやると、

「分かった」

頷いた。

宗信が纏《まと》う静けさのおかげで、落ち着きを取り戻すことができた。

「まだ敗けではない。退却だ」

幸盛の判断は早かった。最初からこの結論に行きつくべきだったのだ。このまま全滅するわけにはいかない。一旦《いったん》退いて、態勢を立て直す。

そうすれば、まだ戦える。毛利と戦うことができるのだ。

「久綱を呼べ。軍をまとめる」

忍びに指示する。忍びは短く返事をすると、すぐに人込みの中へ消えて行った。

忍びが久綱を連れて戻る間、幸盛は考えを巡らせた。この戦は失敗したが、尼子軍が敗れたわけではない。敗けを決定づけないための方策が一つだけ残されている。

尼子勝久を守ること。

尼子の血を継ぐ勝久が生きている限り、尼子の火が消えることはない。何度でも燃え上がらせることができる。そのためにも、勝久には生きてもらわなければならないのだ。

「どういうことだ?」

駆けてくるなり久綱は幸盛の肩を摑んだ。幸盛は目を閉じると、

「退却だ」

と絞り出した。感情の整理はつけたつもりでいたのに、久綱に詰め寄られると胸に熱いものがこみ上げてきた。

「鹿《しか》の言う通りだ。中山口が落ちた」

宗信が付け足してくれる。

「中山口が?」

久綱の声が震える。幸盛達より年長で、常に冷静な久綱の動揺した声を耳にするのは久しぶりだ。

幸盛は息を吸うと、

「敗けにはせぬぞ」

と告げた。動きを止めた久綱は、幸盛と目を見交わし、

「指示をくれ」

すぐに真顔に戻った。

幸盛は軍の編成と退却経路を示した。退却の総指揮は久綱が執る。経路は布部山の頂上から月山富田城へと向かう道。富田城の前で麓に下り、末次《すえつぐ》城に駆け、兵を収容する。殿軍《しんがり》は現在前線で戦っている歩兵組とし、指揮は幸盛が執る。

「殿軍は俺も一緒だ」

宗信が口を挟んだ。すぐに幸盛は首を振った。責任は大将である己にある。宗信を巻き込むわ

けにはいかない。

「宗信は先に行け」

「だめだ。今、お前を失うわけにはいかぬ」

「俺が死ぬと思っているのか？」

「政光が死ぬとも思っていなかった。あの横道政光だぞ。誰よりも強い横道政光だ。だが、政光は、もう生きていまい。吉川軍は想像以上に強い」

「お前、死ぬつもりか？」

「馬鹿な」

宗信は大げさに手を広げた。

「俺が死ぬと思っているのか？」

幸盛は黙って宗信を見返した。近習《きんじゅ》組の頃から一緒だったのだ。宗信が死を恐れない性格であることは知っている。それが悪い方に働いていることも理解できた。

「俺は死にたくない」

幸盛の考えを読んだのか、宗信が肩に手を置いてきた。

「女をたくさん待たせているからな。俺が帰らなかったら、あいつらが悲しむ。だからこそ、お前と一緒の殿軍なのだ。俺達二人が組めば、やられるわけがないだろう？」

幸盛は宗信を見返すと、溜め息を漏らした。

「足手まといになるなよ」

一度言い出したら引かない性格であることを知っている。それこそ長い付き合いなのだ。

「殿軍は俺と宗信が務める」

幸盛が言うと久綱は、

「分かった」

返事してすぐに、踵《きびす》を返した。

「末次城で待っておる」

幸盛と宗信に告げ、前線とは反対へ走って行った。


鉦《かね》が鳴り始めた。退却の鉦だ。

（さすが久綱だ）

と幸盛は思う。

指示してからほとんど時を経《へ》ていないのに、退却の準備を整えた。こうしたことができるのは、久綱しかいなかった。

敵が槍を出してくる。幸盛はそれを撥ね上げると自らの槍を横に薙いだ。

敵の首が三つ飛ぶ。なにが起こったか分からないといったように表情は変わらぬままだ。

肉が火照《ほて》っている。

「尼子武者の意地、見せてやる！」

腹の底から叫ぶ。兵士達の応《こた》える声が大地を揺らす。

躰の奥から力が湧いて来る。なんとしても通すわけにはいかなかった。久綱達を逃がすため、ここを死守する。

死ぬつもりはなかったが、死を覚悟しなければならない状況ではあった。それほど難しい戦だ。嵩《かさ》にかかった吉川軍の強さは尋常《じんじょう》じゃない。巨大な龍を相手にしているようなもので、斬っても突いても効果がない。

宗信も苦戦しているはずだ。幸盛は軍の右側で戦い、宗信は左側で戦っている。頂上付近にかけて道が狭くなる。そこまでは、二手に分かれて戦った方が効果的だろう、と判断してのことだ。

（せめて、頂上までは）

幸盛は槍を下から振り上げた。敵の顔の真中が割《さ》け、血が迸り始める。

そのくせ一歩下がってしまう。倒しても下がらずにはいられない。次から次に襲い掛かって来る圧力は想像を絶するほどだ。

それでも、殿軍を務める尼子兵から脱走者は出ていなかった。兵達は恐怖に打ち克《か》っているのだ。屈強な戦士達だった。吉川軍を一時は完全に押した尼子武者なのだ。

どれほどの攻撃を跳ね返しただろう。随分長い間戦った気がするし、ほんの一瞬のことのようにも思える。

（久綱達はうまく退却できたか？）

ぼんやり考えた、その時である。

吉川軍の真中が動き始めた。兵を掻《か》き分けるようにして、進んでくる一隊がある。

騎馬の男がいる。

二人だ。

そのうちの一人に幸盛の目は釘付けになった。

吉川元春である。

槍を携《たずさ》えた元春が、幸盛目掛けて突進してくる。

(これは)

好機だ、と思った。吉川元春と槍を交えることができる。仕留められるかもしれないのだ。

血が沸き立った。が、同時に、

(まずい)

とも思っていた。今、元春に攻められたら、尼子軍は敗れるだろう。己も、おそらく助かるまい。勝久を擁《よう》して再起を図る計画が頓挫《とんざ》してしまうのだ。

幸盛は迷った。戦で迷うことなど、滅多にないことだったが、この時ばかりは、どうすればいいかまったく分からなくなってしまった。

迎え撃つべきか。

退くべきか。

「迎え撃つぞ」

耳元で声がして、我に返った。宗信がすぐ隣に立って槍を構えている。

「吉川の本隊だ。ここは絶対に通さぬ」

宗信は意を決した顔で、ジッと前を見据えている。

「おう」

正気に戻った。

俺はなにを考えていたのか。

大将を前にして、逃げるだって？

いつから、そんな腑抜《ふぬ》けになった。

「鹿《しか》、絶対に吉川元春を討つ！」

宗信の叫びが躰の奥を震わせる。幸盛は槍を握る手に力を込めた。

刺し違えてでも元春を討つ。

大きく息を吸い込み、グッと止めた。

「毛利も絶対に倒す！」

「おう」

「尼子の手に出雲を取り戻すぞ！」

「おう！」

返事すると同時に、腿に痛みを感じた。刺すような痛みだ。

「え？」

幸盛は片膝をついた。呆然と宗信を見上げるが、すぐに視界がぼやける。宗信が手に持った針のようなものを振りながら口元を緩めている。全身からどんどん力が抜けていく。

いつかと同じ感覚だ。

いつか――。

月山富田城が落ち、影正に毒矢を刺されて昏倒《こんとう》した時と同じだ。

「でもそれは、今日じゃなくていいんだ、鹿之助《しかのすけ》」

宗信の両手が伸びて来る。顎の近くをまさぐられると、急に頭が軽くなった。

「お前に託すぞ」

宗信が自分の兜《かぶと》を脱《ぬ》ぎ、代わりに牡鹿《おじか》の角と三日月の前立があしらわれた兜をかぶる。

「尼子を再興してくれ」

（俺の兜だ……）

声が出なかった。ガクガクと顎だけが揺れる。

「さて」

宗信が大げさに息を吐き出し、表情を引き締めた。気合いを入れたようだった。

「それじゃ、最後の舞台に上がらせてもらうとするか」

躰を持ち上げられた。先程中山口が劣勢だと伝えた忍びだ。

抱えられている。

「すみませぬ」

（なにをする……）

躰が宙を走る。宗信から遠ざかっていく。視界の先には、刀を天に掲《かか》げた宗信の、大喝《だいかつ》する姿があった。

「我こそは、山中鹿之助幸盛なり！」

（宗信、やめろ）

目の前が岩になった。

落ちている。

忍びに担がれたまま崖を落ちていく。

戦場から一際大きな声が響いた。その声はすぐに消え、代わりにまったくの静寂が訪れた。

閉じた瞼《まぶた》の裏に、吉川元春目指して走る宗信の姿が映った。宗信は端整な顔を歪《ゆが》め、咆哮《ほうこう》していた。今までに見たことのない宗信の表情だった。

風雲月路

一

板壁にもたれかかる。手足を縛《しば》られていたため躰《からだ》が固い。縄を解かれた今も全身を伸ばそうとすると激しい痛みが襲ってくる。

幸盛《ゆきもり》は懐《ふところ》をまさぐった。袋が二つ出てくる。一つは赤い紐《ひも》で縛られ、もう一つは青い紐だ。袋を見つめ、溜《た》め息をこぼした。

赤い紐の袋を懐に入れ、青い紐の結び目を解き始める。

影正《かげまさ》は言っていた。

「赤い紐は腹下し。青い紐は毒薬。必要な方をお使いくだされ」

捕まった場合の話だった。腹下しを呑《の》めば医者が診《み》にくるはずである。その隙《すき》に医者を始末してでも逃げることはできる。

毒を呑めば、すなわち死だ。今までこの薬を呑んで死ななかった者はいないという。

紐をほどいた幸盛は中を覗《のぞ》いた。指の先ほどの丸薬が入っている。幸盛は袋を握りしめると、天井を見上げた。

(することはしたよな)

勝久《かつひさ》様を脱走させることができた。伯耆《ほうき》の諸将に協力を約束させることもできた。俺《おれ》が死んでも久綱《ひさつな》が尼子《あまご》再興軍を起こすことができるだろう。

伯耆を統一して出雲《いずも》に攻め込むことが叶《かな》えば、再び毛利《もうり》と対峙《たいじ》することができる。檄《げき》を飛ばせば、諸将も尼子に味方してくれるはずだ。もう一度、毛利と戦うことができるのだ。

そのためには、他国との連携《れんけい》が必要だった。因幡《いなば》の山名《やまな》とは組むことで合意している。伯耆を占領後、出雲を取ることができれば伯耆を返還すると約束した。尼子の目標はあくまで出雲だ。

出雲平定後は石見《いわみ》へと軍を進めていく。

九州の大友《おおとも》や備前《びぜん》の浦上《うらがみ》とも通じることができた。尼子と毛利が対峙する機に乗じて、それぞれ毛利領に攻め込む手筈《てはず》になっている。三方から攻められれば、いかに毛利といえども苦しい戦いを強《し》いられるはずだ。

布部山《ふべやま》から退却して以降も小さな戦を繰り返し、益のない抵抗を続けてきたのも、他国との連携に時が必要だったからだ。特に山名とは深く通じる必要があった。出雲と隣接する因幡・伯耆は、次の旗揚《はたあ》げの拠点になる。

(勝久様がいれば尼子は死なない)

幸盛は信じている。

勝久は大将の器を備えていた。堂々とした物言い、優しい声音は、諸将の心を摑《つか》んで離さない。

勝久が生きてさえいれば、尼子に集《つど》う者が絶《た》えることはないのだ。

勝久が生きている限り何度でも起《た》ち上がる。

毛利と戦い続けられる。

(だが、俺は……)

終わりだ。

幸盛は袋の口を開いた。毒薬を手のひらに乗せ、唾《つば》を飲み込む。

「もう充分やっただろう?」

無意識のうちにつぶやいた。最期《さいご》に許しを請《こ》うような言葉を発したことが意外だったが、それも仕方がないな、と思ってしまう。

犯した罪はいまだ償《つぐな》えていないのかもしれない。

己ではできる限りのことをしたつもりでいるが、新宮谷《しんぐうだに》の者達からしたらまだ全然足《た》りないだろう。

(それでも)

これ以上なにをすればいいのか、という思いがある。毛利に捕まったことで底のない徒労感に襲われていた。伯耆を転戦している間、ふと気が緩んだところを捕らえられ牢《ろう》に入れられたのが昨日のことだ。

毛利元就《もとなり》の死を聞いたからだった。

元就を殺すために生涯《しょうがい》をかけてきた。

新宮党を焼き殺した元就を憎むことで生きてきたのだ。

その元就があっけなく病死したと聞いた時、なにかがぷっつりと切れる音を聞いた。

命の糸だったのだ、と思う。

それ以来、少しずつ気力が失われていった。自らを叱咤《しった》し、戦い続けたが、一方で、どこか違うという思いも抱き続けていたのだ。

捕まったのは、そんな毎日が三月《みつき》も続いた頃《ころ》だった。小さな城を守るための、つまらない戦で、名も知らぬ雑兵に捕らえられた。

「すまなかったな」

丸薬を口に近づける。

これで終わりだ。

結局、毛利には敵《かな》わなかった。

俺の生涯なんて、そんなものだ。

「甚次郎《じんじろう》様」

声が聞こえた。すぐそばから発せられているような、実体を持った声だ。

手を止めた幸盛は目をしばたたいた。

前方は板壁だ。

なにもない……。

はずだった。

「百合《ゆり》?」

少女がいる。

壁の前に少女が立っている。

少女は幸盛をじっと見ていた。なにかを問いかけるような、なにかを訴えかけるような眼差し《まなざ》で、真《ま》っ直《す》ぐ見続けている。

「百合……」

幸盛は思わず手を伸ばした。

幼馴染《おさななじみ》だった。

思いを寄せた女だった。

そして、己が死なせてしまった女だ。

手から丸薬が落ちた。薬は乾いた音を響かせて床板を跳ね、壁の方へ転がって行った。

少女の足下で止まる。

少女は悲し気な視線をじっと幸盛に向けたままだ。

「笑っては、くれぬのか?」

幸盛はふと力が抜けて、自嘲《じちょう》した。壁に背中を預けて、大きく息を吐き出す。

(それもそうだろう)

そう思う。同時に、

(馬鹿だった)

とも。
もういいなどと、どうして考えたのだろう。
まだ何も為《な》していない。
毛利への復讐《ふくしゅう》は一つも果《は》たせていないではないか。
幸盛はそっと、瞑目《めいもく》した。
その間に心を決める。
次いで目を開けた。
瞼《まぶた》を閉じていたのはほんの一瞬だったのに、百合はすでに牢から消えていた。
幻だったのだ。ひどく曖昧《あいまい》なものだったのだ。
だが百合は、曖昧な姿になってまでも、己の元に来てくれた。
閉じかけた己の目を開かせるため、ここに現れてくれたのだ。
幸盛は壁から背中を離した。
このまま毛利に屈することは百合を裏切ることだ。
いや、百合だけではない。
誠久《さねひさ》様に助四郎《すけしろう》。新宮谷の皆。
それから――。
幸盛の目に思いもよらない者達の顔が映った。
秋上宗信《あきあげむねのぶ》に横道政光《よこみちまさみつ》。

尼子再興に命を燃やし、果てていった兵達……。
背負《せお》うものが多くなっている。
生きているうち、多くの者の思いを背負うようになった。
彼らの死を無駄にせぬためにも、歩みを止めるわけにはいかないだろう。
幸盛は懐から袋を出し、赤い紐を引き千切った。
振り返れば進んできた道がある。
前を向けば切り開いていく原野だ。
だが、一人ではない。
死んでいった者達がいつも側《そば》にいてくれる。
共に進むのだ。
出てきた丸薬を一息に呑みくだした。
(戦い続けてみせる)
復讐のためではない。
俺達の出雲のためだ。
死んでいった者達の魂は、出雲に残っている。
土、水、空。山、木、風。そして民達の間に……。
彼らは今も、己らの出雲を夢見ている。
尼子が統治する出雲だ。

長い年月をかけ、民と一緒に豊かな国へと造り上げてきた。自然を敬《うやま》いながら、自然も人も干渉しすぎることなく、それでも皆が明日を望んで生きられる暮らしを一緒になって造り上げてきた。

（もう一度、一緒になって造ろう）

汗と泥にまみれながら、武士も民も関係なく、手を携《たずさ》えて造ろう。

そしていつの日か、出雲の民が心から笑える毎日を当たり前に迎えられるようになれば……。

きっと、死んでいった者達も笑ってくれるだろう。

百合もきっと、その中で……。

百合も、俺も、きっと……。

幾年か後の出雲で、皆と一緒に……。

腹が唸《うな》った。幸盛は牢番を手招きして、医者を頼んだ。牢番は幸盛の訴えを聞いた後、医者は呼べぬ、と首を振ったが、厠《かわや》へ行くことは了承してくれた。

縄で腕と手を縛られた状態で厠へ向かった。地面に穴が掘られ、樋《とい》が通してある。穴には糞尿《ふんにょう》が溜《た》まり、酷《ひど》い臭《にお》いを発していた。壁には小さな格子《こうし》窓《まど》がはめてあり、外を覗《のぞ》くと、目の前が崖《がけ》になっている。

幸盛は用を済ませると、牢に戻った。板敷に座って壁を見つめる。すると再び、腹が痛くなってきた。額に汗が浮き、悪寒《おかん》が走る。

牢番に腹が痛いと伝えると、幸盛の表情があまりに険しかったためか、すぐに厠へ行かされた。

それが何度も続いた。幸盛は牢番に、赤痢《せきり》かもしれぬ、と伝えたが、医者は呼ばれず、厠に連れていかれることがひたすら繰り返された。

そのうち、牢番もくたびれたのか、最初は厳重に縛っていた縄も適当に結《ゆ》わえられるようになった。少し手を加えれば簡単に抜けることができそうだ。

幸盛は厠に着くと、手首を捻《ひね》って縄を解き、格子窓に結び付けた。

自身は息を止め、穴の中に飛び込む。

通してある樋を慎重に引き抜き、穴に立てかけた。穴の中の板壁は、長年使い続けたためか腐敗が進んでおり、少し力を入れれば破ることができた。音は、ほとんどたたなかった。

身を小さくして、板壁の隙間《すきま》に潜《もぐ》り込む。

這《は》うようにして進むと、やがて外へ出た。

正面は崖だった。屋敷との間のわずかな地面が左右へ延びている。そちらを進めば見張りに見つかることは間違いない。進むべきは前しかないのだ。

幸盛は崖を下った。いつ気づかれるか分からない中、背中を岩肌に預けながら、滑《すべ》るようにして下りる。

崖は想像以上に高かった。何度も上の気配を窺ったが、まだ、脱走を悟《さと》られていないようである。城はしんと静まりかえったままだ。

地面が近づいてきた。飛び降りた幸盛の足が、ずぶずぶと沈む。

沼地である。

足を腕で引っ張り、強引に引き抜く。

不意に誰《だれ》かに見られている気がして、空を仰《あお》いだ。

月が出ていた。

三日月だ。

やがて満月になる三日月である。

幸盛は三日月を見つめると、全《すべ》ての動作を止め、手を合わせた。

目を閉じ、しばらく祈ってから顔を上げる。

「俺は死なぬぞ」

つぶやいた。

死ぬことを自ら禁じ、その上で戦い続けてみせるのだ。

幸盛は沼から引き抜いた足を前に出した。泥に足を取られて転びそうになったが、それでも前だけを見て、また次の一歩を踏み出した。

頭上で三日月がほのかな光を発している。月の青白い光は沼地の表面に反射して、一筋の道のように見えた。

どこまでも続く道だ。

沼地を歩く幸盛は、あたかも三日月に向かって進んでいるような感覚にとらわれた。己の目指す先に三日月があることがおかしくもあり、心強くもあった。

顔を上げた幸盛は、空に向かって微《かす》かに微笑《ほほえ》んだ。

風が吹き、辺りが少しだけ暗くなった。月が、雲の後ろに隠れたらしかった。

二

平地を騎馬隊が駆けている。

二隊だ。

一隊は横に広がり、もう一隊は小さな塊《かたまり》になっている。

横に伸びたほうの騎馬隊は赤い旗を掲《かか》げている。固まったほうは白い旗だ。調練なのだ。

赤の騎馬隊に白の騎馬隊が突っ込んだ。一塊となった凄《すさ》まじい突撃だ。

（突破される）

息を呑む。間延びした部隊は、たやすく崩されるはずだ。

その時、思いもよらないことが起きた。

赤の騎馬隊が真中で二つに割れ、左右に移動したのだ。蛇《へび》のような滑《なめ》らかな動きで白を包み込み、挟撃を始める。

白が隊列を変えた。縦長になり、攻撃を受ける前に離脱を図《はか》る。遅れた何騎かが倒されたが、それでも大部分は抜け出すことができた。

赤の隊が方円の陣を敷く。そこに、平地を駆け戻ってきた白の騎馬隊が突っ込む。

ぶつかったと思った瞬間、方円が砕《くだ》けた。白の騎馬隊が一直線に貫いたのだ。

見事だった。

黒風《くろかぜ》の上で見守った元春《もとはる》は、敵陣を突破した白い旗目掛けて馬を進めた。

騎馬隊は大きな円を描きながら、走力を落としていく。急に止まると馬の脚に負担がかかる。調練なのだから、無理する必要はない。

騎馬隊の先頭にいるのは、葦毛馬《あしげ》だ。元春は葦毛に近づくと、乗っている兵士に声をかけた。

「だいぶ馴《な》染《じ》んできたな」

黒風を並ばせる。葦毛は布部山の戦いで騎馬遊撃隊の先頭を駆けた風花《かざはな》だ。

「はい。みなさんお上手《じょうず》ですので」

小六《ころく》が快活《かいかつ》に答えた。黒く焼けた顔の中で大きな目だけが輝いている。

(だいぶ侍《さむらい》らしい顔つきになってきた)

元春は感心する。

「遠慮《えんりょ》することはないぞ」

小六の後ろに騎馬が迫った。黒い具足の男は浅川勝義《あさかわかつよし》だ。

布部山の合戦で足を負傷した浅川は、三月も経《た》たない内に快復した。今では、以前のように馬を駆れるまでになっている。

「勝義は厳しいからの」

元春が笑う。

「浅川様は優しいですよ」

すかさず小六が反論した。

「ほう」

元春が顎《あご》をさすりながら覗《のぞ》き込むと、小六はサッと俯《うつむ》いた。

(まだまだ子ども臭さが抜けてないな)

それでも、十五になった小六は以前とは雰囲気が異なっていた。

武士としての雰囲気を纏《まと》いつつある。

騎馬遊撃隊の指揮官として戦場を転々とする日を過ごしたためだろう。自信を得たのだ。

(いや、居場所かもしれぬな)

元春は思う。吉川《きっかわ》軍の中には小六の居場所がある。そこに身を置くことが、子どもをたくましく成長させているのだ。

「戦では使えそうか?」

元春は黒風の手綱《たづな》をひいた。小六が手をあげると、風花も、他の馬達も一斉に止まった。

広い草原を風が吹き、緑が揺れる。

「まだです」

浅川が答えた。後ろの兵達を振り返ると、

「まだ動きに無駄がある。馬を休ませたら、もう一回、列を組んで駆けるぞ」

と叫ぶ。兵達から悲鳴が上がった。外から眺める分には優雅に駆けているように見えるが、内実はかなり厳しい調練のようだ。兵達の顔がそのことを物語っている。

「本当のところはどうなのだ?」

元春は小六に身を寄せた。小六は背筋を伸ばしたが、すぐに目を落として、

「浅川様の言う通りです。まだ足《た》りませぬ」

と申し訳なさそうに答えた。

「そうか」

騎馬遊撃隊の人数を増やしていた。布部山の合戦《かっせん》で勝利を決定づける働きをしたのだから当然だ。百名だった兵を徐々に増やし、現在百五十名までになっている。

それを、いきなり三百にすることにした。

今、小六が率いているのは一月前に遊撃隊に入った兵達だ。遊撃隊の先輩を相手に、日夜訓練を重ねている。

一朝一夕にいかないことは分かっていた。徐々に慣れていく必要がある。遊撃隊員を育てるには長い月日が必要だ。

それでも元春には夢があった。

騎馬遊撃隊を五百にする。

五百の騎馬隊が自由に駆けるようになれば、吉川軍が負けることはなくなるだろう。九州や四国にも手が届くようになる。毛利が西国の覇者になる日が近づくのだ。

元春の夢だった。

毛利を西国の覇者にする。

その夢を叶《かな》えるためには小六の力が必要だ。

元春は小さな指揮官に目を向けた。

精悍《せいかん》な顔つきになってはいたが、やはりまだ幼い。躰の線も他の者より細いはずだ。頼りなさは今も変わらない。

だが、小六は紛《まぎ》れもなく吉川の兵士だ。

これからを共に進む同志である。

「ところで、小六」

少年を見ていると、からかいたくなってくる。一人前に振る舞おうと背伸びしているところが、なんともいじらしい。

「布部の娘とは、どうなった?」

小六が咄嗟《とっさ》に元春を見、すぐに顔を赤らめた。耳まで真っ赤になっている。元春は声を上げて笑った。

出雲平定後、布部を通りかかった。その時、小六が娘と話しているのを見かけたのだ。懸命《けんめい》に話そうとしている小六の姿は、遠目にも娘に思いを寄せていることが分かった。

(村娘を慕《した》うあたり、まだまだ百姓《ひゃくしょう》のままだな)

と思ったが、今は、そっとしておこう、と元春は考えた。

戦場を渡り歩く日々の中、思いを寄せる誰かがいることは限りなく幸せなことなのかもしれなかった。若い小六には、そうした幸せを感じることも必要だろう。一時の幸せが、戦いに明け暮れる毎日にあって、望みを失わないための支えになるかもしれないのだから。

「槍《やり》は慣れたか?」

元春は話題を変えた。小六は顔を赤らめたまま、

「まだです」

と消え入りそうな声で答えた。

「熊谷《くまがい》殿から聞いておるぞ。槍の調練で目に見えて上達しているのは山県《やまがた》と小六だ、とな」

「俺などまだまだ……」

「最強の騎馬隊が欲しい。小六が強くなった分、遊撃隊は強くなる」

「はい」

「励《はげ》め!」

「はい!」

山中《やまなか》幸盛が逃げたという報《しら》せがもたらされたのは、十日前のことだ。

なにかに憑《つ》かれたかの如《ごと》く挑み続けてくる男だった。布部山では、危ういところまで追い詰められた。

助かったのは、尼子軍にはない武器を手にしていたからに他ならない。

騎馬遊撃隊だ。

遊撃隊の活躍がなければ、毛利はとっくに崩されていたかも知れないのだ。

山中幸盛とは、そう思わせるほどの男だった。

(あの男は……)

再び出てくる。再び起ち上がり、毛利に槍を向けて来るはずだ。腕をもがれても、足を失っても、いや、首だけになっても関係ない。牙《きば》を剝《む》き続ける。それが山中幸盛という男だ。

(厳しい日々が待っているな)

平穏など、この先ずっと、感じることができないかもしれない。

それでも――。

「もう一度、訓練をやろうと思います。元春様、見ていってくだされ。兵達も喜びます」

浅川が語りかけてきた。白髪の老武士は、はちきれんばかりの笑みを浮かべている。

「いや、それより」

元春は浅川の後ろに目をやった。騎馬遊撃隊が並んでいる。新兵だけではなく、元からいた百五十も集まっている。

総勢三百の騎馬遊撃隊だ。

「こいつらと、一緒に駆けたい」

「なるほど」

浅川は顎《あご》を撫《な》でると、若い指揮官に判断を委《ゆだ》ねた。

「だそうじゃ」

「駆けましょう」

小六が即座に答える。清々《すがすが》しいくらい明るい声だ。

「行くぞ!」

元春は黒風の腹を蹴《け》った。後ろを騎馬隊が続く。

一丸となって走る騎馬の群れ。騎馬遊撃隊からは確固とした意志が発せられている。

前へ、前へ。

もっと先へ、もっと先へ。

（こいつらと一緒なら、どこまでも駆けていける）

黒風を励ましながら、そんなことを考えた。

平穏が訪れることは、もう、ないのかもしれない。

だが、平安は常に己の側にある。

平安とは、先に望みを抱きながら進むことだ。

どんなに険しい道も、たとえ道が途切れていたとしても、道の先に明かりが見えていれば、一歩を踏み出していける。

（俺にとっての明かりとは……）

こいつらだ。

吉川の兵士として生きる、こいつら子ども達だ。

だから共に……。

「駆ける！」

元春は手綱をしごいた。黒風が前のめりになり、一段速さが増す。

隣に並びかけて来る騎馬がいる。

葦毛だ。

小六と颪花だ。

元春は小六を横目で見ると、小さく頷《うなず》いた。

小六が頷き返してくる。

「うおぉぉおおお！」

躰を起こした元春は、声を限りに叫んだ。

「おおぉぉおおお！」

子ども達が続く。空が破れてしまうのではないかと思うほどの大音声だ。吉川軍騎馬遊撃隊の魂《たましい》の叫びだ。

黒颪と颪花を先頭に三百の騎馬が駆ける。

怒濤《どとう》の如《ごと》き疾駆《しっく》は、風を追い越してしまいそうだ。

いや、風になっている。

元春の瞳《ひとみ》に映っているのは、どこまでも続く青空だ。

見上げるのではなく、己ごと舞い上がってしまったかのように、真っ直ぐ遠くまで見つめている。

本書は第13回角川春樹小説賞受賞作品「風雲月路」を改題の上、大幅に加筆・訂正いたしました。

著者略歴

稲田幸久（いなだ・ゆきひさ）
1983年広島県広島市生まれ。広島県広島市在住。大阪教育大学大学院修了。広島県安芸高田市職員として勤務後、退職。フリーランスでチラシ作成等を行う傍ら、執筆。今作でデビューを果たす。

Kadokawa Haruki Corporation

稲田幸久

駆《か》ける　少年《しょうねん》騎《き》馬《ば》遊撃隊《ゆうげきたい》

＊

2021年10月18日第一刷発行
2021年11月 8 日第三刷発行

発行者 角川春樹
発行所 株式会社 角川春樹事務所
〒102-0074 東京都千代田区九段南2-1-30 イタリア文化会館ビル
電話03-3263-5881（営業） 03-3263-5247（編集）
印刷・製本 中央精版印刷株式会社

ISBN978-4-7584-1393-0 C0093
http://www.kadokawaharuki.co.jp/

第14回 角川春樹小説賞
応募規定

選考委員

北方謙三　今野 敏　角川春樹

主　催

角川春樹事務所

募集内容 **エンターテインメント全般**（ミステリー、時代小説、ホラー、ファンタジー、SF 他）

応募資格 **プロ、アマ問わず、未発表長篇に限る。**

賞 **賞金100万円**（他に単行本化の際に印税）**及び、記念品**

原稿規定 400字詰原稿用紙で300枚以上550枚以下。
応募原稿はワープロ原稿が望ましい。その場合、ワープロ原稿は必ず1行30字×20〜40行で作成し、A4判のマス目のない紙に縦書きで印字し、原稿には必ず、通し番号（ページ数）を入れて下さい。また、原稿の表紙に、タイトル、氏名（ペンネームの場合は本名も）、年齢、住所、電話番号、略歴、400字詰原稿用紙換算枚数を明記し、必ず800字〜1200字程度の梗概をつけて下さい。なお、応募作品は返却いたしませんので、必ずお手許にコピーを残して下さい。

締切 **2021年11月19日（金）当日消印有効**

発表 **2022年6月上旬予定**（小社ホームページ、PR誌「ランティエ」他）

応募先 〒102-0074　東京都千代田区九段南2-1-30 イタリア文化会館ビル
角川春樹事務所「角川春樹小説賞」事務局

※ 受賞作品の出版化権、二次的使用権は角川春樹事務所に帰属し、作品は角川春樹事務所より刊行されます。映像化権（テレビ・映画・ビデオ・ゲーム等）は、契約時より5年間は角川春樹事務所に帰属します。
※ 選考に関する問い合わせには、一切応じられませんので、ご了承下さい。
※ 応募された方の個人情報は厳重に管理し、本賞以外の目的に利用することはありません。